Gabriele Hoffmann

Die Schiffbrüchigen

EUROPA
VERLAG

GABRIELE HOFFMANN

DIE SCHIFFBRÜCHIGEN

Roman

Europa Verlag
Hamburg · Wien

Die Deutsche Bibliothek - CIP-Einheitsaufnahme
Ein Titelsatz für diese Publikation ist bei
Der Deutschen Bibliothek erhältlich.

2. Auflage, März 2001
Umschlaggestaltung: Kathrin Steigerwald, Hamburg,
unter Verwendung eines Kupferstiches von Reinier Nooms
in der Bearbeitung von Egbert Laska,
Deutsches Schiffahrtsmuseum Bremerhaven
Innengestaltung: H & G Herstellung, Hamburg
Druck und Bindung: Wiener Verlag, Himberg bei Wien
ISBN 3-203-78045-8

Informationen über unsr Programm erhalten Sie beim
Europa Verlag, Neuer Wall 10, 20354 Hamburg
oder unter www.europaverlag.de

Inhalt

Der Schiffbruch

Die *Batavia* lief am Montag, den 4. Juni 1629, zwei Stunden vor Tagesanbruch auf das Riff. Im Schlaf fühlte ich, wie das Schiff stehenblieb, rollte mich aus meiner Hängematte und fiel. Ich fiel vom Rand der Welt, der wie eine Felswand aussah, riesig und naßglänzend, bis ich auf einem Felsvorsprung aufschlug. Ich lag über einem unendlichen Raum, in dem ein schwarzer Strudel kreiste. Ich hatte Marie nicht gefunden, und ich dachte, ganz ruhig noch, wie wirst du das Ende der Welt überleben. Dann hörte ich, wie unter mir die Zeit zerbrach.

Kommandeur Pelzert riß seine Kabinentür auf und stolperte über mich. Ich rannte hinter ihm her durch die Offiziersmesse an Deck. Trotz der Ereignisse, die folgten, habe ich das Entsetzen aus meinem Traum nicht vergessen.

Diese Ereignisse haben Menschen in Asien und Europa beschäftigt, und heute noch, zwanzig Jahre später, ich bin gerade aus Asien zurückgekehrt, bittet ein Buchhändler mich, sie aufzuschreiben. Ich war dabei, von Anfang bis Ende, ich kenne Pelzerts Journal und die Protokolle der Batavia-Prozesse. Der Buchhändler will wissen, wie es dazu kam, daß ein Teil der Schiffbrüchigen den anderen ermordete auf den Inseln am Rande der Welt. Alle hätten gerettet werden können. Der Mann fragt nach dem Bösen.

Ich aber frage, wie bin ich da durchgekommen, wie habe ich das Böse überlebt. Ich fand mein Glück inmitten von Angst und Wahn. Der Tod war mein Trauzeuge.

Ich habe mir ein behagliches Haus in Nürnberg gekauft, doch ich kenne niemanden hier, und es wird mir helfen, die Trübsal eines europäischen Winters zu vertreiben, wenn ich den Wunsch des Buchhändlers erfülle und diese Geschichte erzähle.

Ein heller Mond stand am Nachthimmel. Die Segel waren windgebläht. Das große Schiff lag in dichter Gischt. Pelzert und ich sahen über die Reling in die Tiefe. Direkt am Schiff war wenig Brandung, doch wir hörten, wie die See um uns her hart brach.

Kapitän Jacobs hatte selbst Wache. Er kam zögernd auf Kommandeur Pelzert zu.

»Was haben Sie angerichtet mit Ihrer ewigen Sorglosigkeit!« schrie Pelzert. »Sie haben uns allen eine Schlinge um den Hals gelegt.«

»Wie hätte ich es verhindern können?« sagte Kapitän Jacobs wie jemand, der zu Unrecht beschuldigt wird. Diesen Ton hatte er sich seit dem Kap dem Kommandeur gegenüber angewöhnt. »Ich habe nicht geschlafen, sondern sehr gut Ausschau gehalten, denn als ich die Gischt sah, fragte ich den Kanonier Hans: ›Was kann das sein?‹ Er sagte: ›Skipper, es ist das Mondlicht auf dem Meer.‹ Darauf habe ich mich verlassen.«

»Und was jetzt?« fragte Pelzert. »Wo, glauben Sie, sind wir?«

»Das weiß nur Gott«, sagte Kapitän Jacobs. »Dies ist eine Untiefe. Sie muß ein ganzes Stück vom Unbekannten Land entfernt liegen.« Er wischte sich mit seiner dicken Hand über das nasse Gesicht. »Wir müssen versuchen, einen Anker nach achtern auszubringen. Vielleicht ist jetzt Ebbe, und dann können wir uns bei Flut mit der Winde runterziehen.«

»Lassen Sie die Segel bergen«, befahl Pelzert. »Der Wind treibt uns nur weiter auf das Flach. Wie tief ist es hier?«

»Weiß nicht«, sagte Kapitän Jacobs.

»Lassen Sie loten, Mann!«

»Die Lotleine ist in der Kabine vom Obersteuermann.«

Pelzert sah aus, als wollte er Jacobs einen Faustschlag verpassen, und ich stellte mich vorsichtshalber hinter den Kommandeur. Der Kapitän war doppelt so breit wie er und einen halben Kopf größer.

»Hol die Lotleine!« brüllte Jacobs plötzlich einen der Schiffsjungen an, die nun um uns herumstanden, und gab ihm eine Ohrfeige. »Lauf!«

Auf allen Decks sah ich jetzt Männer, fahle Schatten nur im Mondlicht, und ihre Stimmen klangen fern und hoch wie Vogelschreie durch Wind und Brandung. Weit über dreihundert Menschen waren an Bord: Seeleute und Soldaten, Kaufleute mit ihren Assistenten und Buchhaltern, Köche, Stewards. Handwerker reisten nach Batavia, Böttcher, Gärtner, Schneider, ein Schlosser, zwei Schmiede, ein Dutzend Schiffszimmerer. Der Prediger Geisbert Bastians hatte seine Frau und sieben Kinder bei sich. Soldatenfrauen begleiteten ihre Männer auf ferne Handelsposten, Kaufmannsfrauen folgten allein ihren Männern nach, die irgendwo in Asien arbeiteten, in Surat oder am Arakan. Ein halbes Dutzend ferngetraute Frauen reiste zu einem Ehemann, den sie nie gesehen hatten.

Immer mehr Schatten krochen aus den Niedergängen. Soldaten mit gezogenen Säbeln bewachten die Treppen zum Halbdeck, wo Kaufleute und Offiziere um Kommandeur Pelzert und Kapitän Jacobs standen. Hoch über unseren Köpfen, in Dunkelheit und Wind, liefen Matrosen auf die Rahen hinaus und holten die Segel ein.

»Eck?« Salomon Deschamps drängte sich neben mich. »Wir sind auf Grund gelaufen? Im Indischen Ozean?« Salomon war Pelzerts engster Mitarbeiter. Er war dünn wie ein Faden und hielt sich schlecht und trug eine lächerliche Brille, aber er war klug, und ich war gerne mit ihm zusammen.

»Natürlich sind wir nicht in Gefahr! Nicht auf der *Batavia*!« Das war die lebhafte und angenehme Stimme von Jeronimus Cornelisz. Der Unterkaufmann sagte immer, was die meisten Menschen am liebsten hören wollten. Ich finde in meiner Erinnerung an den Schiffbruch nichts, was auf ihn als künftigen Diktator der Inseln vor dem Unbekannten Land hinwies.

»Warum fahren wir nicht weiter? Wie konnte das passieren? Wo ist mein Mann?« Die Stimme von Maria Schepens, der Frau des Predigers, war scharf und vorwurfsvoll. Maria Schepens war erschöpft von den Stürmen der letzten Wochen.

Lucretia Jansz war auch da, schön und stumm im Mondlicht, und neben ihr stand Marie Françoise Fluchar, deren dichtes dunkles Haar wie immer unter ihrer Haube hervorquoll.

Pelzert schoß einen Hagel von Befehlen auf Kapitän und Steuerleute ab.

Der Oberkaufmann Francisco Pelzert war Kommandeur der Herbstflotte, die Ende Oktober 1628 die Niederlande verlassen hatte: sieben starkgebaute Ostindienfahrer mit wehenden Fahnen an allen Masten, mit einem sprungbereiten roten Löwen an der Galion, blutroten Luken vor den Kanonenpforten und frischvergoldeten Holzfiguren am hohen Achterschiff. Die *Batavia*, das neue Flaggschiff des Kommandeurs, war mit 45 m Länge von Steven zu Steven, 56 m mit Galion, eines der größten Schiffe der Welt. Der Kommandeur war der Vertreter der Eigner und führte den Vorsitz bei den Treffen der Kapitäne einer Handelsflotte. Pelzert hatte die Kapitäne der anderen Schiffe zuletzt am Kap der Guten Hoffnung versammelt, ehe die Flotte am 22. April auslief und ein Sturm sie trennte. Er hatte ein schmales Gesicht mit hoher Stirn, eine gebogene Nase, einen unternehmungslustigen Schnurrbart, und er trug vornehme schwarze Seidenanzüge mit weißen Spitzenkragen und Spitzenmanschetten. Er war ein Mann, der es weit gebracht hatte für seine dreißig Jahre und von dem jeder annahm, er würde es noch viel weiter bringen.

Kapitän Arian Jacobs war dem Kommandeur unterstellt, aber nicht sein Untergebener: Befehle an Bord eines Schiffs gab der Kapitän. Jacobs war älter als Pelzert, grobknochig, ungebildet und ein erfahrener Seemann – einem anderen hätten die Eigner ihr größtes und teuerstes Schiff auf seiner Jungfernfahrt nicht anvertraut. Jacobs hatte eine schnelle Reise gemacht, wir waren gerade sieben Monate unterwegs, und eine Reise von acht Monaten bis Batavia galt als schnell. Jetzt war er handlungsunfähig, beinah starr. Aber ich kannte seine wilden Zornausbrüche. Er fühlte sich leicht zurückgesetzt, so als würde das Leben gerade um ihn einen Bogen machen und andere vorziehen. Ich war Pelzerts privater Leibwächter, und es waren in den letzten Wochen, als der Kommandeur bewußtlos im Fieber lag, Dinge vorgekommen, die mich veranlaßt hatten, einen Wachtdienst vor seiner Kabine einzurichten und nachts meine Hängematte vor seiner Tür aufzuhängen.

Pelzert machte sich über die Gefühle anderer keine Gedanken. Er, der Kommandeur, würde, falls wir überlebten, seinen Vorgesetzten in Amsterdam erklären müssen, wie es zum Schiffbruch ihres neuen Ostindienfahrers gekommen war. Seine Vorgesetzten waren die Siebzehn Herren, die siebzehn mächtigen Direktoren der VOC, der Vereinigten Ostindischen Companie, der größten Handelsgesellschaft der Welt. Sie hatten ihn schriftlich davor gewarnt, zu nahe an das Unbekannte Land zu segeln.

Der Südwestwind dröhnte in den Wanten.

Obersteuermann Gerrits schob die Kaufleute mit beiden Armen auseinander, bis er vor seinem Kapitän und dem Kommandeur stand: »Hinten fünf Meter achtzig Wasser, vorne zu wenig.«

Der Tiefgang der *Batavia* betrug 5,10 m.

»Kanonen über Bord«, befahl Pelzert. Die *Batavia* hatte 32 Kanonen: 24 aus Gußeisen und acht aus Bronze. Auf jeder stand das Monogramm der VOC, und jede war ein Vermögen wert. Aber jede wog ein bis zwei Tonnen, und wir mußten das Schiff leichter machen, um seinen Tiefgang zu verringern.

»Und lassen Sie die Schaluppe aussetzen und schicken Sie sie zum Loten.«

Die Boote der *Batavia* lagen auf dem Hauptdeck, umgekehrt und ineinander. Die Schaluppe, die zwei Masten führte, konnte vierzig Mann, das schnelle elegante Kapitänsboot zehn Mann tragen. Oberbootsmann Everts – Jan Everts aus Monnikendam, der in Batavia gehenkt wurde – brüllte noch Befehle zum Ausschwingen der Schaluppe, als Rumpeln aus dem Kanonendeck alle Stimmen übertönte: Die Kanoniere und ihre Mannschaften fuhren die Kanonen auf den Lafetten aus und kippten sie durch die engen Kanonenpforten ins Wasser.

Die Schaluppe legte nach kurzer Zeit wieder an der *Batavia* an. Oberbootsmann Everts meldete Kapitän und Kommandeur in seiner Seemannssprache, er habe hundert Meter achteraus sieben Faden Wasser gefunden, das sind gut zwölf Meter Wassertiefe, aber vorne, in Fahrtrichtung, sei alles ganz trocken.

Der Wind nahm zu. Bei starken Böen kamen zornige Schreie und Angstgeheul aus dem Zwischendeck. Es lag zwischen Kanonendeck und Laderaum und war nur einen Meter hoch. Zweihundert Männer waren noch unten, Soldaten und Handwerker zumeist – oben war kein Platz für alle. Der Kommandeur hatte die Wachen an den Niedergängen verstärken lassen.

Regenschauer fegten über das Schiff. Eine Welle wusch das Hauptdeck entlang und nahm das Kapitänsboot mit, das schnell wegtrieb. Pelzert schickte die Schaluppe hinterher mit Männern, die das Boot kurz darauf gegen den Wind zurück zur *Batavia* ruderten. Ehe beide Boote längsseits lagen, wurde es hell. Wir sahen uns mitten in Felsen und Untiefen auf jeder Seite.

Plötzlich fiel das Wasser. Wir hörten ein Brausen und sahen Schaum um das Schiff, und die *Batavia* begann so heftig auf die Felsen zu stoßen, daß wir weder stehen noch gehen konnten. Wanten, Rahen, Masten schlugen, stießen, polterten und machten einen wahnsinnigen Krach, der das Denken lähmte.

Pelzert und der Schiffsrat – Kapitän Jacobs, zwei Steuerleute, ein Schiffszimmerer, ein Oberbootsmann – beschlossen, den Hauptmast abzusägen, damit er den Schiffsboden nicht durchschlug. Doch als der Mast umgelegt war, verursachte er großen Schaden, denn wir konnten ihn nicht über Bord rollen. Als es uns schließlich gelang, war das Wasser so weit gefallen, daß das Schiff in der Brandungszone lag und der Mast von außen an die Bordwand schlug.

Pelzert kletterte mit Obersteuermann Gerrits und mir zum Kampanjedeck hinauf, dem höchsten und kleinsten Deck des Achterschiffs, zur Hütte. Hier, in schwindelnder Höhe, wohnten alleinreisende Frauen auf Befehl von Generalgouverneur Coen in Batavia, fern von anzüglichen Reden und Belästigungen der Männer. Maiken Cardoes stand mit weißem Gesicht in der Tür. Sie war schwanger. Es ging an Bord nicht so gesittet zu, wie der Generalgouverneur sich das dachte, vermutlich hatte jemand sie vergewaltigt, oder bei einem Gelage war es passiert und sie kannte nicht einmal den Vater – Pelzert war so lange krank gewesen, daß Zuchtlosigkeit eingerissen war, und Kapitän Jacobs hatte selbst Lucretia Jansz nachgestellt, bis er sich mit ihrer Jungfer Zwaantje begnügte. Wir kletterten auf das Dach der Hütte. Tief unter uns sahen wir den Stumpf des Hauptmastes und die aufgewühlte See und Riffe und kleine Inseln.

Pelzert zeigte auf eine Insel am Horizont.

»Die liegt auch bei Flut über der See«, schrie er.

»Die ist fünf, sechs Seemeilen entfernt«, schrie der Obersteuermann. »Da kriegen Sie die Leute nie hin. Bis dahin ist die Schaluppe eine Stunde unterwegs und zurück drei, wenn sie's überhaupt schafft gegen den Wind.«

»Was ist mit denen da?« Pelzert zeigte auf zwei kleine weiße Inseln in der Nähe.

»Die sind ein, zwei Seemeilen entfernt«, schrie Gerrits, »eher eine. Aber ob die hoch genug sind?«

Kommandeur Pelzert schickte Kapitän Jacobs mit dem kleinen Boot zu den beiden Inseln. Er sollte herausfinden, ob sie sicher über Hochwasser lagen und wie Menschen und die kostbarste Ladung dorthin gerettet werden konnten.

Um neun Uhr kehrte der Kapitän zurück. Der Weg zu den beiden Inseln war schwierig, an vielen Stellen war das Wasser mehrere Faden tief, an anderen das Riff trocken. Aber er glaubte, die Inseln blieben immer über Wasser.

Pelzert und der Schiffsrat entschieden – »wegen des großen Jammerns der Frauen, Kinder und Kranken und der Hasenherzigen unter den Männern«, sagte Pelzert –, zuerst den Großteil der Leute an Land zu bringen, dann die Geldkisten der Companie und dann die übrigen Schiffbrüchigen.

Das Einschiffen begann unter strenger Aufsicht der Vorgesetzten. Seeleute riefen Passagiere, Militärs Soldaten auf. Aber das große Schiff lag jetzt ganz schräg, die Menschen kamen, bepackt mit ihren

Habseligkeiten, nur mühselig die Niedergänge hoch und rutschten auf dem Hauptdeck und fielen hin. Die bewaffneten Wachen nahmen ihnen Bündel und Kisten weg und schlugen ihnen auf die Hände, wenn sie nicht loslassen wollten. Bündel und Kisten sausten ins Meer. Alle schrien und fluchten, flehten Gott um Hilfe an und lästerten ihn.

Marie Françoise Fluchar saß allein auf dem Halbdeck und sah mit ausdruckslosem Gesicht zum Hauptdeck hinunter.

»Versuchen Sie, nochmal in Ihre Kabine zu kommen, und ziehen Sie sich Ihre besten Alltagskleider an, Mademoiselle, und feste Schuhe«, sagte ich zu ihr auf französisch, »und was Sie sonst noch brauchen, eine Decke, ein Tuch, binden Sie sich um den Leib, damit die Hände frei bleiben. Und wenn Sie etwas zu essen und zu trinken in Ihrer Koje haben, nehmen Sie es mit, auf jeden Fall einen Becher und ein Messer.«

Ich weiß nicht, warum ich ihr das sagte. Sie ging mich gar nichts an, und ich wurde auch nicht dafür bezahlt, alleinreisenden Frauen behilflich zu sein. Ich hatte in zehn Jahren Krieg zuviel gesehen, um überhaupt noch jemandem behilflich sein zu wollen. Mein Vater und mein älterer Bruder hätten meine Gefühllosigkeit nicht gebilligt, aber ich hatte keinen Vater und keinen Bruder mehr, keine Frau, keine Tochter, kein Zuhause. Der Krieg war über alle und alles hinweggegangen, als ich beim Heer war und gegen die Kaiserlichen kämpfte, und aus dem reichen Ritter Christoph von Eck, Gerichtsherr über Leben und Tod auf drei Gütern und in acht Dörfern, war der einfache Christoph Eck geworden, der auf einen Kaufmann und seine Schätze aufpaßte und dem alles, was dieser Mann ihm nicht auftrug, gleichgültig war.

Sie lächelte mir zu, ruhig und konzentriert, als gäbe es nur sie und mich. Bei diesem Lächeln wünschte ich plötzlich, ich hätte in den vergangenen Monaten mehr mit ihr gesprochen. Ich drehte mich um und folgte Pelzert in die Offiziersmesse zu den Geldkisten.

Zwei Schildwachen bewachten die Messe und die Offizierskabinen, die von ihr abgingen.

Die zwölf Geldkisten standen in den Offizierskabinen. Sie enthielten Acht-Real-Stücke aus der Münze von Mexico-Stadt, die größten Silbermünzen, die die Spanier in Amerika prägen ließen: Chinesische Kaufleute lieferten Pfeffer, Nelken, Muskat nur gegen Silbergeld. Es gab Kisten mit Gold- und Silberservices, in Kiste Nr. 4 lagen vier silberne Pfosten für das Himmelbett des Mogul Janghir in Indien und eine Wasserkanne und ein Becken zum Händewaschen aus reinem Gold. Den kostbarsten Inhalt aber hatte der Juwelenkoffer, den der berühmte Juwelier Gaspar Boudaen aus Antwerpen wenige Stunden vor dem Auslaufen der *Batavia* mit einer schnellen, eleganten Jacht und schwerbewaffneten Leibwächtern an Bord gebracht und Pelzert übergeben hatte. Der Inhalt des Koffers war der Grund für meine Einstellung.

Die wertvollsten Stücke waren ein Weinkrug und eine Kamee, beide über tausend Jahre alt und aus Byzanz. Der Weinkrug war aus einem einzigen riesigen Achat geschnitten und mit üppigem Laub und zwei Satyrköpfen geschmückt, Dämonen der Ekstase und der Fruchtbarkeit. Dieses Kunstwerk gehörte dem Maler Peter Paul Rubens, Pelzert sollte es für ihn in Indien verkaufen. Die Kamee, das große Juwel Gaspar Boudaens, war eine Achatschnitzerei, die Kaiser Konstantin dem Großen gehört haben sollte. Sie war so kostbar, daß selbst die hohen und mächtigen Siebzehn Herren nur eine Zeichnung von Rubens ansehen durften: die kaiserliche Familie in einem Kampfwagen, den zwei Zentauren ziehen, Pferdemenschen, und über dem der Siegesengel mit dem Lorbeerkranz schwebt. Die Silberkisten der Companie waren eine viertel Million Gulden wert, der Juwelenkoffer sechzigtausend – in Europa: Pelzert rechnete im Juwelenhandel mit einem Profit von mindestens sechzig bis siebzig Prozent.

Die Zimmerleute zerrten die Silberkisten aus den Kabinen. Ich schulterte den unscheinbaren Juwelenkoffer und kletterte hinter Pelzert zum Hauptdeck. Die beiden Barbiere gaben gerade ihre Arzneitruhen in das kleine Kapitänsboot.

»Der muß auch an Land«, schrie Pelzert Kapitän Jacobs zu. Ich reichte den Koffer den Seeleuten hinunter, die von seiner Kostbarkeit nichts ahnten.

Die *Batavia* lag jetzt ruhiger, aber jedes Rucken verursachte neue Schrecken unter denen, die sich zum Abstieg in die bereits voll besetzte Schaluppe drängten. Als das Schiff plötzlich wegsackte, fielen einige Männer über Bord, einige schlugen auf die Felsen, einige ertranken im tiefen Wasser, die Strömung riß Verletzte und Tote mit.

»Gott der Herr züchtigt uns mit zahlreichen Bedrängungen«, sagte Pelzert langsam.

Um zehn Uhr morgens brach das Schiff auseinander.

Die Betrunkenen im Zwischendeck ließen die Seeleute nicht zum Laderaum, wo die Trinkwasserfässer standen. Pelzert schickte mich mit einem Trupp Soldaten nach unten. Ihr Anführer hieß Wiebe Hayes, Gott segne ihn bis ans Ende seiner Tage, er war damals ein großer Kerl mit weißblondem Bart, und ich weiß noch, daß ich mich inmitten von Schrecken und Auflösung fragte, ob und wie er die Läuse daraus fernhielt.

Betrunkene versperrten den Soldaten schon den Zugang zum Kanonendeck. Ich sprang mit Hayes durch eine Ladeluke, die ein Soldat kurz für uns anhob, und gelangte so hinter die Menschentraube am Fuß des Niedergangs. Die Lafetten standen leer vor den Kanonenpforten. Die Seekisten der Männer, die sieben Monate zwischen den Geschützen gelebt hatten, waren aufgebrochen, Matratzen und Kleidungsstücke zerfetzt. Eine Kanone hatte sich in einer Pforte verkeilt, unter ihr lag ein junger Mann, er war tot. Sein dunkles Haar war halblang, und an den Füßen trug er aus Leinen genähte Strümpfe und Halbschuhe. Am meisten berührte mich, daß ich nach sieben Monaten an Bord seinen Namen nicht kannte.

Wir schlichen an Männern vorbei, die um ein Paar standen, das sich beim Geschlechtsverkehr auf dem Boden rollte, ich sah die Hinterbacken der Frau. Wir krochen weiter in die Tiefe des Schiffsbauchs, hinunter auf das dunkle Zwischendeck. Hier stank es nach Bilge, Käse, Exkrementen. Ich fühlte mich eingeschlossen und mußte gegen die Angst ankämpfen. Hayes hatte eine kleine Öllampe, sie flackerte und drohte immer wieder zu verlöschen. Ich riß

Hängematten ab, bis wir im Fußboden eine Luke zum Laderaum fanden.

Plötzlich waren wir von Betrunkenen mit Weinflaschen und Schnapstönnchen umringt, einer schlug die Lampe aus. Aber wir sahen den Lichtschein eines Aufgangs und kletterten zurück aufs Kanonendeck. Dort hängten sich die nächsten Betrunkenen an uns, und wir mußten mehrere zusammenschlagen. Wir entkamen durch eine Kanonenpforte und kletterten außen am Schiff hoch, was nicht einfach war. Schließlich standen wir wieder neben Pelzert, der zornig war über die gottlosen unbändigen Trupps von Soldaten und ihren Frauen, die sich mit Schnaps und Wein betrunken hatten und nicht mehr gehorchten, so daß man nicht dahin kommen konnte, wo die Wasserfässer standen.

So verging dieser Tag. Die Schaluppe machte nur drei Fahrten und setzte hundertachtzig Seelen an Land, zwanzig Fässer mit Schiffszwieback und einige kleine Fässer mit Trinkwasser.

Bei Sonnenuntergang kletterte Kapitän Jacobs an Bord und stellte sich neben Pelzert:

»Es wird überhaupt nichts nützen, daß wir Wasser und Brot retten, denn jeder an Land trinkt, so viel er kann, und keiner hört auf meine Warnungen. Sie müssen kommen und den Leuten das Trinken verbieten.«

Ich weiß das von Jeronimus Cornelisz, der es mir erzählte, als ich mit Pelzerts Journalen an Deck kam, um sie dem Kapitänsboot mitzugeben.

»Er sprang ins Boot und reiste ab.« Jeronimus sagte das so merkwürdig, daß ich zu überlegen begann, ob Pelzert sich abgesetzt habe. Doch dann lachte der Unterkaufmann und sagte freundlich wie immer: »Er kommt zurück, um die Geldkisten zu holen.«

Es wurde schnell dunkel über dem wilden Meer. Als der Wind wieder Sturmstärke erreichte, ging ich in die Offiziersmesse. Ich wollte aus meiner Kabine Öllappen holen und meinen Dolch und mein Schwert wasserdicht einwickeln. Vielleicht mußte ich zu den Inseln schwimmen. Alle Seeleute waren von Bord.

Die Schildwache vor der Tür war fort. Die Tür stand offen, und drinnen am langen Tisch der Offiziere saßen Soldaten. Sie ließen sich von den Stewards bedienen, rauchten weiße Tonpfeifen und gröhlten nach mehr Wein. Das große Wort führte ein langer dünner Soldat, den sie Bohne nannten. Bohne hatte in seinem Hut Messer stecken und Messer in den Falten seiner Kniehose. Er schrie nach altem Wein.

»Der Wein gehört dem Kommandeur«, sagte Chefsteward Rainder Hendricks. Bohne warf ein Messer nach dem Steward und nagelte ihn mit dem Ärmel an die Holztäfelung. Dann hob der lange Soldat mit beiden Händen ein goldenes Medaillon aus Pelzerts Besitz hoch – das Gesicht des Statthalters in Achat und mit Perlen umringt – und sagte: »Das gehört jetzt auch mir.«

Ich zog das Messer aus Hendricks' Ärmel.

»Na, Sklave«, sagte Bohne zu mir, »auch befreit?«

Sie waren alle ein paar Jahre jünger als ich, kaum einer über dreiundzwanzig. Sie waren in Lebensgefahr und erfüllten sich ihren größten Wunsch: einmal die große Messe der Offiziere sehen, einmal essen und trinken, soviel sie wollten. Seit Monaten lebten sie gekrümmt und zusammengepfercht im Zwischendeck, aßen zu sechst oder siebt aus einer hölzernen Schüssel Grütze mit Pflaumen oder salziges Pökelfleisch und Schiffszwieback und durften sich nie satt trinken. Dabei war selbst die Messe eng, die jüngeren Offiziere, die keine Kabinenplätze hatten, schliefen zu zweit und dritt in Betten, die sie wie Schubladen unter den Sitzbänken herauszogen. Aber Wände und Türen waren bemalt und vergoldet, es gab eine große Anrichte aus schwarzem Holz mit vergoldeten Säulen, Zinngeschirr stand darauf und eine Glaskaraffe, und nach achtern gab es Fenster mit Glasscheiben. Der Raum war für die Soldaten so feierlich und schön wie die großen vornehmen Häuser in Amsterdam, in denen sie nie waren.

Sie machten sich einen Witz daraus, auf die Offizierstoiletten zu gehen. Immer wieder erhob sich einer vornehm, verbeugte sich gegen die anderen und schritt zu dem Türchen, das auf die Galerie hinausführte, wo die Toilette war – auf jeder Seite des Schiffs eine. Sie kannten nur das Abtrittbrett auf der Galion, zwei Löcher für über dreihundert Menschen, zu denen sie, wenn es blies, auf Knien hinauskriechen mußten, und wo, wenn sie denn saßen, den Leib hart vom Salzfleisch, die Wellen von unten hochwuschen.

Die Tür zu Pelzerts Kabine stand offen, und ein paar Männer durchwühlten die Kiste des Kommandeurs. Alle Offizierskisten waren geplündert, die Soldaten beschenkten sich gegenseitig mit Dingen, die ihnen nicht gehörten. Sie lachten und schrien: »Was gehen uns die Offiziere an!«

Ich nahm meine Pistolen und meine Pfeilspitzen aus dem doppelten Boden meiner Kiste, den sie nicht entdeckt hatten, und zog mein Öltuch aus dem Durcheinander auf dem Kabinenboden hervor. Bis jetzt hatte mich niemand weiter beachtet, aber nun kam der Kanonier Allert Janszen aus Assendelft in die Messe – er endete am Galgen – mit einem Dolch in der Hand und rief: »Raus! Katzen und Hunde, ihr wart hier lange genug die Herren, nun bin ich es für eine Weile!« und er schnitt dem Gehilfen des Stewards mit dem Dolch quer über den Rücken.

Ich stieg auf das nun leere Kanonendeck hinab und legte mich auf eine zerfetzte Matratze. Ich hatte keine Angst. Das kam mir sonderbar vor. Später, auf der Insel, als Nacht für Nacht Menschen verschwanden und niemand herausfand, wohin, hatte ich Angst.

Außer Jeronimus Cornelisz war kein vernünftiger Mensch mehr an Bord.

Am nächsten Morgen hatte der Wind nachgelassen, aber die Brandung stand noch. Einzelne Wellen rauschten über die Decks des Wracks. Wir sahen weder Schaluppe noch Boot.

Jean Thiriou, ein französischer Soldat aus Heidelberg, schlug mit der Axt ein Loch in eine Geldkiste, die auf dem Hauptdeck zum Abtransport bereitstand. Ein Zimmermann drängte ihn zur Seite und nagelte eine Planke auf das Loch. Andere Männer rissen die Planke wieder ab. In der Kiste lagen zwanzig Geldsäcke. Die Männer schütteten sie, weil sie so schwer waren, über die Seite der Kiste aus. Thiriou raffte mit beiden Händen die großen Silbermünzen und warf sie einem Mann an den Kopf, und viele folgten ihm und wühlten im Geld und bewarfen sich damit.

»Zuhören, Leute!« rief Jeronimus Cornelisz. Er stand auf einer Geldkiste und hielt Papiere in der Hand. »Hört, was der Kommandeur über das Verbrechen an Lucretia Jansz geschrieben hat, und er fragt, ob einer von Euch dabei gesehen wurde, wie er Lucretia Jansz unterm Rock mit Scheiße und Teer einschmierte.«

Sie lachten und johlten, und einer rief: »Das war Oberbootsmann Everts.« Der Kanonier Rickert Woutersz sprang hoch und schnappte Jeronimus die Papiere aus der Hand. Er riß sie durch und warf sie über Bord in die Wellen, und alle lachten, und Jeronimus lachte auch. Es paßte mir nicht, daß sie über Pelzert lachten, den Mann, in dessen Dienst ich stand. Ich konnte nicht glauben, daß er sich in Sicherheit gebracht und uns verlassen hatte.

Der lange Soldat mit den Messern im Hut und in den Falten seiner Hose, den sie Bohne nannten, nahm feierlich seinen Hut ab, zog die Messer heraus und legte das Goldmedaillon mit dem Gesicht seiner fürstlichen Exzellenz aus Achat hinein, legte goldene Ringe und Ketten dazu und schüttete den Hut wie eine Wasserschüssel über der Reling aus. Medaillon und Schmuck tauchten blitzend in die See, und Bohne sagte: »Da gehört der Plunder hin, auch wenn er viele Tausende wert ist.«

Einen Augenblick waren die Männer still. Dann lachten sie wieder überlaut und umarmten sich. Sie zerhackten ein Brotfaß und öffneten Weinflaschen. Sie gaben auch mir Brot und Wein. Der Wein tat mir gut.

Mittags sahen wir die Schaluppe. Sie versuchte, zu uns zu segeln, aber Wind und Seegang drehten sie immer wieder vom Kurs ab. Die Männer auf der *Batavia* schrien.

Ich befestigte meine Waffen unter der Weste und band mir mein Schwert auf den Rücken. Zimmermann Jan Egbert aus Amsterdam stellte sich neben mich, und wir nickten uns zu. Wir kletterten die Strickleiter hinunter, warteten auf eine günstige Welle und schwammen los. Aber die Welle zog mich unter Wasser, ich drehte mich um mich selbst, und ein scharfer Gegenstand schlug hart auf meine Schulter, ich verlor die Orientierung vor Schmerz. Die nächste Welle riß mich hoch. Ich war benommen, als sie mich an

Bord zogen und ich Pelzerts besorgtes Gesicht über seinem zerrissenen Spitzenkragen sah.

Ich konnte nicht gleich sprechen, und so sagte der Zimmermann, der ohne Schaden durch die Brandung getaucht war: »Der Unterkaufmann Jeronimus Cornelisz schickt uns. Es sind noch mindestens siebzig Leute an Bord, und er bittet, ihnen zu helfen, denn es gibt für sie keinen sicheren Platz mehr auf dem Schiff.«

»Unser Steuerruder ist zu kurz«, sagte Pelzert, »ohne langes Steuerruder können wir den Kurs gegen den Wind nicht halten. Ist es möglich, daß wir fünf, sechs Planken oder Holzstücke bekommen, damit wir ein langes Ruder machen können?«

Jan Egbert nickte.

»Sag Jeronimus Cornelisz, sie sollen sich Flöße bauen und sich auf die Inseln retten. Sie sollen sich keine Sorgen um die Geldkisten machen. Wenn wir das Ruder haben, hole ich sie.«

Jan Egbert schwamm zur *Batavia* zurück, das war eine gute Leistung, und die Männer auf dem Wrack winkten uns und warfen sechs Planken über Bord, die schnell bei uns waren.

Ich hielt eine klaffende Wunde an meinem Oberarm mit der Hand zu, das Blut strömte mir zwischen den Fingern durch. Pelzert segelte zu den beiden Inseln, damit ein Zimmermann das lange Steuerruder machen konnte. Die Seeleute hatten die kleinere Insel, ein baumloser Sandrücken nur, für sich reserviert, das Kapitänsboot lag auf dem Strand. Der Sand bestand aus fein zermahlenen Korallen und war ganz weiß.

Der Himmel war blau und wolkenlos. Nachmittags begann es wieder hart zu blasen, aus Nordwest, und die Wellen brandeten an der *Batavia* hoch, so daß wir sie kaum sehen konnten. Pelzert ließ die Seeleute alle Fässer mit Trinkwasser zusammenholen. Wir waren über vierzig auf der kleineren Insel und hatten achtzig Liter Wasser. Auf der größeren Insel, sagte Kapitän Jacobs, wären einhundertachtzig Leute und noch weniger Wasser.

Kapitän und Kommandeur hatten sich verändert. Jacobs schien noch breiter geworden zu sein, Pelzert wirkte durchsichtig neben ihm. Fast alle Männer auf der kleinen Insel waren Seeleute, und sie vertrauten Jacobs. Er war als Steuermann mit Kapitän Willem Bontekoe van Horn im offenen Boot nach Batavia gesegelt, nachdem ihr Schiff auf dem Indischen Ozean in die Luft geflogen war, als dreihundert Faß Pulver im Laderaum explodierten. Bontekoe hatte 72 Männer im Boot, und sie tranken ihren Urin. Sie begannen sich zu mustern und einigten sich, daß sie zunächst die Schiffsjungen essen und dann würfeln wollten, wer als nächster dran sei. Die Gerüchte über Menschenfresserei waren nie verstummt, es wußte ja jeder, aus welchem Holz die Männer waren. Wenn jemand die Seeleute der *Batavia* retten konnte, dann Jacobs.

»Die Leute wollen auf die Inseln ringsum segeln und nach Trinkwasser suchen«, sagte Jacobs zu Pelzert. »Ohne Trinkwasser kommen wir alle um. Wenn Sie klug sind, Herr, segeln Sie mit uns. Wenn nicht, nehmen die Leute die Schaluppe und lassen Sie hier.«

Pelzert sagte, er könne die Menschen und die Güter nicht verlassen, er sei verantwortlich für sie vor Gott und der Companie. Man solle abwarten, ob es regne in der Nacht und wie die *Batavia* sich halte, man könne immer noch Trinkwasser von Bord holen.

»Auf Regen brauchen Sie nicht zu hoffen«, sagte Kapitän Jacobs, »und wenn das Schiff nicht in Stücke zerfällt und die Wasserfässer von allein an Land treiben, werden Sie auch kein Wasser aus dem Wrack bekommen.«

Er ging zu den Männern und kehrte nach kurzer Zeit zurück: »Sie bleiben dabei. Sie wollen alle auf Wassersuche gehen und auf die Inseln oder zum Unbekannten Land segeln. Wenn wir Wasser finden, kehren wir um. Wenn wir keins finden, segeln wir nach Batavia, mit Gottes Beistand, und erzählen dort von unserer traurigen und unerhörten Katastrophe und holen Hilfe.«

Er ließ Pelzert stehen.

»Ich muß mit«, sagte Pelzert zu mir. »Ich traue ihm nicht. Er kehrt nicht um, wenn sie Trinkwasser finden. Aber zuerst müssen wir auf die andere Insel, der Juwelenkoffer ist dort. Sie müssen die Juwelen retten, Christoph von Eck. Während ich mit den Leuten drüben rede, suchen Sie den Koffer, und dann segeln wir ab.«

Ich war müde vom Blutverlust und den Schmerzen. Die Jungfer

Zwaantje kam vorbei, in einem gelben Seidenkleid von Lucretia Jansz, und sah uns triumphierend an. »Wenn ich in Batavia zur Kirche gehe, wird ein Sklave einen seidenen Sonnenschirm über mich halten«, sagte sie und streckte ihr Kinn.

Kapitän Jacobs und die Schiffsoffiziere umringten uns:

»Wir lassen das kleine Boot hier, Untersteuermann Gillis Franz sucht mit zehn Männern die Inseln nach Trinkwasser ab. Wir übrigen segeln mit der Schaluppe zum Unbekannten Land.«

»Zuerst bringen Sie mich auf die andere Insel«, sagte Pelzert, »ich will dort drüben erzählen, was wir vorhaben.«

Jacobs schüttelte den Kopf: »Sie werden es nur bedauern. Die Leute werden Sie dort behalten, ich rate ab. Außerdem ist hier keiner, der mit Ihnen rübersegeln will.«

Er sah in die Runde, und die Männer murmelten zustimmend.

Pelzert atmete kurz ein und sagte: »Es ist besser und ehrenhafter, mit ihnen zu sterben, falls wir kein Wasser finden, als am Leben zu bleiben und die Jahre weiterzuleben mit tiefem Herzenskummer.«

Oberbootsmann Jan Everts erklärte sich bereit, Pelzert mit sechs Mann im kleinen Boot hinüberzusegeln, ich war ganz überrascht. Pelzert ließ ein Wasserfaß in das kleine Boot bringen, die Männer schoben das Boot vom Strand, und wir segelten los. Die Sonne sank, Abendrot lag auf dem Meer.

Auch die andere Insel war nur ein baumloser Sandrücken. Männer, Frauen und Kinder standen auf dem weißen Strand und warfen lange Schatten.

»Sie werden uns dabehalten«, sagte Everts und drehte das Boot in den Wind. »Wir werden nicht näher heransegeln.«

Pelzert stand auf und setzte den Fuß auf die Reling. Ich stand auch auf.

»Springen Sie!« rief Pelzert, und ich sprang. Ich kriegte einen Ruderschlag auf den Kopf und ging unter, aber dann spürte ich Boden unter den Füßen und stieß mich nach oben, schwamm einige Züge und hatte wieder Grund. Ich taumelte zum Strand, Leute wateten mir entgegen und stützten mich. Wir drehten uns um und sahen dem Boot nach. Die Seeleute ruderten weg vor den

Augen aller Schiffbrüchigen und verschwanden in der Dunkelheit.

Am nächsten Morgen sahen wir weder die Schaluppe noch das Boot. Kapitän Arian Jacobs hatte den Oberkaufmann Francisco Pelzert mitgenommen, die Jungfer Zwaantje, eine weitere Frau mit ihrem Säugling und vierzig Seeleute.

Auch das Boot, mit dem Untersteuermann Gillis Franz und zehn Männer auf Trinkwassersuche zu den Inseln ringsum segelten, sahen wir nie wieder. Vermutlich tot oder auch nach Batavia gesegelt, dachten wir – wenn wir überhaupt noch dachten.

Wir hatten kein Trinkwasser und nur noch dreizehn Fässer Schiffszwieback. Wir hoben Gruben aus, aber wir fanden kein Wasser.

Der Himmel war blau und schrecklich, aber an diesem Tag lebten noch über dreihundert Menschen. Fünfzig, sechzig waren mit den beiden Booten weggesegelt, siebzig waren noch auf dem Wrack, einhundertachzig auf der Insel.

Wir gruben überall nach Wasser, aber wir fanden nichts.

Ich saß auf dem fremden sonderbaren Dünengras und war schwach vor Schmerzen und Durst.

Der Himmel blieb makellos blau, und blau blieb die See, doch die Brandung schäumte an Riffen, Felsen und Inselchen, und Gischt trübte die Sicht. Die Gischt flog an manchen Stellen senkrecht hoch, zehn, zwanzig Meter, es sah aus, als hingen große Gazeschleier um die Riffe und Felsen oder Rauch. Manchmal schienen die Wellen stillzustehen, und die Inseln trieben in der Sonne. Fern am Horizont glitten Inseln vorüber, eine sah aus wie ein hoher Hut, doch jedesmal, wenn ich hinschaute, hatten sie ihre Form verändert, oder sie schwammen voreinander, und ich konnte sie nicht mehr unterscheiden. Alles bewegte sich, nichts war fest, nichts war, was es zu sein schien auf diesen rauchenden Inseln am Rande der Welt.

Die Insel

Wir hatten kein Wasser und keinen Wein, so daß wir unseren Urin trinken mußten, und viele starben vor Durst. Einige tranken Meerwasser, obwohl doch jeder wußte, daß man davon verrückt wird. Die meisten von ihnen starben schnell.

Die Leute saßen mit ihrem wenigen Gepäck auf dem Strand. Sie waren sehr ruhig, aber immer hörte ich eine hohe klagende Stimme, und wenn sie still wurde, klagte eine andere fort. Später wurden einige Männer wild und brüllten, bis sie röchelten und verstummten. Es soll auch solche gegeben haben, die anderen den Becher mit Urin, den sie sich aufgespart hatten, stahlen.

Am ersten Tag versuchte ich, um die Insel zu gehen. Sie war flach bis auf eine leichte Erhebung. Es gab nur niedriges Gestrüpp, kaum kniehoch, mit trockenen kleinen Ästen und starken Wurzeln – Pflanzen, wie ich sie nie zuvor gesehen hatte. Ich mußte oft ausruhen, denn Kälte aus dem Innersten meines Herzens schüttelte mich. Schließlich gab ich auf und blieb ebenfalls sitzen. Ich grub eine Wurzel aus und saugte an ihr, aber das half nicht gegen den Durst. Ich bekam Durchfall. Ich war nicht der einzige. Wir konnten uns nicht reinigen.

In den nächsten beiden Tagen war ich oft bewußtlos. Manchmal weckte mich der Geruch der Parfumkugel, die Lucretia Jansz mir unter die Nase hielt. Ich erinnere mich nicht mehr an viel, und das, was ich weiß, hat keinen Zusammenhang.

Ich sehe mich auf dieser harten Korallenerde liegen, Korallenstaub auf den Augenbrauen und den Lippen. Der Himmel ist wolkenlos. Marie Fluchar hebt meinen Kopf und benetzt meine Lippen.

Ich sehe mich in der Abenddämmerung. Aus den Schatten über dem Meer erheben sich gestaltlose Schrecken. Es wird Nacht, und der Mond liegt auf dem Rücken.

Ich sehe mich noch einmal auf dem Strand, weißes Licht sticht mir in die Augen. Meine Zunge ist dick, ein Tier in mir, das mich erstickt. Eine Frau legt ein nasses Tuch über mein Gesicht. Ich schmecke Salz.

Am vierten Tag dachte ich nichts mehr. Marie Fluchar lag bewußtlos und schon halb von Sand bedeckt neben mir. Ich hörte den Schrei einer Seeschwalbe und wandte den Kopf und sah, wie ein Mann von den Brüsten einer ohnmächtigen Frau zu trinken versuchte und über ihr zusammenbrach und starb.

Danach schickte Gott Regen.

Regen fällt auf meine Augenlider und auf meine zersprungenen Lippen. Es ist wieder Nacht. Ich sauge an meinem Ärmel, ziehe mir das Hemd vom Leib. Ich wasche den Salzgeschmack aus dem Stoff und krieche zu Marie und stopfe den Ärmel in ihren Mund. Der Regen prasselt auf mich herab. Sie schluckt.

Es wird hell. Unteroffiziere krächzen Befehle, und taumelnde Soldaten halten Zeltplanen zwischen sich. Das Regenwasser strömt aus den Planen in die leeren Fässer, gurgelt, sprudelt, läuft über, platscht.

Große schwarze Wolken laden sich ab, sie wären zum Fürchten, wenn wir nicht schon so viel erlebt hätten. Es ist sehr windig, aber die Kraft der Wellen läßt nach.

Marie steht auf und zieht mich hoch.

Den ganzen Tag regnete es. Wir aßen etwas Brot. Der Prediger begrub die Verdursteten und dankte Gott für den Regen. Die Soldaten sammelten Schiffsholz, das die Wellen an den Strand spülten und das sich für Zeltpfosten eignete, und richteten Zelte auf.

Später fing ich zwei Fische. Ich nahm dazu eine Planke vom Wrack, schob sie ins Wasser und legte mich darauf. Die Schmerzen in Arm und Schulter behinderten mich, aber Salomon Deschamps, der mich endlich gefunden hatte, war in praktischen Fragen nie eine Hilfe, und den Frauen hätten andere Männer die Planke weggenommen. Ich paddelte mit den Händen zum tiefen Wasser. Ich hatte eine Schnur und einen krummen Nagel, aber keinen Köder, und ich mußte lange angeln, doch am Nachmittag, als es aufhörte zu regnen, bissen zwei an, und ich paddelte zurück. Ich bat einen Soldaten um sein Feuerzeug – Stahl, Stein und Zunder – und schlug Feuer, Marie hatte trockene Wurzeln ausgegraben und sich darauf gesetzt, damit niemand sie ihr stahl. Wir brieten die Fische, sie waren grüngelb gestreift. Zwei Fische waren nicht viel für mich, Salomon, Lucretia und Marie, aber ihr Anblick auf dem Stock über dem Feuer und ihr Geruch ermutigten uns.

Marie Fluchar forderte mich auf, mit ihr um die Insel zu gehen. Ich schämte mich vor ihr wegen der vergangenen Tage. Nie war mir jemand so nahe gekommen, nicht einmal meine Frau, der sie in nichts glich bis auf den Namen.

Die Insel war dreieckig und hatte einen breiten Saum aus scharfkantigen weißgrauen Korallensteinen. Mehrere hohe Strandwälle erinnerten an vergangene Stürme, und ich dachte, daß das Meer bei Orkan doch über die Insel hinweggehen würde. An ihrer südwestlichen Ecke gab es einen Sandstrand, er war klein und der Sand war grau. Hier traf eine Strömung aus der Richtung des Wracks auf die Insel, und Männer zogen Schiffstrümmer aus dem Wasser. Die *Batavia* konnten wir in der hohen Brandung an der Riffkante nicht erkennen.

Wir sahen einen Adler, Möwen, Pelikane und andere Wasservögel, deren Namen Marie Fluchar kannte: Austernfischer und Kormorane.

»Die gibt es auch an der Nordsee«, sagte sie.

Ich zeigte ihr meine Pfeilspitzen, und wir suchten nach Holz, das sich für einen Bogen und Pfeile eignete oder für einen Speer, aber wir fanden keins.

Es regnete wieder, und wir froren in unseren nassen Kleidern. Ich wollte zurück zu den Zelten, um uns trockene Schlafplätze zu verschaffen. Ich rechnete nicht mit Schwierigkeiten, und es gab dann auch keine – mir hatte bislang nie jemand widersprochen.

Ich lag unter der Zeltplane und hörte dem Trommeln des Regens zu. Die Insel war zu klein für einhundertachtzig Schiffbrüchige.

Das Wetter beruhigte sich am nächsten Tag, und die Männer, die noch auf dem Schiff waren, kamen einer nach dem anderen allmählich zu uns.

Der direkte Weg vom Schiff zur Insel führte über eine unterseeische Ebene. Rings um die Ebene lief das Riff, auf dem sich unsere Insel erhob und an dessen gegenüberliegender Seite die *Batavia* aufgelaufen war. Das Riff umschloß eine Fläche von, grob geschätzt, zweitausend Metern Breite und viertausend Metern Länge. Bei Ebbe fiel die Ebene manchmal trocken, und bei Flut war sie von Wasser bedeckt. Aber auch wenn sie trocken fiel, gab es tiefe Wasserlöcher und Wasserrinnen, so daß man nicht gehen konnte, und bei Flut blieben oft so viele flache Stellen, daß man nicht segeln konnte. Später lernten wir, mit Stelzen über diese trügerische Wasserebene zu gehen.

Wir beobachteten, wie die Männer vom Schiff sich zu uns kämpften. Manche wateten über die Untiefen und durchschwammen die Wasserlöcher, andere paddelten auf Planken, eine Gruppe hatte ein Floß, stakte und saß immer wieder fest, und die Männer stiegen ab und zerrten das Floß vorwärts, bis sie zu tiefem Wasser kamen. Einige ertranken in den Wasserrinnen.

Wir erfuhren später nur in Andeutungen, was die Männer auf dem Wrack erlebt hatten, ehe das Unwetter den Regen brachte. Auch sie hatten kein Trinkwasser gehabt, und als sie ihren Durst mit Schnaps stillen mußten, waren sie mißtrauisch geworden und gefährlich wie wilde Tiere. Jeder zog sich mit einem Messer oder

Dolch in ein Versteck zurück. Tagsüber hatten sie sich belauert, und nachts waren sie auf der Suche nach Eßbarem im Schiff umhergeschlichen.

Der Kanonier Rickert Woutersz watete an Land. Seine Füße bluteten, denn die Korallen hatten seine Schuhe zerschnitten, seine Pluderhose war zerrissen und die Feder an seinem Hut abgebrochen. Der Kanonier konnte es gar nicht glauben, daß Kapitän Jacobs ohne ihn weggesegelt war.

»Ich habe vor dem Schiffbruch einige Tage mit einem Schwert unterm Kopf geschlafen, und dafür bin ich nun vom Kapitän schlecht belohnt worden«, sagte er und sah dabei suchend über uns hinweg, als könnte der Kapitän doch noch kommen.

»Der Skipper wollte das Schiff in seine Gewalt bringen und den Kommandeur über Bord werfen!« schrie er uns an.

Einige lachten.

»Deshalb glaube ich, daß der Kapitän die Schaluppe niemals nach Batavia bringen wird«, sagte Kanonier Woutersz, nun schweratmend. »Er wird mit ihr nach Malakka gehen.«

Malakka war die Handelszentrale der Portugiesen, denen die Holländer das Gewürzmonopol im Fernen Osten abzujagen versuchten.

Jemand rief: »Dann segelt er eben nach Malakka und holt von dort Hilfe und rettet uns.«

Immer mehr Leute umringten den Kanonier.

Ein Soldat rief: »Die wollten die *Batavia* nach Madagaskar segeln und Piraten werden.«

»Nach St. Helena!« rief ein anderer.

Kanonier Woutersz erzählte weiter, wiederholte sich, nannte Namen: »Wenn das Schiff nicht gestrandet wäre, dann hätten wir es ein paar Tage später erobert und den Kommandeur über Bord geworfen mit allen Leuten bis auf einhundertzwanzig. Wir haben nur auf eine gute Gelegenheit gewartet. Die beste wäre gewesen, wenn der Kommandeur die Männer in Eisen geschlossen hätte, die Hand an Lucretia Jansz gelegt haben. Conrad van Heussen hat gesagt, wenn die Leute in Eisen kommen, ist er der erste, der mit einem Schwert in die Kabine springt und den Kommandeur über Bord wirft.«

»Das ist nicht wahr«, schrie Judith Bastians, die Tochter des Predigers, und sah mich erschrocken mit runden blauen Augen an – wer Pelzert töten wollte, mußte sich gut überlegt haben, wie er mich zuerst umbrachte.

»Halt dich da raus«, sagte ihre Mutter Maria Schepens scharf.

Jeder wußte, daß Judith in den schönen Conrad van Heussen verliebt war. Sie trieb sich bei den Offiziersanwärtern herum, wann immer sie Maria Schepens entwischen konnte. Judith glaubte, alles sei erlaubt, wenn es nur ihrer Stiefmutter nicht gefiel.

In die kleine Pause, die stets den Worten von Maria Schepens folgte, sagte der Soldat Jan Hendrich aus Bremen mit seiner schweren rauhen Stimme: »Woutersz hat recht. Der Fensterrahmen und David Zevanck haben es auch gesagt: daß der Kapitän und Oberbootsmann Everts und Allert Janszen und die Bohne und Gisbert van Welderen das wollten. Und daß sie den Niedergang der Soldaten zunageln, bis sie das Schiff in ihrer Gewalt haben.«

Fensterrahmen war der Spitzname von Lanzenkorporal Jacop Pieters, der die breitesten Schultern von allen hatte.

Ich konnte nicht glauben, daß Kapitän Jacobs mit ein paar Kanonieren und Offiziersanwärtern zweihundert Menschen töten und mit der *Batavia* auf Seeraub gehen wollte: Die Leute langweilten sich an Bord, litten unter der harten Disziplin und malten sich zum Zeitvertreib ein freies Leben als Piraten aus. Ich konnte mir aber sehr gut vorstellen, daß der Kapitän und die Schiffsoffiziere die Festung Batavia ohne Kommandeur Pelzert erreichten. Salomon und ich konnten uns auch vorstellen, daß die Seeleute dort sagten, das Schiff sei mit uns allen in tiefem Wasser gesunken, weil sie die Geldkisten selbst holen wollten, später einmal, wenn ihre Kontrakte mit der Companie abgelaufen waren.

Die Geschichte, die Rickert Woutersz auf die Insel gebracht hatte, löste großes Gerede unter den Schiffbrüchigen aus. Die Soldatenfrauen hielten Lucretia Jansz für die Ursache der Feindschaft zwischen dem Kapitän und dem Kommandanten.

»Erst wollte der Kapitän sie haben, weil sie so schön ist...«, sagte Anneken Kanonier.

»Schön und stumm und dumm«, sagte Trinchen Fredricks, die Frau des Obertrompeters Claas Jansz.

»...aber sie sah nur den Kommandeur«, sagte Anneken Kanonier und verdrehte die Augen.

Lucretia Jansz wandte sich ab, als die Frauen über sie sprachen, und ging davon. Sie war eine delikate schmalgebaute Schönheit aus der vornehmen Heerenstraat in Amsterdam, mit durchscheinender Haut und blondem Haar, und viele Männer gaben sich Mühe, ihr zu gefallen. Lucretia beachtete sie nicht, was manche noch mehr anstachelte, andere in Wut brachte. Sie war kinderlos, seit neun Jahren mit dem Diamantenschleifer Boudewijn van der Meilen verheiratet, nun Unterkaufmann in Burma, und trug ein Armband, an dem Glückssteine hingen: Blutjaspis für Fruchtbarkeit und Jaspis für eine sichere Kindsgeburt. Kapitän Jacobs hatte Lucretia Jansz lange mit groben Aufmerksamkeiten verfolgt, ehe er sich ihrer Jungfer Zwaantje zuwandte.

»Die Frau des Kochs hat gleich gesagt, daß Zwaantje ein Straßenschwein ist«, sagte Sussi, Trinchens Schwester. Ein Straßenschwein war eine Hure.

Unter den Kanonieren hieß es, erst habe der abgewiesene Kapitän Lucretia Jansz das Gesicht mit einem Messer zerschneiden wollen, aber dann wollte er, daß viele Männer sich an ihrer Erniedrigung beteiligten, damit keiner ergriffen würde. Der Kapitän habe mit dem Überfall auf Lucretia Jansz den Kommandeur zu dem Befehl provozieren wollen, Leute einzusperren, was dann das Signal zu einer Meuterei gewesen wäre.

Ich fragte Salomon nach der Ursache für den Zwist zwischen Jacobs und Pelzert. Salomon war als Buchhalter mit dem Kommandeur in Indien gewesen, wo Pelzert die Faktorei der Companie in Agra geleitet hatte, und war mit ihm vor einem Jahr auf der *Dordrecht* nach Europa zurückgekehrt – Kapitän der *Dordrecht*: Arian Jacobs.

»Es gab Streit in Surat zwischen Kommandeur und Kapitän, aber keiner weiß, worum es ging«, sagte Salomon ausweichend und fingerte an seiner Brille herum.

Salomon hielt sich immer vorsichtig von Schwierigkeiten fern. Sogar die gröbsten Männer mochten ihn, worüber ich auf dem Schiff oft gestaunt hatte. Vielleicht lag es an seiner Gelehrsamkeit, vielleicht an seiner Herzensgüte.

Schließlich sagte er zögernd: »Ich glaube, der Kapitän hat in Surat private Handelsgeschäfte gemacht, was verboten ist, und der Kommandeur hatte ihn in der Hand.«

Die Ungewißheit, ob der Kapitän den Kommandeur auf der Reise mit der Schaluppe töten wollte, hielt uns seit der Ankunft von Kanonier Rickert Woutersz in Unruhe. Bislang hatten wir überlegt, ob die Seeoffiziere Batavia erreichen und ob Retter uns wiederfinden könnten. Nun überlegten wir ebenso endlos, wer die Retter sein würden: Pelzerts Leute, die jeden Verschwörer an den Galgen bringen, oder Jacobs Leute, die nur die Verschwörer retten und alle anderen auf der Insel umkommen lassen würden – wenn es überhaupt eine Verschwörung gab.

Wir begruben die Männer, die auf dem Weg vom Wrack zur Insel ertrunken waren, und nannten die Insel Batavias Friedhof.

Der Prediger las an den Gräbern aus der Heiligen Schrift und betete laut. Aber er wirkte vor dem Streifen der strahlend weißen Brandung, die unaufhörlich am Riff rauschte, vor den langen smaragdgrünen und azurblauen Wogen, die unablässig auf das zerschlagene Korallengestein am Strand zuliefen, so fehl am Platz, daß sein Anblick uns Angst einflößte. Er war der gleiche behäbige Mann aus Dordrecht wie früher, trug den gleichen zobelverbrämten schwarzen Seidenmantel, an dem der Wind zerrte, mit weißem Kragen und Manschetten und schwarzem Hut, doch wie er da stand, wußten wir, daß Gott ihn nicht mehr hörte.

Viele richteten ihre Augen auf Maria Schepens, seine Frau. Sie war eine kraftvolle und befehlsgewohnte Person, die Schwester bekannter Prediger. Sie wußte, was gut und böse war, was einem zustoßen durfte im Leben und was nicht. Aber Maria Schepens kümmerte sich nur um ihre Familie.

Die Obrigkeit, die auf der *Batavia* gereist war, löste sich weiter auf.

An Bord hatte der Profoß unablässig die Runde über die halbdunklen Decks gemacht, wobei ein Trompeter und ein Trommler ihn begleiteten. Der Profoß schlug grob zwischen Streitende und drohte mit dem Schließeisen. Er leuchtete in jeden Winkel, um Zusammenrottung und Verschwörung aufzudecken. Wenn bei Sonnenuntergang die Schiffsglocke läutete, löschte der Profoß die Lichter – die Kartenspieler machten allerdings, sobald er vorbei war, die Lichter wieder an und spielten um Geld, was verboten war. Abends um acht rief er die erste Wache aus, wie in den Städten der Niederlande. Auf der Insel vermißte ich seinen Sprechgesang, und wenn ich im Dunkeln fremd neben Marie Fluchar lag, wiederholte ich für mich, was ich so viele Monate gehört hatte:

Gott sende uns eine gute Nacht,
Eine gute Nacht und guten Frieden,
Glück, und eine sichere Reise dazu.
Auf, die ihr Wache habt! Die anderen zur Ruh!

Der Profoß hieß Peter Jansz und hatte Frau und Kind dabei. Er machte anfangs schwache Versuche, Ordnung auf der Insel durchzusetzen, aber die Soldaten schüchterten ihn ein, und so ging er zu seiner Familie zurück und saß mit ihr abgesondert auf einem Grasfleck.

Jeronimus Cornelisz kam am Donnerstag, den 14. Juni, auf die Insel, zehn Tage nach dem Schiffbruch und acht Tage nach Pelzerts Abfahrt.

Er hatte drei Tage auf dem Bugspriet gesessen, denn er konnte nicht schwimmen und traute sich nicht, ins Wasser zu springen. Auf der Spitze des Bugspriets trug die *Batavia* noch einen kleinen vierten Mast. Als der abzubrechen begann, klammerte Jeronimus sich fest, und das Meer schwemmte Mast und Mann an die Südwestecke von Batavias Friedhof.

Es spülte gleichzeitig mit Jeronimus ein 600-Liter-Faß mit Trinkwasser an den Strand.

Die Ankunft des Unterkaufmanns war zunächst noch kein Wendepunkt in der Unordnung, in der wir lebten.

Als Jeronimus sich ausgeschlafen und ein wenig erholt hatte, kamen die Leute zu ihm und zeigten ihm ihre Wunden, denn er war Apotheker in Haarlem gewesen, ehe er zum ersten Mal nach Indien ging. Er rief den Oberbarbier Maestre Frans Jansz, der tüchtig war, aber als Studierter so vornehm tat, daß er die Leute einschüchterte, und ließ ihn die Arzneitruhen öffnen. Jeronimus ging in alle Zelte und Unterstände, hinter jeden Windschutz und zu jedem Sandloch und besah sich Wunden und Geschwüre, Knochenbrüche, Entzündungen. Er ließ die Barbiere Kräuter auflegen und essiggetränkte Umschläge und tröstete die Kranken.

Ich ging mit Jeronimus. Ich suchte den Juwelenkoffer, der mit den Arzneitruhen der Barbiere an Land gebracht worden war. Der Unterkaufmann wußte nichts von den Juwelen und ihrer Kostbarkeit. Ihm gefiel es, daß Pelzerts Leibwächter nun ihn begleitete, und er bat mich sogar, mein Schwert umzuhängen und meine Pistolen in den Gürtel zu stecken. Es waren Reiterpistolen aus dem Krieg, die eindrucksvoll aussahen, aber ganz nutzlos waren, weil sie während des großen Unwetters, das unser Leben rettete, lange im Regen gelegen hatten. Jeronimus ließ mir abends Umschläge mit Honig und Aloe auf Oberarm und Schulter legen und gab mir gegen die Schmerzen Colchicum mit Mohnsaft aus Indien, so daß ich schlafen konnte.

Die Leute glaubten Jeronimus mehr als den Barbieren, die doch geprüfte Chirurgen der Companie waren, und meinten, schon sein Blick, seine Gegenwart helfe.

»Er ist ja so ein schöner Mann«, sagte Sussi, die Schwester der Trompeterfrau, was Jeronimus beinahe lächerlich gemacht und geschadet hätte, denn an diesem Tag hörte man Jan Hendrich mehrfach flöten: »Er ist ja so ein schöner Mann!«

Der Unterkaufmann war eine Erinnerung an die strenge, beschützende Ordnung der Vereinigten Ostindischen Companie. Fast alle hatten während des Schiffbruchs und danach etwas getan, für das sie sich nun schämten oder für das die Companie sie nach der Rettung sogar bestrafen könnte. Der Unterkaufmann aber hatte alles selbst miterlebt, er kannte Angst, Durst und Feigheit. Er war der ranghöchste Angestellte der Companie auf der Insel, und seine Fürsprache würde ihnen helfen.

Das große Trinkwasserfaß, das mit Jeronimus auf die Insel gekommen war, gab uns Zuversicht: Das Schiff war weiter zerbrochen. Es konnten noch mehr Trinkwasserfässer kommen, auch Fässer mit Salzfleisch und Brot.

In diesen Tagen zog ich mich von Marie Françoise Fluchar wieder zurück. Sie war die Frau eines anderen Mannes, der ihre Reise bezahlte und in Batavia auf sie wartete, und selbst wenn sie ihn noch nie gesehen hatte, war es nicht richtig, daß wir jede Nacht nebeneinander schliefen. Aber das war nicht der eigentliche Grund.

Als Jeronimus mir seine Medizin gab, hatte ich manchmal wunderbare Träume. Meist war es Frühling in meinem Tal im Fränkischen, in dem mein Gut lag, Herrenhaus, Scheune, Ställe, von einer Mauer umschlossen. Einmal ging ich durch den Buchenwald und führte mein Pferd, auf dem meine kleine Tochter saß, und meine Frau ging neben mir, meine Frau Marie, die ich in meinen Träumen so lange gesucht hatte. Ich wachte auf und roch an der Frau neben mir, und da war es Marie Fluchar, und ich schreckte zurück und wußte auf einmal wieder alles. Ich hatte ein Leben in meinen Träumen und eins in der Wirklichkeit, und nun begannen diese Leben sich zu vermischen. Das wollte ich nicht. Von der Stunde an wich ich Marie Fluchar aus.

Niemand konnte auf Batavias Friedhof irgendwem ausweichen.

Wir behinderten uns beim Fischen und beim Vogelfang. Wo einer fischte, fischten alle, und die Fische schwammen fort. Wohin man auf der Insel schaute – überall saß jemand und erleichterte sich, und oft vergruben sie es nicht einmal im Sand, und wenn sie es vergruben, grub ein anderer es unfreiwillig wieder aus. Das Schlimmste: Alle schienen das Gefühl zu haben, sie kämen zu kurz, und überall würde nur gestohlen und betrogen und heimlich getrunken und vergeudet auf ihre Kosten.

Die Offiziersanwärter begannen, sich ein Floß zu bauen, und die Kaufmannsassistenten David Zevanck und Andries de Vries halfen ihnen dabei. Soldaten und Matrosen und Schiffsjungen bauten Flöße, obwohl nicht genug Holz für alle da war – dreißig Schiffsjungen gab es auf der Insel, dumme kleine Knaben aus den Waisenhäusern, zwischen acht und sechzehn Jahren alt, die das Schiff jeden Tag gefegt hatten. Die Zimmerleute schlenderten von einem Floßbau zum anderen, und Jan Egbert, der mit mir durch die Brandung getaucht war, sagte laut am Floß der Offiziersanwärter und Kaufmannsassistenten: »Das wird doch nichts.«

Dann, eines Morgens, waren die großen weißen Vorhänge aus Gischt in sich zusammengefallen. Die See hinter der Brandung lag ruhig und tintenblau, und wir waren von Inselchen umgeben, die wir noch nie gesehen hatten. Männer und Jungen schoben ihre Flöße ins Wasser. Nur ein kleines jämmerliches Floß blieb am Strand liegen. Rainder Hendricks stand daneben, der Chefsteward. Seine Stewards waren ihm weggelaufen, allen voran Jan Pelgrom de Bye, Pelzerts Kabinendiener, der Junge mit dem Goldhaar, den wir Jan van Bemmel nannten nach dem Ort, aus dem er kam.

»Gehst du nicht mit?« sagte die kleine Hiltche zu mir. Sie war sechs Jahre alt, und wir unterhielten uns manchmal. Ihr Vater, Kanonier Hans Hardens aus Dithmarschen, war auf einem der Flöße. Sie hielt ihre Mutter Anneken Hardens fest an der Hand. Hiltche und Anneken hatten die gleichen Stupsnasen, die gleichen Sommersprossen und das gleiche rötliche Kraushaar.

Der Chefsteward sah mich unsicher an.

»Ich habe gute Stiefel«, sagte ich. »Ich kann ins Wasser springen und auf den Korallen gehen und das Floß schieben.«

»Sie sind ein Herr«, sagte der Steward.

»Segeln kann ich nicht«, sagte ich. »Aber ich kann schwimmen. Und ich bin stark.«

»Sie waren mal stärker.«

»Und du hast auch mal bessere Tage gesehen.«

»Nicht unbedingt«, sagte er. »Ein Segel habe ich nicht. Die beiden Stangen sind zum Staken und zum Steuern. Ich will aber nicht über die Untiefen gerade auf das Wrack zu wie die anderen, ich gehe raus ans Riff und außen herum.«

Wir zerrten das Floß auf die andere Seite der Landzunge und schoben es ins Wasser und zum Riff hinaus, an dem die Brandung träge aufsprang. Hiltche und ihre Mutter winkten uns.

Als die Brandungswellen, die von fern so klein ausgesehen hatten, vor uns brachen und das Floß heftig schaukelte, packte uns eine Unterströmung und riß uns mit und trug uns durch die Brandung in tiefes, dunkles Wasser. Der Chefsteward schrie, und ich sprang ins Wasser und versuchte, das Floß wieder auf das Flach zu drücken. Es trieb nach Süden, Rainder versuchte zu steuern, ich hielt mich fest. Dann begann es, sich zu drehen, ich berührte mit den Füßen Grund, verlor ihn wieder, wir kamen wildschaukelnd durch die Brandung zurück und fuhren auf eine kleine Sandbank. Auf der Sandbank lag ein Seehund. Er guckte uns aus feuchten Augen an und glitt zögernd ins Wasser.

»Dem nächsten schneide ich die Kehle durch«, sagte ich. Wir hatten immer Hunger.

So kamen wir voran, unter großen Mühen, von Sandbank zu Sandbank. Wir haben später diese Fahrt noch oft gemacht, aber die erste war die schlimmste, weil wir die Strömungen nicht kannten und nicht wußten, ob wir überhaupt zum Wrack kämen.

An der Südecke der unterseeischen Wasserebene, kurz ehe wir nach Nordosten staken mußten, wurde das Wasser wieder flacher. Das Meer hatte hier wunderbare Farben, Azur, Smaragd. Schwärme leuchtend blauer, roter und grüner Fische zogen über helle Stellen, an denen das Sonnenlicht auf den Wellen schaukelte und bis auf den sandigen Grund fiel. Ich konnte nicht glauben, daß Gott diese Schönheit nicht sah.

Die *Batavia* lag in der Brandungszone am Riff, und trotz der Windstille machte der Schwell des Ozeans uns Sorge. Das Wasser gurgelte um Wrackteile und Steine, die Strömung war hier schnell, und der Sog wechselte unberechenbar.

Der Chefsteward sagte: »Man muß genau den Augenblick von Stillwasser abpassen, sonst kann man gar nichts tun.« Stillwasser, so verstand ich, war der Moment, in dem Ebbe und Flut sich umkehrten, ein kurzes Atemholen des Ozeans. Rainder fischte mit seiner Stange ein Stück Tau aus dem Wasser und band das Floß am Wrack fest.

Die Takelage lag auf den versunkenen Decks, Masten und Rahen und Segel in einem wilden Durcheinander, das sich mit jeder Welle hob und senkte. Das Achterschiff mit dem prachtvoll gerüsteten Willem van Oranje aus Holz, dem Anführer des niederländischen Aufstands gegen die Spanier, war verschwunden. Auch der rote Löwe an der Spitze der Galion war abgebrochen. Die Steuerbordseite war eingedrückt, der Laderaum aufgerissen. Doch insgesamt hielt die *Batavia* noch erstaunlich gut zusammen. Sie war ein stark gebautes Schiff mit schweren Spanten und einer doppelten Lage von Planken ringsum.

»Jede Welle rüttelt an den Verbänden«, sagte Rainder. »Jeder Sturm zerschlägt das Schiff mehr.«

Die Bedingungen zum Bergen waren nie wieder so gut wie an diesem ersten Tag, aber wir waren unerfahren und schwach. Die anderen Flöße sahen wir in weiter Entfernung, die Männer waren auf Untiefen festgekommen und hatten aufgegeben. Rainder zog an einem Segel, das wir als Zelttuch brauchen konnten, aber es war an einer Rahe festgebunden. Er fischte mit einer Stange und versuchte, Gegenstände aufzupiken und hochzuholen, die nach Essen aussahen, doch sie schwammen ihm davon. Ich mußte ins Wasser. Die Strömung war so hart, daß Rainder mich in ein Tau einknüpfte, das er mir unter den Armen und zwischen den Beinen durchzog.

Geräuchertes Fleisch für die Offiziere, geräucherte Zunge, Schinken, Reis und Weizenmehl, Zucker, Honig und Rosinen waren aus dem aufgeschlagenen Achterschiff über das Riff in die Tiefe getrieben, aber im Laderaum mußte es noch Pökelfleisch für die Leute, Speck und Stockfisch, Erbsen und getrocknete Pflaumen geben. Der größte Teil der Ladung von 600 Tonnen bestand aus Lebensmitteln für die Kaufleute in Batavia, großen Fässern mit gepökeltem Fleisch und Butter, mit Bier und Wein.

Der Chefsteward stocherte weiter mit seiner Stange in der Tiefe, und wenn er auf ein Fäßchen oder eine Kiste stieß, tauchte ich danach. Ich holte ein Tönnchen herauf, das Öl enthielt, ein vergipstes Brotfaß, eine Zinnkanne, eine Muskete und mehrere kleine Fässer, deren Inhalt wir nicht erraten konnten. Plötzlich, wie mir schien, war es dunkel.

»Wir bleiben hier«, sagte Rainder, »und bergen morgen das Segel.«

Meine Schulter schmerzte wieder. Ich hatte einen blauen rotgepunkteten Fisch mit den Händen gefangen, den aßen wir roh. Wir öffneten das vergipste Fäßchen mit Schiffsbrot, und Rainder hatte Trinkwasser mitgebracht und teilte es mit mir.

»Stark sind Sie ja, wenn Sie nicht gerade benommen sind, und Angst kennen Sie nicht«, sagte er. »Aber von der Seefahrt haben Sie keine Ahnung.«

»Und du kannst nicht schwimmen und nicht tauchen«, sagte ich.

»Auch wieder wahr«, sagte er. »Ich gründe eine Bergungsfirma. Ich hole Zeug vom Wrack und tausche es auf der Insel gegen alles, was ich brauche und haben will. Ein Kompagnon wäre mir angenehm.«

So begann meine Arbeit mit Rainder Hendricks, Fischersohn von der Insel Ameland, der mit seinem Vater ausgefahren war, bis die Lust ihn packte, die Welt zu sehen. Ausgerechnet auf dem Wrack hatte ich zum ersten Mal seit dem Schiffbruch unser Unglück für Stunden vergessen.

Bei Sonnenaufgang schossen rosa und grüne Farbbündel über das Wasser. Die See war ruhig, aber Rainder traute dem Wetter nicht. Wir zogen das Segeltuch auf das Floß, das nun tief im Wasser lag, und machten uns auf den langen, mühseligen Rückweg.

Erst nach Mittag, die Sonne fing schon an zu sinken, gelangten wir auf die Insel Batavias Friedhof. Männer wateten uns entgegen und zerrten das Segel, die Fäßchen und die Kisten vom Floß. Rainder brüllte und schlug mit der Stange nach ihnen, und ich nahm meinen Dolch – mein Schwert war im Zelt bei Marie –, aber es waren zu viele. Als das Floß auf den Strand stieß, sprang ich an Land und war sofort in eine Messerstecherei mit vier, fünf Mann verwickelt, bis Jan Hendrich kam und mir mit einer Keule einen Schlag auf den Hinterkopf gab. Ich sackte in die Knie. Der Buchhalter David Zevanck hatte, wie man mir später sagte, Hendrich auf mich gehetzt. Als letztes sah ich Zevancks Grinsen – weiße Eckzähne in einem schwarzen Bart.

Nur das Floß nahmen sie uns nicht weg.

Es war sinnlos, sein Leben am Wrack einzusetzen, wenn man bei der Rückkehr überfallen, ausgeplündert und zusammengeschlagen wurde.

Aber am nächsten Tag – ich lag schwach auf der Erde und hatte Schmerzen – kam der Chefsteward und sagte: »Nun?«

Und so fuhren wir zum zweiten Mal aus, stakten das Floß, und Rainder unterwies mich im Steuern.

»Wir brauchen ein kleines Boot mit Mast und Seitenschwertern, damit wir zum Wrack segeln können«, sagte Rainder auf der ersten Sandbank, auf der diesmal kein Seehund lag.

Er hatte mit Lanzenkorporal Jacop Pieters, dem Fensterrahmen, und David Zevanck und dem Soldaten Wouter Loos gesprochen und verabredet, daß sie uns diesmal bei unserer Rückkehr mit ihren Freunden schützen würden.

»Zevanck?« sagte ich.

»Wählerisch können wir nicht sein«, sagte Rainder. »Die Leute werden sonst wieder alles plündern und uns erschlagen.«

Der Schwell am Wrack machte uns mehr zu schaffen als am Vortag. Wir kehrten bei Tidewechsel und sinkendem Licht um. Wir hatten Tauwerk aufgefischt, ein Fäßchen Schießpulver, ein Tintenfaß, eine Kiste mit Spitzenkragen, worüber viele auf der Insel bitter lachten, und ein Fäßchen mit Nägeln, das Rainder behalten wollte für unser Boot, das er dann aber mit dem Fensterrahmen teilen mußte. Dafür bekamen wir von den Soldaten Rechte an ihrem Kochkessel.

Am nächsten Tag setzte wieder der Wind ein, der das fremde Gras beugte und kleine Sandkörner über die Korallenscherben und die Strandwälle trieb, die uns anzeigten, wie hoch das Meer im Sturm ansteigen konnte und wie wenig dann von der Insel übrig blieb. Die Gischt flog wieder senkrecht in die Höhe, zehn, zwanzig Meter hoch, weiße Schleier hingen um Felsen und Inseln, die Brandung donnerte ans Riff. Alles, was wir außerhalb von Batavias Friedhof sehen konnten, flog wieder und schwamm und verschob sich.

Der Wind blies mehrere Tage aus Süd und Südsüdost. Die Strömung schwemmte vier 600-Liter-Fässer mit Trinkwasser an, ein Faß französischen Wein, fünf 600-Liter-Fässer mit spanischem Wein und ein Faß Essig.

Jeder hatte, wie an Bord, einen Liter Flüssigkeit am Tag. Wir aßen Gras und Tang und ein wenig Schiffsbrot und manchmal einen Fisch oder einen Vogel.

Abends, wenn der Wind nachließ, hüllten Wolken von Insekten uns ein, beißende Fliegen, stechende Ameisen, die in Schuhe und Kleider krochen. Im Gras lauerten Zecken, die die Haut nicht losließen, man mußte warten, bis sie sich mit Blut vollgesaugt hatten und abfielen.

Einige Männer redeten unaufhörlich von Gott. Andere erzählten Kriegserlebnisse. Die meisten waren niedergeschlagen.

Manchmal malten Salomon und ich gemeinsam Phantasiebilder – Stilleben, wie sie in Amsterdam modern geworden waren, mit Wildschwein, Hasen und Kapaunen, mit Rehbock und Tauben, Fasanen, Spargel, Artischocken, Weintrauben, weißen und blauen – oder wir erzählten uns von großen Essen, die wir miterlebt hatten.

»Und dann kamen die Hummer herein«, sagte Salomon, »der Hirschbraten und die Birnen.«

»Das gab es nie bei dir zu Hause«, sagte ich, »das hast du auf dem Bild gesehen, das Snyders voriges Jahr bei Rubens gemalt hat.«

»Das«, sagte Salomon würdevoll, »hat Rubens selbst bei uns gemalt, ehe die Gäste kamen und alles aufaßen.«

Aber solche Gespräche führten wir nur, wenn es uns etwas besser ging, und das war nicht oft.

Immer wanderten Leute um die Insel, wie in einem endlosen Korso, und klaubten auf, was die Strömung an den Strand spülte. Das meiste war zerbrochen. Einmal brachte das Meer eine Soldatenkiste. Zwei blaue Hemden waren darin, eine Reisejacke, eine Schlafmütze, Strümpfe, ein Paar Schuhe, eine Leinwandjacke, eine Spanholzschachtel mit Zwirn und Nähnadel, ein Dutzend Tabakspfeifen und ein Literfäßchen Branntwein – die Ausrüstung im Wert von knapp dreißig Gulden, die angeworbene Soldaten von den Seelenverkäufern in Amsterdam bekamen, den Herbergswirten, die die Companie mit Männern versorgten. Die Soldaten standen still um die Kiste. Als die Ostindische Trommel durch die Straße am Montelbaans-Turm rasselte, waren sie mit Kisten wie dieser ins Ostindienhaus gekommen und hatten geschworen, sich den Gesetzen der Companie zu unterwerfen. Sie waren lustig und übermütig gewesen und hatten von Gold und Edelsteinen gesprochen, die sie in Indien von den Straßen aufklauben wollten.

Nun waren wir Gewalten ausgeliefert, die wir nicht kannten und nicht beeinflussen konnten. Wir konnten nur warten. Das erfüllte die Stärksten unter uns mit Furcht.

Wir sahen morgens den Sonnenaufgang und abends den Sonnenuntergang, und dazwischen geschah nichts. Am Rande der Welt gab es nur ein paar Sandflecken auf einem Riff – anders als in meinem Traum, in dem ich mir das Ende der Welt als gewaltigen Felsabbruch vorgestellt hatte, den man hinabstürzte in ewige Finsternis. Aber ich hatte das gleiche Gefühl wie im Traum: Wie überlebst du das, wie kommst du da raus.

»Nun leben wir hier«, sagte Marie Fluchar am dritten stürmischen Tag, »und wenn Sie das nächste Mal zum Wrack fahren, bringen Sie mir einen Topf und ein Messer mit und ein Stück Segel für ein eigenes Zelt.«

Sie bestellte Güter bei mir, als ob ich zum Markt ginge.

»Es waren noch nie Menschen hier, und bald sind wir fort, aber das Leben ist auch hier«, sagte sie, »die Vögel, die Fische, die Seehunde, die merkwürdigen Pflanzen, sogar die Sandfliegen – es ist reich und schön, und ich versuche, es zu verstehen. Ich hätte gerne Papier und Tusche, um es zu zeichnen.«

Ich hielt sie für verrückt. Andere junge Frauen, insbesondere die Mütter mit kleinen Kindern, versuchten, sich eine Art Hausfrauenleben einzurichten. Sie sahen aus wie zottelige Gespenster, aber sie wirkten seltsam unerschrocken.

Marie sagte: »Eines Tages haben wir genug Holz für ein Boot. Wir könnten zum Unbekannten Land segeln.« Ihre graublauen Augen glänzten.

Und ich dachte: Pelzert ist vielleicht schon tot.

Die meisten von uns wußten nicht mehr genau, wie viele Tage seit dem Schiffbruch vergangen waren. Nur Salomon schrieb in sein Notizbuch und hatte jeden Tag das Datum – aber wir konnten ihm nicht glauben, wenn er uns sagte, seit dem Unglück seien weniger Tage vergangen als wir dachten.

Der schwarze David Zevanck und seine Freunde stakten zu der Sandinsel, auf der die Seeoffiziere sich gesammelt hatten, ehe sie mit der Schaluppe wegsegelten. Zevanck fand unter einem Faß mit Schiffsbrot ein herausgerissenes Blatt aus Pelzerts Notizbuch und brachte es Jeronimus. Jeronimus las uns vor, was der Kommandeur zwei Tage nach dem Schiffbruch geschrieben hatte: »Wir segeln mit der Schaluppe zu den Inseln ringsum oder zum Festland und kehren so bald wie möglich zurück.«

»Verräter«, sagte Jeronimus verächtlich. »Und dies« – er zeigte mit der Hand – »ist die Verräterinsel.«

So erhielten die Inseln ihre Namen. Batavias Friedhof, Verräterinsel und Seehundinsel waren die ersten. Die Namen gaben uns ein Gefühl von Wirklichkeit und Ordnung.

Als allgemein darüber geredet wurde, man müsse einen Inselrat wählen, waren alle sich einig, daß Jeronimus Cornelisz am geeignetsten dazu sei, diesen Rat anzuführen und Ordnung auf der Insel herzustellen.

Und so kam es, daß wir Jeronimus Cornelisz wählten.

Jeronimus befahl zweiundzwanzig Männern, mit Flößen auf die lange niedrige Insel jenseits der Brandung und des tiefen Fahrwassers zu fahren und dort nach Trinkwasser zu suchen.

Fünfzehn Schiffbrüchige ließ er mit einem Floß zur Verräterinsel bringen. Der Profoß Peter Jansz mit Frau und Kind war dabei, der Soldat Klaus Haarmann aus Magdeburg mit seiner Frau und die Französin Claudine Patoy mit ihrem Kind. Jeronimus gab ihnen Trinkwasser und Schiffsbrot mit.

Er bezog ein Zelt für sich allein und ließ die Wasserfässer und die Weinfässer neben sein Zelt stellen. Jeder durfte sich morgens und mittags einen Becher Wasser holen – es war schon grün – und abends einen Becher Wein. Salomon Deschamps stand dann mit zwei bewaffneten Soldaten bei den Fässern und hakte auf einer Liste ab, wer etwas bekam. Die Leute kriegten nur noch drei Viertel Liter Flüssigkeit am Tag, aber sie hatten nun den Eindruck, daß alles mit Gerechtigkeit zuginge, und fühlten sich besser.

Als die zweiundzwanzig Männer von der langen niedrigen Insel jenseits der Brandung zurückkehrten, rief Jeronimus sie zu sich. Sie berichteten ihm, dort wäre kein Trost für ein menschliches Wesen: Sie hatten kein Wasser gefunden. Jeronimus befahl ihnen, sie sollten allen erzählen, daß es dort reichlich Wasser gäbe und gutes Essen, denn er wollte andere aussenden.

Natürlich erzählten sie überall herum, was er ihnen aufgetragen hatte und weshalb, aber das machte niemanden mißtrauisch. Wir waren begierig, von Batavias Friedhof wegzukommen, und es schien uns nur vernünftig, daß Jeronimus die Schiffbrüchigen auf mehrere Inseln verteilte. Als er nun einigen anderen befahl, auf die lange Insel zu gehen, wollten viele freiwillig mit, um selbst zu sehen, ob es wirklich kein Trinkwasser und keine Nahrung auf dieser oder einer Nachbarinsel gab.

Viele der unternehmendsten und tüchtigsten Soldaten verließen die Insel Batavias Friedhof, auch der Soldat Wiebe Hayes und seine Freunde. Die französischen Soldaten gingen mit Wiebe Hayes, bis auf Jean Thiriou, den sie schon an Bord nicht gemocht hatten. Der Kanonier Jan Karstens aus Tönning – Ehemann von Anneken

Kanonier – ging mit, ebenso Obertrompeter Claas Jansz, Trinchens Ehemann. Ich und mein Freund Salomon wollten auch mitfahren, und Marie Fluchar und Lucretia Jansz standen ebenfalls in der Reihe am Strand und warteten, bis sie auf das Floß durften.

Wir waren froh, daß etwas geschah, und lachten, wenn die Zurückbleibenden uns zuschrien: »Endlich sind wir euch los.«

»Wir bringen euch gebratene Tauben und Nektar und Ambrosia«, schrien wir zurück.

Wir wollten große Feuer anzünden, wenn wir Trinkwasser fänden.

Marie kletterte gerade auf das Floß, als Jeronimus mich in sein Zelt rief.

»Ich brauche Sie hier, bitte, bleiben Sie. Sie sind der einzige, der tauchen kann, es wäre leichtsinnig, wenn Sie jetzt mitfahren, das Wrack kann beim nächsten Sturm verschwinden. Wenn die anderen Wasser finden, werden wir wahrscheinlich alle dort hingehen.«

Ich und der Chefsteward sollten die Güter, die wir auffischten, Jeronimus geben, und er würde sie gerecht verteilen, und das würde allen nützen. Ich könnte mich sowieso bald zwischen allen Inseln frei bewegen, sofern Strömung und Wind das zuließen, denn die Zimmerleute würden Boote bauen, und eines würden ich und Rainder bekommen für die Arbeit am Wrack. Ich sollte nur ganz gesund und wieder stark werden, dann würde er mir eine führende Kommandoposition geben.

»Nein, das nicht«, sagte ich. »Ich befehle niemandem mehr, in den Tod zu gehen.«

»Was heißt hier Tod«, sagte Jeronimus liebenswürdig. »Leben! Wir wollen leben.«

Ich sah zum Floß. Conrad van Heussen und der Fensterrahmen standen im Wasser und reichten Marie Fluchar und Lucretia Jansz die Hände und halfen ihnen wieder herunter. Salomon, dünn und krumm, watete an Land.

David Zevanck brachte Lucretia Jansz zu Jeronimus. Zevanck grinste, und ich sah seine weißen Eckzähne durch den schwarzen Bart.

Das Floß legte ab, bevor mir ganz klar war, ob Jeronimus uns lediglich bat, auf Batavias Friedhof zu bleiben, oder uns mit Gewalt zurückhielt.

Wenn man das Unheil kennt, zu dem alles geführt hat, sieht es so aus, als habe jede Tat, jede Entscheidung dahin führen müssen, und man kann heute nicht mehr verstehen, daß man selbst lange nichts gemerkt hat oder daß andere nichts gemerkt haben wollen. Doch damals waren noch viele Möglichkeiten offen, und selbst in den Batavia-Prozessen wußte später keiner der Überlebenden genau zu sagen, wann das Unheil anfing. Wir vertrauten Jeronimus Cornelisz keineswegs übermäßig, aber er war immerhin der Mann, der in der Hierarchie der Companie vorgesehen war, die Führung während unseres Wartens auf ein Rettungsschiff zu übernehmen, und der gewählte Inselrat war eine Gewähr dafür, daß er nichts übertreiben konnte und alles mit rechten Dingen und unserem Einverständnis zuging.

Ich muß aber zugeben: Jeronimus Cornelisz war auch damals schon ein eigentümlicher Mensch. Man glaubte sich im Gespräch oft vollkommen mißverstanden, als ob man von unterschiedlichen Dingen redete, und hatte sich plötzlich mit ihm geeinigt und schied in großer Herzlichkeit, um später zu entdecken, daß man ihm weiter entgegengekommen war, als man wollte.

Er zeigte vielen von uns immer noch eine persönliche Fürsorge, die jeder lange entbehrt hatte. Viele Männer sahen nun wohler aus, als sie sich fühlten, denn sie setzten ihrer Wasserration ein wenig Salzwasser zu, damit sie länger reichte, und waren leicht aufgedunsen im Gesicht. Jeronimus wußte das und ließ sich nicht täuschen, besah sich weiter die Geschwüre der Lustkranken und den blutigen Durchfall der Skorbutkranken. Sie litten an einer Verunreinigung des Blutes durch verdorbene und melancholische Säfte, die in die Beine sanken, wo sie purpurne Flecken zeigten, oder nach oben aufstiegen, wo sie den Atem und das Zahnfleisch schlecht machten, so daß die Zähne herausfielen.

Tinkturen und Salben nach Jeronimus' Rezepten halfen besser als die Gebete des Predigers. Der Prediger neigte dazu, in einem kranken Körper auch eine verkommene Seele zu sehen. Ich weiß noch, wie Jeronimus einem Skorbutkranken zuredete, Algen und Gras zu essen. Jeronimus hielt die Hand des Kranken. Der Prediger stand daneben, sah sich vor, daß sein schöner schwarzer Seidenmantel den Elenden nicht berührte, und sagte wichtig:

»Es ist besser ein Gericht Kraut mit Liebe
denn ein gemästeter Ochse mit Haß.«

Jeronimus sagte freundlich: »Eine richtige Antwort ist wie ein lieblicher Kuß.«

Er lachte, und wir Umstehenden mußten mitlachen. Bald konnte man überall auf der Insel hören, daß Jeronimus die Sprüche Salomos ebenso gut kannte wie der Prediger.

Die Schiffszimmerer auf Batavias Friedhof legten Holz für kleine Boote mit Seitenschwertern zurecht. Die Strömung hatte gesägte Planken aus dem Laderaum des Schiffs angespült, die für die Reparaturwerft in Batavia bestimmt waren – schönes Eichenholz vom Rhein. Die Schiffszimmerer sagten, es wären auch Masten an Bord, Fichten aus Norwegen oder einem der Länder rings um die Ostsee, und wenn die Masten nicht bald mit der Strömung auf die Insel kämen, sollte ich mit Rainder hinausfahren und sie holen.

Die Soldaten sprachen jetzt viel über die Geldkisten, die auf der *Batavia* zurückgeblieben waren. Als Rainder und ich wieder zum Wrack stakten, begleiteten uns zwei Flöße, aber beide kenterten in der Brandung. Die Strömung riß einen Mann mit, den niemand wiedersah.

Der Schwell am Wrack war so stark, daß wir nur einige eiserne Reifen, Tau und Holz bargen. Rainder entdeckte eine kleine Kiste, und ich seilte mich an und tauchte und band ein Tau an den Griff der Kiste. Rainder zog sie hoch, aber das Tau riß, und der Schwell trug sie über das Riff in die Tiefe. Der Schwell schlug mich gegen Felsen und Schiffstrümmer. Wir sahen in der Tiefe Kanonen, die wir niemals heben konnten, auch nicht mit dem kleinen Boot, das Jeronimus uns versprochen hatte. Die Geldkisten sahen wir nicht.

Jeronimus stand am Strand, als wir zur Insel Batavias Friedhof zurückkamen. Auch der schwarze David Zevanck, der schöne Conrad van Heussen, der Fensterrahmen und die Schläger Jan Hendrich und Allert Janszen und Bohne mit seinen Messern warteten auf uns. Neben Bohne leuchtete Jan van Bemmels goldenes Haar. Sie waren enttäuscht von unserer Ausbeute.

Über Nacht änderte das Wetter sich, und wir konnten viele Tage nicht mehr zum Wrack hinausfahren. Die großen Vorhänge aus weißer Gischt stiegen und fielen, wieder glitten die Inseln gegeneinander, und wir saßen auf der Sandinsel Batavias Friedhof fest. Morgens stieg die Sonne aus dem Meer, abends versank sie im Meer. Der Himmel war leer, und die Menschen ängstigten sich.

Das schlimmste aller Übel auf Batavias Friedhof war die Langeweile.

Einige Soldaten hatten Geld von der Plünderung auf dem Wrack, und sie tauschten Goldketten und Goldringe aus den Offizierskisten und feilschten um Nichtigkeiten, sie würfelten und wetteten, und oft gab es Streit – der Mensch muß sich über etwas erregen. Mattis Bär kaufte von Lennert Michels ein goldenes Medaillon aus dem Besitz des Kommandeurs und verkaufte es an Conrad van Heussen.

Die dreißig Schiffsjungs rannten überall herum und störten alle. Sie belästigten die Frauen, riefen ihnen laut zu, was Soldaten heimlich im Vorübergehen raunten. Jeronimus schwieg dazu. Pelzert hatte durch die Kraft seiner Persönlichkeit die geordnete Gesellschaft der Niederlande verkörpert. Jeronimus war bloß ein Behelf im Angesicht des Untergangs.

Friedlich schwebten die Seevögel in der Luft und die Fische im Wasser. Allein der Mensch hat eine Seele, heißt es. Aber die Hauptsache ist: Er hat Energie. Er ist voller Tatkraft und Unruhe. Seine Energie unterscheidet den Menschen vom Tier und die Menschen voneinander.

Diese Energie ist schrecklich zu ertragen. Ich litt unter ihr, wenn ich morgens aufwachte und sie sich in ein Gefühl der Unruhe und der Leere verwandelte. Der Mensch leidet unter sich. Ich bin immer ich – das war für mich oft kaum auszuhalten.

Der Mensch braucht etwas, das größer ist als er selbst: ein Ziel für seine Energie.

Auf Batavias Friedhof hatte niemand etwas anderes zu bedenken als das Unglück, in dem wir gefangen waren, da auch die Predigten nicht halfen und die Gebete und Sprüche aus der Bibel.

Der Prediger mahnte uns, Geduld zu haben und Gottvertrauen, und las aus den Sprüchen Salomos: »Denn durch mich werden deiner Tage viel werden und werden dir der Jahre des Lebens mehr werden.«

Jeronimus antwortete salbungsvoll: »Wer viel verspricht und hält nicht, der ist wie Wolken und Wind ohne Regen.«

Geisbert Bastians sah Jeronimus ernst an: »Wer den Spötter züchtigt, der muß Schande auf sich nehmen; und wer den Gottlosen straft, der muß gehöhnt werden. »

Noch während er sprach, hörten wir die aufgebrachte Stimme seiner Tochter Judith. Maria Schepens' lustige kleine Dienerin Wybrecht mußte sich stets sputen, weil Judith fand, daß die fünf Kinder der zweiten Frau ihres Vaters sie nichts angingen. Nun weigerte sie sich offenbar, das Baby Roland zu halten.

»Ein schönes Weib ohne Zucht ist wie eine Sau mit einem goldenen Haarband«, sagte Jeronimus.

Der Prediger bekam kleine runde rote Flecken auf seinen Wagenknochen. Er klappte die Bibel zu und ging zum Strand.

Als das Wetter sich beruhigte, ließ Jeronimus fünfundvierzig Männer, Frauen und Kinder von Batavias Friedhof zur Seehundinsel bringen. Mayken Soers war darunter, Janneken Gist, Laurentia Thomas, die Frau von Korporal Gabriel Jacobs, der auch mitging, und Gerti Willems, eine Witwe, die sich in Batavia verheiraten wollte.

»Eine kinderlose Witwe, die man höchstens noch im Puff brauchen kann«, sagte Mattis Bär, der Soldat aus Schlesien – auch er endete am Galgen.

»In Indien verbrennt man sowas«, sagte Allert Janszen aus Assendelft.

Jeronimus sagte den Abreisenden, ehe sie auf die Flöße kletterten, wir würden sie mit Wasser und Nahrung versorgen. Er rechne aber fest damit, daß sie viele Fische und Vögel fingen und uns sogar welche abgeben könnten. Nur wegen der Gesundheit und Seelenruhe aller wäre es besser, wenn wir uns trennten.

Wir sahen den Flößen nach, als sie über die Wasserebene zur Seehundinsel glitten.

Marie Fluchar garte an diesem Abend Muscheln, Seeschnecken und kleine Fische auf heißen Steinen für mich, Salomon und Lucretia Jansz. Unser Rest Salzfleisch, das Rainder und ich am Wrack aufgefischt hatten, sah wie Mahagoniholz aus, im Käse krochen lange rote Würmer, und im Schiffszwieback, der voller weißer Maden gewesen war, wimmelten jetzt schwarze Käfer. Marie sagte, der Fischfang sei nun, wo so viele Leute abgefahren waren, viel einfacher.

Auf Batavias Friedhof wurde das Leben etwas besser. Einige der Ausgewanderten fehlten uns, doch die Erleichterung war größer als der Verlust – vor allem waren wir froh, daß die vielen Schiffsjungen weggefahren waren, die keiner mehr bändigen konnte. Eigenartigerweise hatte Jeronimus den Leuten keine Zelte mitgegeben, aber der Vorteil, den das uns übrigen brachte, war so groß, daß wir nicht fragten. Ich bekam ein Zelt für Salomon, Rainder und mich. Marie Fluchar und Lucretia Jansz zogen zu Marretgie Louys, die mit einem Arzt in Batavia verlobt war, und der hochschwangeren Maiken Cardoes.

Ich vermißte Marie Fluchar, doch wenn ich sie von ferne sah, ging ich ihr aus dem Weg. Sie freute sich unbefangen, wenn sie mich traf. Sie war dünn geworden wie wir alle, aber ihr Lächeln war herzerwärmend wie früher, und auch ihr dunkles Haar kam noch genauso widerspenstig unter der Haube hervor.

Zu dieser Zeit wohl sagte Jeronimus zum ersten Mal, er wolle die Anzahl der Leute auf Batavias Friedhof auf vierzig vermindern. Er sagte auch, daß der Kommandeur ihm zu verstehen gegeben habe, das solle er tun. Ich wußte nicht, wann Pelzert ihm das während des Schiffbruchs gesagt haben könnte, aber die anderen glaubten ihm.

Wir warteten immer noch auf die Feuer, die Wiebe Hayes und seine Leute anzünden wollten, wenn sie Trinkwasser gefunden hatten. Aber selbst bei klarer Nacht schwebte feiner Nebel über dem Meer, und auch wenn der Mond voll war, waren die Inseln geheimnisvollerweise dem Blick entzogen. Tagsüber schwammen fern am Horizont manchmal zwei hohe Inseln, manchmal nur die eine, die wie ein hoher Hut aussah – laut Rainder war sie über zehn Meter hoch.

Nachts geschahen jetzt eigenartige Dinge auf Batavias Friedhof. Leute gingen von Zelt zu Zelt. Einige sangen, als wären sie betrunken, und manchmal hörte man den Schrei einer Frau.

Der schwarze David Zevanck und der schöne Conrad van Heussen waren nun Anführer einer Gruppe von Kaufmannsassistenten und Offiziersanwärtern, die oft lange in der Nacht noch bei Jeronimus im Zelt saßen. Sie lebten auf, wenn sie das Meer und den weißen Streifen der ewig rauschenden Brandung am Riff nicht sahen. Selbst der sanfte Salomon ging manchmal hin. Er erzählte, Jeronimus deute jetzt an, daß er zu den Verschwörern gehöre: Jeronimus habe Jan Hendrich und Allert Janszen einmal abends im Zelt gesagt, wenn das Schiff *Batavia* nicht auf Grund gelaufen wäre, hätten »sie« es ergriffen. Der Kanonier Ryckert Woutersz hatte bei seiner Ankunft auf der Insel Jeronimus nicht genannt. Ich überlegte mir, daß Jeronimus mit diesen merkwürdigen Andeutungen vielleicht die Schläger auf seine Seite ziehen wollte – um sie zu zähmen oder um eine Leibwache zu haben, die ihm Bedeutung gab. Ich begleitete ihn nicht mehr.

Jeronimus forderte mich auch zu diesen Zeltabenden auf. Aber ich war meist müde von der Jagd – ich beschlich Seehunde auf den kleinen Sandbänken – und mochte die Gesellschaft dieser Leute nicht. Sicher war es ein Fehler. Doch ich ertrug sie nicht, diese Schwätzer und Angeber mit ihrem ewigen Gerede und Großtun. Sie verglichen endlos die geschlechtlichen Vorzüge von Frauen und

Knaben. Sie sagten immer wieder, daß es zu viele Leute auf Batavias Friedhof gäbe und zu wenig Trinkwasser und Essen. Sie nannten Alte und Kranke unnütze Esser, die zu nichts gut seien, und sagten, Kinder wie die kraushaarige kleine Hiltche und das Baby Roland würden sowieso nicht gedeihen auf diesen Inseln.

Ich saß in windstillen Nächten am Strand und horchte auf die leisen unheimlichen Rufe der Robben im Rauschen der Brandung. Marie Fluchar saß neben mir. Sie lief mir nach, was ich nicht mochte, aber wenn sie bei mir war, fühlte ich mich besser. Doch ich hatte keinen Mut mehr zum Glück aus Furcht, es noch einmal zu verlieren.

Dann entdeckten wir eines nachts die Feuer am Horizont. Viele sahen die Feuer auch in der darauffolgenden Nacht, und jeder sagte: Auf der Hohen Insel muß es Wasser geben, die Leute könnten sonst so viele Tage nach ihrer Abfahrt nicht mehr leben. Aber niemand kümmerte sich mehr um die Feuer.

Jeronimus und der Rat entschieden am 4. Juli, die beiden Zimmerleute Egbert Roeloffs und Werner Dircks zu töten.

Die Anklage lautete: Sie hatten heimlich das erste Boot, das fertiggeworden war, genommen und versucht, Batavias Friedhof zu verlassen. Das Gericht saß auf Fässern vor Jeronimus' Zelt, eine Holzplanke, die auf zwei Kisten lag, war der Tisch. Egbert Roeloffs und Werner Dircks sollten sofort geköpft werden.

Ich ertrug den Anblick des gewaltsamen Todes nicht mehr.

Ich nutzte Bestürzung und Volksfeststimmung unter den Schiffbrüchigen und schlich davon. Ich wollte den Juwelenkoffer im Zelt der Offiziersanwärter suchen.

Im Zelt lagen zwei Kranke. Oliver van Welderen war nicht recht bei Besinnung. Der kleine Soldat Hans Fredricks aus Bremen sagte: »Ich habe noch nie eine Hinrichtung gesehen.«

»Ich trag dich raus«, sagte ich. »Wir müssen uns beeilen, damit wir nichts verpassen.«

Ich hob ihn auf und trug ihn aus dem Zelt und stellte ihn zwischen Salomon und Gisbert van Welderen, den Bruder des kranken Oliver. »Das vergesse ich Ihnen nie«, sagte der Kranke.

Später erzählte Salomon: Als Egbert Roeloffs und Werner Dircks getötet wurden, ging Hans Fredricks vor und versetzte Werner zwei oder drei Schwerthiebe und rief: »Das Schwert geht so leicht durch Werner hindurch wie durch Butter.«

Ich suchte nach dem Juwelenkoffer unter Kisten, Kasten und Trümmern, die die Offiziersanwärter am Strand aufgeklaubt hatten. Einmal stöhnte Oliver van Welderen. Draußen vor den Zelten war es still geworden. Ich hörte einen Aufschrei der Menge und wußte, daß mir nicht viel Zeit blieb. Aber dann, ich wollte schon aufgeben, sah ich den Juwelenkoffer und zog ihn hervor. Ich schob ihn unter die Zeltwand und kroch hinterher.

Ein Soldat kam auf mich zu. Er hieß Abraham Hendricks, aber das erfuhr ich erst am Nachmittag. Ich stand langsam auf. Jeronimus bestrafte das Beiseiteschaffen von Gütern streng. Dann kam ein Kanonier um die Zeltecke, offenbar ein Freund des Soldaten.

»Faßt an«, befahl ich in meiner Ratlosigkeit und um Zeit zu gewinnen, »du hier, du da, und tragt den Koffer vor mir her zu meinem Zelt.«

Während wir noch zu meinem Zelt gingen, waren die Hinrichtungen vorbei, und die Leute liefen auseinander. Der Soldat und der Kanonier setzten den Koffer ab, salutierten, wobei sie grinsten, und verschwanden in der Menge. Ich war sicher, daß sie mich bei Jeronimus und dem Schiffsrat als Dieb anzeigen würden.

Es wurde früher Nachmittag, bis Jan van Bemmel vor meinem Zelt rief: »Auch Christoph Eck zu Jeronimus und dem Rat.«

Ich nahm den Juwelenkoffer unter den Arm und folgte ihm.

Wieder standen alle Schiffbrüchigen im Halbkreis um das Gericht, das auf Fässern vor Jeronimus' Zelt saß.

Jeronimus sagte: »Der Soldat Abraham Hendricks und der Kanonier Arian Arians sind schuldig geworden und müssen daher ohne Gnade oder Verzögerung ertränkt werden.«

Die Anklage: Der Soldat hatte während der Hinrichtung der Zimmerleute ein Faß Wein angestochen und war mehrfach an das

Faß gegangen und hatte sich betrunken und hatte auch dem Kanonier Arians etwas Wein gegeben, so daß der auch betrunken wurde.

Jeronimus bestand darauf, daß beide sofort ertränkt würden. Der Inselrat widersprach.

Die Gerichtsverhandlung dauerte den ganzen Nachmittag. Der Rat verhörte den Soldaten und den Kanonier. Mein Name fiel nicht. Der Juwelenkoffer stand vor mir auf der Erde, und ich stellte die kleine Hiltche auf ihn, als sie die Angeklagten sehen wollte.

Die Räte stimmten der Todesstrafe für Abraham Hendricks zu, weil er das Weinfaß angebrochen hatte. Aber dem Kanonier Arian Arians war der Wein nur gegeben worden, sagten sie: Weil er etwas Einsicht habe und es ihm leid täte, so wollten sie nicht dafür stimmen, ihn zum Tode zu verurteilen.

Jeronimus Cornelisz kriegte einen Wutanfall und schrie: »Wie könnt ihr dieses Todesurteil verweigern? Aber egal. Ihr müßt bald über etwas ganz anderes entscheiden.«

Bei dieser Stimme und diesen Worten verspürten viele Angst, und sie konnten nicht verstehen, was Jeronimus damit meinte.

In die plötzliche Stille sagte einer: »Der spielt sich auf wie der große schwarze Schrummbumm.« Das war Hendrik, Schiffszimmermann aus Oldenburg. Thomas Wensel und Jan Cornelsen, zwei Seeleute aus Kopenhagen, lachten. Jeronimus starrte sie an, bis sie verblüfft still waren.

Der Rat ließ den Soldaten Hendricks ertränken. Der Prediger stand in seinem Seidenmäntelchen am Ufer und sprach Gebete. Ich hörte das Pfeifen der Seeschwalben und das Gelächter der Möwen. Maria Schepens hatte ein kalkweißes Gesicht. Marie Fluchar schob ihre Hand in meine.

Danach trug ich den Juwelenkoffer in mein Zelt, und niemand sprach mich an.

Nachts verließ ein Floß die Insel. Jeronimus' Getreue waren darauf: Conrad van Heussen, David Zevanck, Gisbert van Welderen und andere, außerdem der Buchhalter Andries de Vries und die drei Männer, die über Jeronimus gelacht hatten. Als das Floß morgens zurückkehrte, bekamen viele, die am Strand standen, Angst. Der

Schiffszimmermann aus Oldenburg und die beiden dänischen Seeleute fehlten.

»Wir haben sie auf das Hohe Land gebracht, wo das Wasser ist«, sagte Zevanck.

Andries de Vries stolperte vom Floß an Land und rief »Jeronimus Cornelisz Hurra,« und weil seine Stimme so dünn klang, rief er noch einmal: »Jeronimus Hurra!«

Jan Hendrich rief vom Strandwall herab »Hurra!« mit seiner dunklen lärmenden Stimme, und die Spannung unter den Umstehenden löste sich, als sie ihn sahen. Er hatte sich die Haare scheren lassen und zeigte einen runden Schädel wie ein Seehund. Jan Pelgrom de Bye aus Bemmel war auch geschoren, Pelzerts goldhaariger Diener, 18 Jahre alt und, wie sich bald herausstellte, mehr Vieh als Mensch.

Dies war an dem Morgen, an dem Jeronimus Cornelisz den Inselrat entließ und sich selbst einen Rat aus Männern wählte, die seinen Wünschen nachkamen, nämlich Conrad van Heussen und David Zevanck und Jacop Pieters, der Fensterrahmen. Gegen sie ließ sich damals wenig sagen, denn Conrad van Heussen war der Anführer der Offiziersanwärter, David Zevanck der Sprecher der Kaufmannsassistenten und Buchhalter und Jacop Pieters war Lanzenkorporal und hatte den höchsten soldatischen Rang auf der Insel – von mir natürlich abgesehen, aber ich hatte keinen Vertrag mit der Companie, sondern einen Privatvertrag mit Pelzert.

Jeronimus benutzte klug die Hierarchie der Companie. Viele Schiffbrüchige sagten, endlich haben wir eine Ordnung auf Batavias Friedhof, die uns schützen wird vor Ohnmacht und Angst am Rande der Welt.

Die Verschwundenen

Täglich verschwanden nun Männer. Sie gingen fort auf die Hohe Insel, auf der Nacht für Nacht die Feuer brannten. Wir fühlten uns von ihnen gekränkt und verraten, denn sie verließen uns, ohne sich zu verabschieden.

Manche fehlten eines Morgens einfach. Andere sahen wir auf dem großen Floß abreisen, dem die Zimmerleute inzwischen Mast, Segel und zwei Ruder gegeben hatten, eins an jedem Ende. Mit zehn, zwölf Männern fuhr das Floß aus, mit sechs, sieben kam es wieder. Der Offiziersanwärter Hans Radder kehrte nicht zurück, der sich über Jeronimus' neue Räte lustig gemacht hatte, und Obertrompeter Jacop Groenewaldt, schlagfertig und witzig wie Radder, auch nicht.

Der Buchhalter Andries de Vries blieb der einzige, der zurückkam. Als ich ihn fragte, wie es auf der Hohen Insel aussah, ließ er mich stehen.

»Die Tapferen und die Starken gehen«, sagte Salomon und fingerte an seiner Brille, »und Andries de Vries ist vielleicht nicht sehr tapfer.«

Mattis Bär, der zugehört hatte, sagte, er habe Jeronimus gebeten, den Offiziersanwärter Radder und den Obertrompeter Groenewaldt wegzubringen, weil sie lose Zungen hätten.

»Wenn ihr hierbleiben wollt, müßt ihr besonders nett zu mir sein«, sagte Mattis Bär, »sonst helfe ich euch fort zur Hohen Insel. Jeronimus hat mir versprochen: Wer mich stört, der muß gehen.«

Wir lachten, und der englische Soldat Jan Pinten, der auch dabeistand, sagte: »Wir müssen dich wohl Plapperer nennen.«

Die Soldaten gaben sich untereinander Spitznamen wie Glubschauge oder Sabberer, Segelohr oder Triefnase.

»Probiers nur«, sagte Mattis Bär und schlug Jan Pinten blitzschnell ins rote Gesicht. Der griff nach seinem Dolch, doch der Dolch lag jetzt im Zelt von Jeronimus.

Jeronimus und seine neuen Räte wählten sich vierundzwanzig willige Helfer aus – die Stärksten und die Gesündesten unter den Schiffbrüchigen, behauptete Jeronimus. Er teilte sie in zwei Gruppen und gab jeder Gruppe ein Zelt.

Der schwarze Zevanck und der Fensterrahmen nahmen den übrigen Männern die Waffen ab.

Niemand leistete Widerstand. Waffen waren auch auf dem Schiff unter Verschluß gewesen, wodurch beim Schiffbruch nur wenige Schwerter, Dolche und Musketen mit auf die Insel kamen.

Conrad van Heussen befehligte die zwölf Männer im Zelt der Offiziersanwärter. Der schöne Conrad war aus Gelderland und von Adel – der Prediger fühlte sich geschmeichelt, daß seine Tochter Judith einen solchen Verehrer hatte. Maria Schepens allerdings hielt Conrad für einen Tunichtgut, den seine Familie nach Asien geschickt hatte, um ihn auf passende Weise loszuwerden. Der gefährlichste Mann im Zelt der Offiziersanwärter war Oliver van Welderen. Er blieb krank und schwach, doch er beleidigte Männer und Frauen mit seiner grausamen Zunge und wußte sie in Zorn zu bringen. Wenn jemand ihm ein paar Ohrfeigen androhte, sprang sein jüngerer Bruder Gisbert vor und zog sein Schwert, und wenn man den Kampf annahm, schrie Oliver nach Zevanck und dem Rest der Bande.

Lanzenkorporal Jacop Pieters, der Fensterrahmen, befehligte die zwölf Männer im Zelt der Soldaten. Zu ihnen gehörten Mattis Bär, der Unruhestifter aus Schlesien, und der bullige Jan Hendrich mit dem Seehundkopf, Lehrersohn aus Bremen, wie er mir anvertraute. Er benahm sich mir gegenüber unterwürfig, manchmal plump vertraulich. Rutger Fredricks gehörte dazu, Grobschmied aus Groningen, der Soldat Andries Jonas, der schon vierzig Jahre alt war und vor dem die Frauen sich fürchteten, und der rüde Allert Janszen aus Assendelft, Kanonier. Aber auch ein guter Soldat wie Wouter Loos lebte in diesem Zelt, ein Mann, den ich im Krieg gerne um mich gehabt hätte. Er erinnerte mich an Wiebe Hayes – beide tüchtige Leute aus kleinen Verhältnissen, die, wenn sie von Adel gewesen wären, Karriere im Krieg gemacht hätten.

Die vierundzwanzig Männer nannten sich Die Erwählten. Viele ließen sich vom Unterbarbier Aris Jans den Kopf scheren und einen kleinen Goldring durch die Unterlippe ziehen. Sie glichen ihre Kleidung einander an, was ihnen nicht schwerfiel, da die meisten Soldaten waren, und die Kaufmannsassistenten und Buchhalter zeigten sich nach und nach in Kleidungsstücken, von denen Salomon und ich annahmen, daß sie sie Soldaten abgehandelt hatten – gute Kleidung war schon auf dem Schiff eine begehrte Tauschware gewesen.

Ich war dieser neuen Elite von Anfang an ein Ärgernis. Ich hatte zu beiden Zelten Zutritt, und ich durfte meine Waffen behalten, weil ich, wie Jeronimus in meinem Beisein David Zevanck erklärte, als erster einen Seehund getötet hatte. Ich weiß nicht, warum Jeronimus das sagte. Vielleicht machte er sich über Zevanck lustig, der ehrgeizig war und Jeronimus dauernd verbesserte.

Als ich einmal von einer Jagd mit zwei erlegten Seehunden zurückkam, zwei besonders großen Tieren, standen die Erwählten schon am Ufer. Jeronimus war nicht bei seinen Getreuen, die offensichtlich nach jemandem ausschauten, der Abwechslung in ihre Langeweile bringen konnte. Rainder ließ unser kleines Floß auf den Strand laufen.

»Die Seehunde sind beschlagnahmt«, sagte der Fensterrahmen.

»Quatsch, Korporal«, sagte ich. »Die Seehunde werden geteilt.

Sie sind ein Geschenk von mir an alle. Jeder kriegt ein gleich großes Stück. Sagen Sie dem Soldaten Jan Hendrich und ein paar anderen, sie sollen mal mit anfassen.«

Die Männer schrien und freuten sich. Noch ehe der Fensterrahmen den Mund aufgemacht hatte, griffen Jan Hendrich und sechs, sieben andere die Seehunde und hoben sie vom Floß, schleppten sie über den Korallenschotter und legten sie auf dem Gras ab.

»Die Kochkessel her, Korporal«, sagte ich.

Ich brach den ersten Seehund mit dem Dolch auf.

»Du kriegst die Leber, Bohne«, sagte ich. »Du hast mir beim Schiffbruch Brot und Wein gegeben.«

»Ich habe ein gutes Herz«, sagte Bohne und holte umständlich ein Messer aus seinem Stiefel und steckte es zurück und zog es wieder hervor. Ich merkte, daß er sich freute. Er hielt die Leber in den bloßen Händen, und das warme Seehundblut lief ihm an den Unterarmen entlang zu den Ellbogen. Er biß in die Leber, kaute und grinste mit blutverschmiertem Mund.

Männer liefen mit Kochkesseln herbei. Der Lanzenkorporal schaute mir finster zu. Er wollte nach alter Art teilen – die höheren Ränge würden dann mehr bekommen als die niederen. Er wollte seine Erwählten über uns andere Schiffbrüchige stellen.

»Heute sind wir Gleichteiler«, sagte ich.

Jeronimus, der inzwischen gekommen war, hörte das. Das Wort gefiel ihm.

»Laß alle rufen«, sagte er zum Korporal. »Sag: Die Erwählten sorgen für die Gemeinschaft. Los, Jacop, es ist doch genug da und verdirbt bloß.«

Der Fensterrahmen drehte sich um und ging weg.

Auch als Rainder und ich von unserer ersten Fahrt mit dem kleinen Segelboot zum Wrack zurückkamen, standen die Erwählten am Ufer. Jeronimus hatte Wort gehalten und uns das neue Boot gegeben, obwohl seine Räte es für sich haben wollten. Diesmal erwartete der schwarze Zevanck uns mit seinen Leuten und wollte uns die geborgenen Güter abnehmen.

Sie hatten Waffen, ich hatte keine. Ich stakte das Boot mit Rainders Stange wieder zurück ins Meer und warf Fäßchen, Kisten, Gegenstände im hohen Bogen über Bord. Sie klatschten aufs Wasser und versanken. Dann drückte ich das leere Boot an Land und stapfte davon.

Später kam Jeronimus in mein Zelt. Er stand genau da, wo ich den Juwelenkoffer vergraben hatte. »Ich wünsche keinen Streit«, sagte er.

Ich solle sein Offizier werden, sagte er, seine rechte Hand. Zevanck sei Kaufmann, der Fensterrahmen nur ein Korporal und Conrad ein Anfänger; ihm, Jeronimus, fehle ein Offizier wie ich, ein Ritter mit Lebensart. Ich traute meinen Ohren nicht. Ich sollte wohl vor seinem Zelt stehen wie Willem van Oranje am Heck der *Batavia*, in Rüstung und Schwert.

Ich sagte, ich hätte keinen Vertrag mit der Companie, sondern einen Privatvertrag mit Kommandeur Pelzert. Er sagte, den könne er übernehmen, er sei Pelzerts Stellvertreter. Ich sagte, noch sei ja Hoffnung, daß Pelzert zurückkomme und uns rette, und bis dahin würde ich mich natürlich freuen, mit Jeronimus zusammenzuarbeiten.

»Noch gibt es ja auch viel am Wrack zu holen«, sagte Jeronimus langsam und lächelte eigenartig.

»Das machen doch jetzt Zevanck und der Fensterrahmen.«

»Ach was«, sagte er. »Die können nicht schwimmen und nicht tauchen, die reden nur so, besonders Zevanck. Gräßlich.«

»Und warum war er wieder nicht am Strand und hat seine Bluthunde zurückgepfiffen?« sagte Rainder später.

Der Chefsteward war nüchtern, aber auch ehrpusselig. Ich konnte ihn kaum dazu überreden, daß wir an Tagen mit reicher Ausbeute am Wrack nicht alle Güter auf der Insel ablieferten, sondern eine Kiste oder ein Fäßchen unter Wasser vertäuten für das nächste Mal: Wir mußten immer eine Überraschung für Jeronimus haben und durften ihn nie enttäuschen.

Damals fürchtete ich noch nicht für unser Leben. Ich hatte nur begriffen, daß unsere Bewegungsfreiheit von unserem Erfolg als Berger abhing.

Der Alltag auf Batavias Friedhof wurde von Tag zu Tag sonderbarer. Ich muß zugeben, daß ich anfangs versuchte, das zu übersehen. Ich wollte unbedingt weiter unbehelligt mit Rainder zum Wrack segeln.

Ich dachte, ohne die Arbeit am Wrack würde ich das Warten auf das Rettungsschiff nicht ertragen. Rainder brachte mir das Segeln bei. An den wenigen Tagen, an denen wir hinausfahren konnten, war ich abends zufrieden und schlief traumlos. An den übrigen Tagen dachte ich über technische Vorrichtungen nach – darüber, wie das Bergen leichter gehen, ich tiefer tauchen und Rainder größere Gewichte hochziehen könnte. Ich hatte auf der Ritterakademie Mathematik und Festungswissenschaft studiert und vertiefte mich nun in die Konstruktion eines Flaschenzugs zwischen dem Laderaum des Wracks und einem der großen Felsen – das kleine Boot war zu leicht als Gegengewicht für große Lasten, zum Beispiel für eine Geldkiste, doch für einen effektiven Flaschenzug in der unberechenbaren Strömung fehlte uns das gewohnte Material. Die Lösung dieses Problems lenkte mich ab.

Ich nahm die Veränderungen auf der Insel Batavias Friedhof zum ersten Mal bewußt wahr, als Marie mir und Salomon zeigte, was sie gesammelt hatte. Sie kam eines Nachmittags an den Eingang unseres Zelts. Eine warme Freude durchströmte mich, als ich sie plötzlich sah, und ich hatte Mühe, das nicht zu zeigen. Ich wurde befangen wie ein ganz junger Mann.

Marie sammelte, was die Natur auf Batavias Friedhof bot, Korallen, Pflanzen und Muscheln. Sie behauptete, sie wollte allen Schiffbrüchigen damit beweisen, daß diese seltsamen Inseln keineswegs öde wären. Aber ich glaube, sie sammelte einfach aus Neugier und aus Lebensfreude. Sie hatte aus Pflanzenstielen kleine Taschen geflochten, die sie nun auf den Boden leerte: Sie zeigte uns die neuesten Stücke ihrer Muschelsammlung.

Ich mußte zugeben, daß ich beeindruckt war. Da gab es Muschelschalen aller Größen und Farben – zartblaue, rosafarbene und strahlend weiße, glasierte und matte –, es gab seltsame Schneckenhäuser, runde und kirchturmspitze, lilagestreifte und gelbgepunktete.

»Vielleicht finden Sie auch etwas Merkwürdiges«, sagte Marie. »Kommen Sie nur.«

Wir verließen das Zelt und waren kaum ein paar Schritte am Strand gegangen, als Mattis Bär mit Jan Hendrich und zwei, drei anderen Erwählten hinter uns herkam.

»Entschuldigen Euer Gnaden, aber es ist nicht gestattet, allein mit einer Dame zu gehen.«

»Verschwindet«, sagte ich.

»So einfach ist das nicht mehr«, sagte Jan Hendrich.

Ich habe vergessen, was ich brüllte. Jedesmal, wenn ich Atem holte, wichen sie einen Schritt zurück. Wir gingen weiter.

»Das ist es«, sagte Marie nach einer Weile. »Es ist keinem Mann mehr erlaubt, allein mit einer Frau zu reden. Das gilt als Verschwörung gegen die neue Ordnung, und wer sich verschwört, wird auf die Hohe Insel gebracht.«

»So schlecht kann es dort ja nicht sein«, sagte ich dumm. »Sie haben frisches Trinkwasser.«

»Wenn man dort ankäme«, sagte Marie.

»Sie meinen, die bringen die Leute auf andere Inseln?«

»Ich weiß nicht, was ich meine«, sagte Marie leise.

Die Frauen lebten auf Batavias Friedhof noch schlechter als die Männer. Sie hatten keine Messer, keine Flöße, konnten nur bei Ebbe auf das Riff gehen und Muscheln und Schnecken sammeln oder auf der Insel Gras und Blätter pflücken. Wenn sie Netze zum Vogelfang im Gebüsch auslegten, machten immer einige Männer ihnen die Plätze streitig.

Die alleinstehenden Frauen und die Soldatenfrauen, deren Ehemänner mit Wiebe Hayes auf Trinkwassersuche gegangen waren, mußten anzügliche Reden über sich ergehen lassen, die immer schamloser wurden:

»Nutte.«

»Straßenschwein.«

»Was kostet es, wenn ich dir einmal ins Gesicht pisse?«

»Wie wär's mit einem Tittenfick?«

»Mach den Mund auf, kleine Sau, und lutsch mal.«

Den Männern war es inzwischen egal, wer sie hörte.

»Von halben Kindern muß man sich sowas sagen lassen«, schnaufte Anneken Kanonier. Selbst die deftigsten Soldatenfrauen waren in ihrem Schamgefühl verletzt.

Bohne erschreckte sie mit seinen Messern, die er haarscharf an ihnen vorbeiwarf.

»Wenn du nicht tust, was ich will, ergeht es dir wie Lucretia Jansz«, sagte er zu Trinchen. »Ich schmiere dich unterm Rock mit schwarzem Dung und Filz ein, bis meine böse Lust gekühlt ist.«

»Aha«, sagte Sussi. »Und was würde deine Mutter dazu sagen?«

»Mich hat der Esel im Galopp verloren«, sagte Bohne.

»Und draufgetreten«, sagte Sussi. Sie kratzte ihre Mückenstiche auf.

Andries Jonas, der schon vierzig war, benahm sich sehr höflich zu Frauen.

»Bloß bei dem Gesicht läufts mir kalt den Rücken runter«, sagte Sussi.

Ich mischte mich nicht ein. Trinchen Fredricks, die Frau des Obertrompeters, der mit Wiebe Hayes auf der Hohen Insel war, ging nachts zu Lennert Michels und schlief mit ihm, weil sie etwas zu essen haben wollte.

Aber eines Tages kam ich mit Salomon dazu, wie zwei Männer Marie Fluchar in einer Bodensenke bedrängten. Der eine riß ihr das Mieder und die Bluse auf, der andere zog ihre Haube ab, griff in ihr Haar und bog ihren Kopf nach hinten. Ihre Brüste waren nackt. Ich rannte los, und im Näherlaufen hörte ich ihn sagen »Ich komm zuerst« und sah, daß er sich die Hose öffnete.

Ich sprang dazwischen, schlug und trat. Sie stürzten sich auf mich, und Salomon sagte später, es habe ausgesehen, als ob sie mich besiegen würden.

Der Kampf war lang und schrecklich, und ich möchte ihn nicht schildern. Ich wandte an, was der Fechtmeister meines Vater seit meinem achten Lebensjahr mit mir geübt hatte. Ich tötete sie mit meinen Händen.

Als ich aufschaute, standen Jeronimus und die Erwählten um mich und die beiden Toten, und hinter ihnen drängten sich die Bewohner von Batavias Friedhof. Maria Schepens hatte ihren Mantel um Marie gelegt und hielt sie im Arm.

»Das wirst du bereuen, Christoph Eck«, sagte der Fensterrahmen.

Ich schwankte zum Strand, um das Blut von mir zu waschen. Ich hatte Marie in große Gefahr gebracht. Die Erwählten würden von nun an ihre Kräfte mit mir messen wollen. Sie brauchten nur Marie anzugreifen, um mich herauszufordern.

Ich schlief bis zum Abend. Dann grub ich den Juwelenkoffer aus. Jeronimus pflegte bei Sonnenuntergang mit seinen Getreuen einmal um die Insel zu schlendern. Ich wartete, bis er an meinem Zelt vorbeikam.

»Ich möchte mit Ihnen sprechen«, sagte ich, »bitte kommen Sie herein.«

»Aber nicht allein!« sagte Zevanck und grinste, so daß ich seine weißen Eckzähne sah.

»Ruhig, Kinder«, sagte Jeronimus. »Paß auf, David, daß keiner uns belauscht.«

Er ging mit mir in mein Zelt.

»Zweierlei«, sagte ich.

»Erstens?« fragte er liebenswürdig.

Ich mochte seine Art sehr. Erst später dachte ich, daß er sich vielleicht nur geschickt auf jeden einzustellen wußte.

»Wenn ich weiter am Wrack tauchen soll, müssen Sie diesen Koffer an sich nehmen. Ich rate Ihnen, seinen Inhalt geheim zu halten. Er ist mehr wert als fünf oder sechs Geldkisten der Compagnie. Die kostbarsten Juwelen sind eine Achatschnitzerei, die einmal dem Kaiser Konstantin in Byzanz gehört hat, und ein Weinkrug aus Achat, groß wie ein Eimer, den Pelzert für den Maler Rubens in Indien verkaufen soll. Beide Stücke sind mehr als tausend Jahre alt.«

Jeronimus holte tief Luft und setzte sich auf den Boden.

»Haben Sie diese Schätze gesehen?« wollte er wissen.

»Was ich bewachen soll, muß ich ja kennen.«

»Ich auch«, sagte er.

Ich gab ihm die Schlüssel zum Koffer.

Und so sah ich zum ersten Mal auf der Insel Batavias Friedhof die Kamee mit dem Kaiserpaar auf dem Triumphwagen, den zwei Zentauren zogen, und den Weinkrug aus dem honigfarbenen und milchweißen Achatblock, die wunderbar geschnitzten Weinblätter und Weintrauben. Die Dämonenköpfe an den beiden Griffen lächelten vielsagend und geheimnisvoll.

Ich versprach Jeronimus noch mehr Reichtümer, sagte, einmal hätte ich am Wrack im klaren Wasser die Geldkisten gesehen, hätte nur nicht tief genug tauchen können, um ein Seil daran zu befestigen. Ich erzählte ihm von der Kiste Nr. 4 mit den silbernen Bettpfosten für den Großen Mogul, dem Wasserkrug und der Waschschüssel aus reinem Gold.

»Zweitens«, sagte er. Er wußte, daß alles seinen Preis hatte.

»Ich will Marie Fluchar für mich allein haben«, sagte ich. »Sie lebt von nun an bei mir in meinem Zelt, und ich nehme sie mit, wenn ich zum Wrack fahre.«

Wir verhandelten lange. Er forderte mein Schwert, und ich sträubte mich, um den Preis hochzuhalten. In Wahrheit war es mir sehr recht, daß er es an sich nahm, denn ich wußte nicht, wer darauf aufpassen könnte, wenn ich mit Marie am Wrack war – die Erwählten raubten, was sie haben wollten.

Ich konnte damals nicht glauben, daß Jeronimus Cornelisz alles wußte und anordnete, was die Erwählten taten. Ich glaubte, daß die Verschwundenen auf eigene Faust auf andere Inseln gegangen waren, um sich dem strengen Regiment der Ordnung und der Tüchtigkeit zu entziehen, das Jeronimus aufrichtete und mit dem allein wir hier überleben konnten.

Eines blieb allerdings merkwürdig: Nie kam jemand von der Hohen Insel zurück außer den Erwählten. Trinchens und Annekens Ehemänner ließen ihre Frauen nicht nachkommen, bestellten nicht einmal Grüße.

»Denen geht's gut, die haben uns vergessen, die wollen nicht teilen«, sagten die Leute auf Batavias Friedhof.

Andere glaubten an überirdischen Einfluß, denn einige der Verschwundenen ließen die Kleidungsstücke zurück, in denen sie zuletzt gesehen worden waren, eine Hose, ein Wams, Hemd, Schuhe.

»Ist der nackend ausgewandert?« fragten dann wohl Trinchen oder Anneken Kanonier, denen alles auffiel.

»Wieso?« Der neue Besitzer lachte.

Manche Männer hielten sich nun »bereit«, wie sie flüsterten, falls »sie« kämen und »die Guten« auf eine Insel der Seligen retteten. Die geheimnisvollen Geister holten einen nur nachts, denn niemand durfte etwas von ihrer Anwesenheit merken, weil sonst alle mitwollten.

Ich überlegte, wer dieses Gerede unter die Leute brachte und in Gang hielt, und kam auf Rutger Fredricks, den Schmied aus Groningen. Aber Salomon sagte: »Mußt du dich denn mit allen anlegen, Christoph?« und ich ging meinem Verdacht nicht nach.

Jeronimus Cornelisz lud den Kanonier Hans Hardens aus Dithmarschen und seine Frau Anneken zum Abendessen in sein Zelt. Das war eine große Auszeichnung für beide. Beim Kaufmann würde es Seehundfleisch geben und vielleicht auch ein extra Gläschen Wein.

Anneken machte sich so hübsch sie konnte. Sie wollte unbedingt in den kleinen Spiegel schauen, den Lucretia Jansz am Taillenband trug. Als Anneken ihr eigenes Gesicht sah, brach sie in Tränen aus – sie hatte nicht gewußt, wie hager und elend es war. Lucretia Jansz tröstete sie und gab ihr einen Fächer, Maiken Cardoes, die ihr Baby jetzt täglich erwartete, gab ihr einen Gürtel, Anneken Kanonier ein Haarband, und Marie Fluchar kämmte ihr noch einmal das rotblonde Kraushaar.

Ich war dabei, als Anneken Hardens aus dem Zelt kam, in dem Hiltche, ihre kleine Tochter, sich nun hinlegen und schlafen sollte.

Es war eine Freude, eine Frau zu erblicken, die, wenigstens von weitem, nicht wie eine abgerissene halbverhungerte Schiffbrüchige aussah, sondern wohlgepflegt und schön. Hans Hardens reckte sich und ging stolz neben seiner Frau davon. Die kleine Hiltche guckte den Eltern nach, und Anneken drehte sich noch einmal um und warf ihrer Tochter eine Kußhand zu.

»Da geht sie und wird mit einem Unterkaufmann speisen«, sagte Sussi Fredricks feierlich, die Schwester von Trinchen, und Anneken Kanonier sagte: »Krammetsvögel, Feigen und Weintrauben«, und beide kicherten.

Der lange Schrei von Anneken Hardens weckte mich spät in der Nacht. Ich sprang auf und lief aus dem Zelt. Hiltche war verschwunden.

Wir suchten Hiltche überall, in allen Zelten, in allen Unterständen, hinter allen Strandwällen. Wir riefen nach ihr, bis die Sterne verblaßten. Wir wateten in der Morgensonne in langer Reihe über das Riff und um die Insel. Anneken konnte nicht glauben, daß ihre Tochter ins Wasser gelaufen und ertrunken war.

Gegen Mittag standen die meisten von uns ratlos zwischen den Zelten. Der Fensterrahmen machte ein böses Gesicht, und Wouter Loos preßte die Lippen zusammen. Aber Jan Hendrich grinste, und als Jeronimus sich zu den Erwählten stellte, sagte der Schmied Rutger Fredricks wieder etwas von der Insel der Seligen. Maria Schepens machte zwei, drei Schritte auf die Erwählten zu und sagte abschätzig mit ihrer schärfsten Stimme:

»Sie können nicht lesen und nicht schreiben und reden von der Insel der Seligen und kennen doch kein Gebet – zu Hause sind sie Abschaum, sie kommen aus der Gosse, und wenn sie aus dem Schloß kommen, dann sind ihre Familien froh, daß sie sie los sind –, fahrt nur weg, recht weit, und bleibt recht lange fort. Ihr weidet euch am Unglück anderer, und dabei frage ich mich, was weißt du wirklich, Jan Hendrich.«

Anneken Hardens preßte den kleinen roten Stoffetzen an ihre Brust, ohne den ihre Tochter nicht einschlafen konnte, und schrie: »Mörder, Mörder, Kindermörder!«

Jeronimus drehte sich um und ging fort, und die Erwählten folgten ihm.

Noch einmal stieß Anneken Hardens einen Schrei aus, ein dunkles rauhes Heulen, klagend, zornig, trostlos. Es schien auf und ab zu schwellen, bis es mir vorkam, als ertöne es seit langer Zeit. Die Tränen liefen mir über das Gesicht, und ich ging in mein Zelt und legte mich auf den Boden.

Wieder einmal stand Rainder neben mir und sagte:

»Nun?«

Er wollte zum Wrack hinaus, der Wind war günstig.

Diesmal mußten wir wieder das Floß nehmen: Jeronimus schickte gerade seine drei Räte Zevanck, Conrad und den Fensterrahmen sowie Gisbert van Welderen, Lennert Michels, Jan Hendrich und Lucas Gellis mit dem kleinen Boot zur Verräterinsel. Sie sollten den Profoß und seine Leute zur Hohen Insel begleiten. Jeronimus hatte den fünfzehn Männern und Frauen auf der Verräterinsel versprochen, sie zur Hohen Insel zu bringen, sobald sie zwei Flöße gebaut hätten. Der Profoß hatte durch den Offiziersanwärter Lucas Gellis, auch einer der Erwählten, ausrichten lassen, die Flöße wären fertig.

Ich holte Marie. Sie war überrascht, daß ich sie mitnahm, und freute sich. Rainder paßte ihre Gegenwart nicht. Sie merkte das gleich und fragte ihn nach allem aus, dem Floß, dem Meer, dem Himmel, dem Wind und dem Schiff, so daß er sich beruhigte. Es war Flut, und wir stakten nun über die Wasserebene, denn Rainder hatte eine Fahrrinne ausfindig gemacht, wir mußten das Floß nur einmal schieben. Der Himmel war hoch und hellblau, die Sicht klar wie selten, die Luft frisch.

Wir sahen das Segel des kleinen Bootes, und wir sahen die beiden Flöße an der Verräterinsel, aber dann verschwanden Flöße und Boot hinter der Insel.

Wir arbeiteten den ganzen Nachmittag über am Schiff. Das Wrack hatte sich im Sturm bewegt, seit Rainder und ich zum letzten Mal hier gewesen waren. Wir konnten jetzt den Ballast im Laderaum sehen: Sandsteinquadern, die Generalgouverneur Coen für das neue Portal am Wassertor der Festung Batavia bestellt hatte. Marie beobachtete gespannt, was Rainder mit seiner Stange umdrehte. Das Floß schaukelte stark, aber das machte ihr nichts aus. Sie erzählte, daß sie schwimmen konnte. Wir wollten es gleich sehen, aber sie sagte, dazu bräuchte sie Männerkleider, in Frauenkleidern sei es hier zu gefährlich.

Rainder holte mit seiner Stange eine zerbeulte Messinglampe nach oben. Marie entdeckte eine Kiste. Rainder band mir wieder ein Tau um, und ich tauchte hinab und befestigte ein Seil an der Kiste, und Rainder und Marie zogen sie hoch. Wir konnten sie nicht öffnen, aber Rainder sagte, in der Kiste sei der kostbare rote Wollstoff aus Flanderen, den die Companie in Indien verkaufte, und Marie freute sich über ihren Fund. Als die Sonne sank, machte Rainder auf einer der Untiefen ein Feuerchen. Marie angelte, und ich briet Fische. Wir wußten nicht, wie hoch die nächste Flut auflaufen würde, und schliefen sicherheitshalber auf dem Floß.

Als ich aufwachte, stand die Sonne schon am Himmel. Marie lag auf dem Bauch und sah in das Schiff hinab. Die langen Taue an den Rahen schwebten in der Strömung. Kleine Wellen glucksten am Floß.

Wir suchten weiter nach Fässern mit Fleisch und Brot und Kisten mit rotem Wollstoff – zwei fanden wir noch. Wir hoben sehr schwere Steingutkrüge mit bärtigen Männergesichtern auf einer Seite und Schraubverschlüssen aus Zinn. Rainder meinte, in den Krügen sei Quecksilber, und ich erzählte, daß man Quecksilber im Bergbau brauche, beim Vergolden, beim Spiegelbeschichten und in der Medizin. Marie hörte aufmerksam zu, und ich redete viel zu viel.

Am Nachmittag rief Rainder plötzlich mit gedämpfter Stimme »da, da, da!« und zeigte mit einer Hand auf einen Schatten im Wasser und winkte mich mit der anderen vom Floß – er hatte eine Schildkröte entdeckt. Ich schwamm ihr nach, aber sie glitt davon. Plötzlich drehte sie, kam auf das Floß zu, wollte wegtauchen, aber Rainder hatte sie. Er lachte, weil er auf dem Bauch lag und nicht aufstehen konnte, und Marie mußte sich auf dem wild schwankenden Floß hinsetzen, um nicht ins Wasser zu fallen. Schließlich lag die Beute auf dem Floß.

»Man kann den Panzer nicht durchdringen, also wirft man sie auf den Rücken«, sagte Rainder, als wir uns alle beruhigt hatten. »Man muß gut aufpassen, sie hat scharfe Krallen. Man zerschmettert die Brustplatte mit einer Axt. Den Panzer kann man als Topf nehmen. Sie schmeckt wie Hühnchen.«

Als wir satt waren und die Sterne am Himmel betrachteten, erzählte ich Marie, daß ich mit Jeronimus ausgemacht hätte, sie wieder zu mir ins Zelt zu nehmen.

Sie wurde wütend: »Sie hätten mich erst fragen müssen.«

»Dazu war keine Zeit«, sagte ich.

Sie war verletzt, was ich nicht verstand, und ich war verärgert. Wir redeten nicht lange, weil Rainder dabei war. Doch unser erster Streit wurde zu einer Ursache großer Fremdheit zwischen uns und verdarb den zweiten Abend auf dem Floß.

Am nächsten Morgen hatte der Himmel sich bezogen, der Wind drehte nach Westen. Ein Regenschauer ging auf uns nieder. Ich holte noch eine Kiste hoch und ein Ölfäßchen. Rainder lud Holz – Schiffsholz und Feuerholz – auf das Floß, und wir stakten zurück.

Jeronimus und die Erwählten erwarteten uns am Strand. Ich zeigte Jeronimus die Krüge mit Quecksilber, und Jan Hendrich hob die Kisten vom Floß. Zwei ließ Jeronimus noch am Strand öffnen: Eine enthielt den feinen roten Wollstoff, von dem Rainder gesprochen hatte, die andere goldene und silberne Litzen aus Frankreich, Borten, Spitzen und Quasten. Jeronimus schlug mir auf die Schulter und sagte: »Wir waren auch fischen und harpunieren.« Aber mir war nicht wohl dabei, denn alle lachten, und ich verstand dieses Lachen nicht.

Wouter Loos schenkte mir einen großen Fisch und Rainder ebenfalls einen. Vor unserm Zelt lud ich Marie zum Essen ein, aber sie ließ mich stehen.

Ich ging früh schlafen und schlief tief und fest. Ich hörte weder den Regen noch die Unruhe bei den Hütten der Kranken, über die die anderen am nächsten Morgen sprachen.

Später am Tag kam Maria Schepens mit Marie zu mir. Maria Schepens sagte: »Mademoiselle Fluchar wird doch bei Ihnen wohnen.«

Sie setzte sich auf den Holzblock, den ich ihr als Platz anbot, ließ sich regelrecht fallen und schluchzte einmal trocken auf. Ich kniete vor ihr und nahm ihre Hand. Die Hand war leicht und kalt wie ein Vogelfuß.

»Lucretia Jansz mußte gleich nach Ihrer Abfahrt zum Wrack in das Zelt von Jeronimus ziehen, und niemand darf zu ihr«, sagte sie matt. »Wir mußten in unseren Zelten bleiben und hörten Rufe und Schreie. Ich sah durch einen Spalt am Zelteingang, wie Jan Hendrich einen der Seeleute im flachen Wasser niederschlug, die mit dem Profoß auf die Verräterinsel gegangen waren. Ich weiß nicht, wie der Mann auf unsere Insel gekommen ist. Gestern ist der englische Soldat verschwunden. Heute fehlen mehrere Kranke. Jeronimus läuft herum und erklärt allen Leuten, daß es weder Teufel noch Hölle gibt. Das ist seine tägliche Arbeit: mit seiner Zunge gute Leute zu einer falschen Ansicht bringen und sie vom geraden Pfad wegführen. Er hat meinem Mann das Predigen verboten.«

Sie atmete tief ein. Dann stand sie auf und sagte mit ihrer alten scharfen Stimme: »Den Rest können Sie selbst sehen, aber vielleicht finden Sie das alles ja gar nicht schlimm. Ich muß jetzt gehen.«

Salomon und Rainder standen auf, als sie hinausging. Sie sah niemanden an.

»Sie muß zurück, Maiken Cardoes ist im Zelt des Predigers und bekommt ihr Kind«, sagte Marie Fluchar leise. »Und die kleine Wybrecht ist vergewaltigt worden und spricht nicht mehr.«

Zwei glückliche Tage nur waren wir fortgewesen, und jetzt gab ich vor mir selber zu, wie sehr unser Leben auf Batavias Friedhof sich seit Jeronimus' Wahl verändert hatte.

Die Veränderungen waren in kleinen Schritten gekommen. Jetzt kamen sie schneller und schneller.

Erst war Trinchen Fredricks von sich aus zu Lennert Michels gegangen, um etwas zu essen zu bekommen. Jetzt stellte Lennert sie allen Erwählten zur Verfügung. Vielleicht war sie jetzt aber selbst bereit, mit jedem zu schlafen, der ihr Seehundfleisch gab.

Jeronimus richtete ein Bordellzelt für die Erwählten ein mit Trinchen Fredricks, ihrer Schwester Sussi und Anneken Kanonier. Was Trinchen von sich aus tat oder nicht wollte, wurde unerheblich.

Nachts brannten die Feuer am Horizont. Der Profoß und seine Leute waren vor drei Tagen zur Hohen Insel gebracht worden, und wieder war niemand mit Zevanck, Conrad und den Erwählten von dort zurückgekommen.

Anneken Hardens suchte weiter die kleine Hiltche und lief über die Insel und blieb vor jedem Mann stehen und beschuldigte ihn, ihr Kind vergewaltigt und verscharrt zu haben.

Am 14. Juli geschah der erste offene Mord. Gegen Mittag, als die Fische nicht mehr bissen und wir müßig vor den Zelten saßen, sah man den Kaufmannsassistenten Andries de Vries mit Lucretia Jansz sprechen, was ihm verboten war. Sie hatten sich zufällig getroffen und standen ein wenig voneinander entfernt.

David Zevanck sah sie auch.

Rutger Fredricks, Jan Hendrich und Lennert Michels gingen in das Zelt des Unterkaufmanns Jeronimus Cornelisz und kamen mit Schwertern wieder heraus.

Andries de Vries begann zu rennen und floh ins Wasser.

Wir sprangen alle auf.

Die drei Erwählten rannten ihm hinterher. Lennert war der schnellste und folgte Andries ins Wasser und hackte ihn mit zwei Hieben zu Tode. Ehe wir begriffen, was wir gesehen hatten, lag Andries in einer roten Blutwolke, die größer wurde und davonzutreiben begann.

Jeronimus, der aus seinem Zelt gekommen war und auch zugesehen hatte, schlenderte am Strand davon.

Lucretia Jansz schlüpfte mit Marie Fluchar in mein Zelt. Keiner der Erwählten schien es bemerkt zu haben, trotzdem war ich beunruhigt. Ich drängte mich durch die aufgeregten Menschen zu meinem Zelt.

»Holen Sie Maria Schepens, schnell«, flüsterte Marie.

Maria Schepens folgte mir, ohne zu fragen, was sonst nicht ihre Art war.

Lucretia Jansz war noch weißer als gewöhnlich. Sie redete mit ihrer zarten Stimme und redete, und niemand konnte ihre Worte begreifen, bis Maria Schepens ihr die Hand auf den Unterarm legte:

»Und was hat Andries dir gesagt, worüber habt ihr gesprochen?«

Lucretia besann sich und antwortete in einem eigenartig unbefangenen Ton: »Wir haben über die Verschwundenen gesprochen.«

»Hat er dich angesprochen oder du ihn?«

»Er hat gesagt: Heute morgen, als es noch dunkel war, haben Jeronimus und Zevanck und Conrad mich gerufen und mir und Allert Janszen befohlen, die Kehle von Hendrick Claas durchzuschneiden, weil er krank ist. Das haben wir getan.« Sie sprach, als würde sie sich jedes Wort ins Gedächtnis rufen. Dann sagte sie mit veränderter Stimme: »Jeronimus guckt zu. Das tut er fast immer.«

»Und warum hat Andries dir das gesagt?« fragte Maria Schepens.

»Er will, daß ich von Jeronimus weggehe. Jeronimus bedrängt mich, wissen Sie, aber ich weise ihn ab. Er ist auch verheiratet, wußten Sie das?«

»Ich kann Andries gar nicht glauben«, sagte Maria Schepens. Sie sprach wie immer, mit scharfer Stimme und doch vollkommen gelassen. Sie forderte Marie und mich mit einer Handbewegung auf, uns zu setzen. Lucretia wartete, bis wir auf dem Boden Platz fanden.

Ich dachte schon, sie würde nicht mehr weitersprechen. Aber dann sagte sie: »Andries mußte schon einmal elf Männern die Kehle durchschneiden. Das war, als sie die Kranken töteten. Wenn er nicht gehorcht, haben sie gesagt, töten sie ihn.«

»Das ist ja sehr seltsam«, sagte Maria Schepens und legte sich unwillkürlich die rechte Hand an die Kehle.

»Sie wollten Andries töten, wissen Sie, an dem Tag, an dem Jeronimus seinen neuen Rat aussuchte. Sie haben auf dem Floß

Hans Radder und Jacob Groenewaldt an Händen und Füßen gebunden – erinnern Sie sich noch, der Obertrompeter Groenewaldt? Und Andries binden sie auch an Händen und Füßen, und die ersten beiden stoßen sie in die See, aber Andries binden sie los und verschonen ihn für diesmal und er verspricht, daß er es niemandem erzählt.«

»Glaubst du das denn alles?« sagte Maria Schepens. Lucretia schien sie nicht zu hören.

»In der dritten Nacht, in der ich bei Jeronimus sein muß, schickt Jeronimus Jan van Bemmel nach Lennert Michels und Jan Hendrich und Lucas Gellis, und er befiehlt ihnen, Paschier van den Ende, dem Kanonier, wissen Sie, und dem Zimmermann Jacob und einem kranken Kabinenjungen die Kehlen durchzuschneiden. Sie gehen mit Zevanck weg. Und dann kommt Zevanck zurück und sagt, Paschier haben sie die Kehle durchgeschnitten, und er will nur fragen, ob sie nicht Jacob schonen dürfen, der bettelt so um sein Leben.«

»Das hat Zevanck gesagt?«

»Er sagt: Jacob ist ein guter Zimmermann, befiehl, ihn leben zu lassen. Jeronimus sagt: Er ist nur ein Drechsler, außerdem ist er halb lahm. Er muß auch gehen. Er könnte früher oder später zum Schwätzer werden und alles ausplaudern.«

Lucretia sah Maria Schepens erschrocken an: »Wer alles ausplaudert, muß sterben!«

Aber Maria Schepens blieb unbewegt: »Erzähl weiter!«

»Zevanck geht weg. Dann kommt er wieder. Er sagt: Sie haben ihn zu Boden geworfen, und Lennert saß auf ihm, und Jan Hendrich hat zwei Messer zu Stücken gestoßen auf seiner Brust und zwei Messer auf seiner Kehle, so daß sie seine Kehle mit einem Stück ihres letzten Messers durchschneiden mußten. Und dann haben sie ihn in das Loch gezogen, das sie vorher gegraben hatten. Und danach haben sie den Jungen getötet.«

Lucretia Jansz, die auf der *Batavia* monatelang kaum gesprochen hatte, konnte nun nicht mehr aufhören. Marie Fluchar liefen die Tränen über das Gesicht. Ich fragte mich, ob Lucretia verrückt war.

»Ich sitze mit Jeronimus im Zelteingang, es ist so heiß am Nachmittag. Wir sehen, wie ein Floß von der Verräterinsel kommt. Männer sind im Wasser und schieben das Floß zu unserer Insel. Jeronimus sagt: Der Profoß und alle Leute auf der Verräterinsel wollten mit zwei kleinen Flößen auf die Hohe Insel, ich habe es ihnen versprochen. Aber meine Räte haben beschlossen, daß sie in der See ertränkt werden sollen. Da ist ihr Boot. Einige sind ihnen wohl entkommen.«

Rainder, Marie und ich hatten die beiden Flöße und das kleine Boot gesehen, als wir zum Wrack hinaus stakten, aber wir hatten alles, was wir sahen, ganz anders verstanden. Ich dachte, ich hätte gesehen, daß die Männer im Boot den Leuten auf den Flößen halfen, zur Hohen Insel zu fahren.

»Als die Schwimmer ins flache Wasser kommen, ist auch das Boot am Strand, und David Zevanck kommt zu Jeronimus und fragt: Was machen wir mit ihnen? Jeronimus sagt: Tötet sie. David läuft zurück und ruft: Tötet sie! Aber vier Männer erreichen das Land und laufen zum Zelt von Jeronimus. Der weicht vor ihnen zurück und ruft: Tötet sie. Jan Hendrich schlägt einen Seemann nieder, und Andries Jonas stößt dem Seemann das Schwert in die Kehle, bis er stirbt. Jeronimus sieht zu. Er sieht gerne zu. Er weidet sich am Anblick der Qual. Sie haben sie nachts begraben, ich weiß nicht wo, und Wein im Zelt getrunken, ich mußte die Becher vollschenken.«

Lucretia fing an zu weinen.

»Niemand ist verschwunden«, sagte Maria Schepens langsam, und ihr Gesicht war grau. »Sie sind alle tot.«

Jemand schlug die Zeltplane von außen kräftig zurück, und Jeronimus stand im Zelt.

Er lächelte. Er übergab Maria Schepens mit einer Verbeugung die Messinglampe, die wir vom Wrack mitgebracht hatten, und reichte Lucretia den Arm. Sie stand langsam auf, legte ihre Hand auf seinen Arm und ging mit ihm weg.

Ich versuchte Wouter Loos auszuhorchen. Jeronimus pflegte mit ihm lange Gespräche zu führen.

Wouter Loos war ein umsichtiger Mann, ein Soldat, der seine Pflicht tun wollte. Er kam aus Maastricht. Auf der *Batavia* hatte er untersetzt und kräftig ausgesehen, jetzt war er erheblich abgemagert, aber immer noch gesund. Er trug weder eine Glatze noch einen Goldring in der Unterlippe und ließ die Frauen im Bordellzelt, soweit ich wußte, in Ruhe.

Wouter Loos verstand meine Andeutungen über Morde nicht.

»Jeronimus ist ein großer Mann«, sagte er etwas hilflos. »Was immer er tut, es ist gut für uns. Wir sind kleine Leute, und es ist nicht einzusehen, warum ein Mann wie der Prediger genausoviel verdient wie der Kommandeur. Der Prediger lebt mit der ganzen Familie sogar nach dem Schiffbruch besser als wir, und Jesus ist arm gewesen. Der war Zimmermann, einer von uns. Ich weiß, daß Sie auch anders denken. Ich erinnere mich gut an die Seehunde, die Sie gleichteilen wollten. Ich kenne Gleichteiler aus Friesland und aus Westfalen. Aber hier müssen wir das ganz anders machen. Wir müssen die Verhältnisse umkehren. »

Nun verstand ich ihn nicht.

»Es ist nicht genug Trinkwasser für alle da«, sagte er. »Besser einige überleben, als daß alle umkommen. Es hat keinen Sinn, daß die Starken auch schwach werden.«

Er dachte sich körperliche Übungen für die Männer aus: »Deshalb die vielen Floßfahrten – was soll ich machen mit diesen Männern hier auf der kleinen Insel? Die muß ich beschäftigen, die kommen nur auf dumme Gedanken. Die sind zwanzig, zweiundzwanzig Jahre alt, einfache Burschen, treu und ehrenhaft, aber nicht alle die hellsten. Die muß ich müde machen, die müssen rudern, da muß ich mir Aufgaben ausdenken. Es ist ein Jammer, daß sie nicht schwimmen können, die Arbeit am Wrack mit Ihnen wäre genau das Richtige. Das ist anders als im Krieg. Da kann jeder sich austoben, da haben Sie diese Schwierigkeiten nicht.«

Mit diesen Worten deutete er an, daß er meine militärische Erfahrung anerkenne, daß er aber andere Probleme habe, die ich nicht kannte, und bei deren Lösung er mir überlegen sei.

»Man muß der Gemeinschaft dienen. Man muß manchmal auch Dinge tun, die man nicht gut findet, da braucht man Pflichtgefühl.«

Das Gespräch hatte eine Wendung genommen, die mir peinlich wurde. Das geschah manchmal, wenn man sich mit kleinen Leuten zu lange unterhielt. Sie neigten dazu, sich hochtrabend und platt auszudrücken. Jedenfalls: Solange ein Mann wie Wouter Loos bei Jeronimus war, konnte ich beruhigt sein.

Trotzdem schlief ich nicht in dieser Nacht. Ich horchte auf Geräusche, Schritte, Schreie. Ich hörte Rainder schnarchen, hörte Salomon und Marie gleichmäßig atmen. Gegen Morgen hörte ich ein Schurren – jemand versuchte, ins Zelt zu kriechen. Ich richtete mich lautlos auf und griff zu: Es war ein Junge.

Ich zündete die kleine Lampe an.

Er war zwölf oder dreizehn Jahre alt. Er fing an zu weinen, als ich ihn mir im Lampenschein genau ansah. Ich erkannte ihn – das war der Junge, den Kommandeur Pelzert am Kap aufgelesen hatte, als wir Frischfleisch und Trinkwasser an Bord nahmen. Der Junge war vom Schiff *Leyden* weggelaufen, das Holland fast ein halbes Jahr vor der *Batavia* verlassen und eine lange Reise mit zahlreichen Toten gemacht hatte, eine Seuche war an Bord ausgebrochen. Ich konnte mich an den Namen des Jungen nicht erinnern.

»Abraham aus Amsterdam«, schluchzte er.

»Gehörst du nicht auf die Seehundinsel ?«

»Ich war auf der Seehundinsel, als sie kamen, und David Zevanck hat zu mir gesagt: Junge, du mußt beim Töten tüchtig helfen, oder du bist selbst in der Klemme.«

Er schluchzte lauter, und ich legte ihm eine Hand auf den Mund. Salomon lag mit offenen Augen da und hörte zu. Die anderen schliefen. Ich blies das Licht aus.

»Und dann habe ich mit meinem Messer die Kehle von Franz durchgeschnitten. Wenn ich es nicht gemacht hätte, hätten sie mich getötet.«

Franz war Schiffsjunge wie er. Er erzählte langsam, ich ließ ihn nur noch flüstern und wollte alles von Anfang an hören. Ab und zu schluchzte er laut auf, aber das Schluchzen wurde seltener – er wälzte seine Last auf einen Erwachsenen ab.

Die Jungen auf der Seehundinsel hatten geschlafen, als plötzlich Lennert Michels zwischen ihnen stand und einem Jungen ein Messer in den Körper stach. Auch andere Männer waren plötzlich da, der Junge Abraham kannte nicht alle, er kannte Maestre Frans, den Barbier und Chirurgen, und Jan Hendrich, weil er der stärkste von allen war. Jan Hendrich hatte sofort fünf Jungen getötet und danach zwei Männer.

Sie töteten die Männer und die Schiffsjungen.

45 Menschen waren auf der Insel gewesen: vier Frauen, ein Kind, zwanzig Jungen und zwanzig Männer. Die Frauen standen noch am Strand, als die Erwählten wieder abfuhren.

Der Junge hat sich außen an das Boot geklammert und ist mit den Mördern zurückgefahren, und in der Nacht hat er sich heimlich in mein Zelt geflüchtet.

Ein Kind, das ein anderes Kind getötet hatte, um sich zu retten, war zu mir gekommen.

Die Morgensonne schien auf das Zeltdach. Ich ging hinaus.

Jan van Bemmel stand auf dem Platz zwischen den Zelten. Die Sonne schien in sein goldenes Stoppelhaar. Er trug einen wadenlangen Mantel aus scharlachrotem Tuch, das mit Silberborte eingefaßt war.

Er legte beide Hände wie einen Trichter vor den Mund und rief: »Kommt alle zu Jeronimus, wenn die Schiffsglocke dreimal anschlägt!«

Das rief er viermal, einmal in jede Himmelsrichtung. Die Leute drängten sich aus den Zelten, auf denen Tau lag, und starrten ihn an.

»Und werft euch gefälligst in Schale«, schrie er nach dem vierten Mal.

Mattis Bär und Lennert Michels gingen vorbei. Sie trugen scharlachrote wadenlange Mäntel mit Goldborten und Goldlitzen und Goldfransen an Kragen, Ärmelaufschlägen und Knopfriegeln. Das Gold glitzerte in der Sonne.

Die Eide

Alle Bewohner der Insel Batavias Friedhof standen auf dem Platz vor Jeronimus' Zelt, Männer, Frauen und Kinder, Gesunde und Kranke. Sie standen im Halbkreis um einen Tisch: eine Schiffsplanke, die auf zwei Fässern lag. Rechts und links vom Tisch standen die Erwählten.

Die Erwählten trugen lange scharlachrote Mäntel aus dem Tuch, das die Companie nach Indien ausführte und das Rainder und ich vom Wrack geborgen hatten. Sie hatten die Mäntel mit den goldenen und silbernen Bändern und Tressen bestickt, die auch aus einer der geborgenen Kisten stammten. Neben den Erwählten wirkten wir übrigen in unseren zerschlissenen Kleidern, die kaum noch zusammenhielten, wie Menschen einer anderen Art.

Jeronimus Cornelisz trug weiße Seidenstrümpfe, und die Hosenbänder unterm Knie waren mit goldener Spitze besetzt.

Er las uns mit wohltönender Stimme langsam und laut einen Vertrag vor, den wir unterzeichnen sollten. Die Stimme durchdrang das Rauschen der Brandung und das Kreischen der Möwen. Eine Abschrift des Vertrags befindet sich bei den Papieren, die ich aus Asien mitgebracht habe:

»Wir, die Unterzeichneten,

- um jedes Mißtrauen auszulöschen, das unter uns sein mag oder

zwischen uns entstehen könnte –
wollen versprechen
- mit diesem geschriebenen und unwiderruflichen Vertrag, in dem wir den größten Eid ablegen, den ein jeder leisten kann –,
treu in allem zu sein, so wahr uns Gott helfe.
Gott soll uns auf Erden bestrafen und später in der Ewigkeit, wenn wir, die Unterzeichneten, einen Plan in die Tat umsetzen, ohne ihn vorher jedem von uns zu enthüllen.
Keiner soll allein für sich irgendeinen Plan verfolgen, sei es aus guter Absicht oder aus Haß.
Wir wollen einander in allen Angelegenheiten beistehen, in brüderlicher Zuneigung und für die Wohlfahrt aller.«

Jeronimus sah sich im Kreis um und las weiter:

»Wir wollen die Frauen achten, namentlich Lucretia Jansz, Anneken Hardens, Judith Geisberts, Tryntien und Sussi Fredricks, Anneken Kanonier.
Und zur weiteren Sicherheit und Bekräftigung haben wir dieses einzeln unterschrieben am 16. Juli Anno 1629. So geschehen auf der Insel, die Batavias Friedhof genannt wird.«

Jeronimus unterschrieb als erster mit seinem lateinischen Namen – Hieronimus Cornelisz, Kaufmann. Und dann traten die Erwählten einer nach dem anderen an die Schiffsplanke, die über zwei Fässern lag, und unterschrieben, zuerst die Räte in ihrer scharlachrot-goldenen Pracht: Conrad van Heussen, Jacop Pieters, der Fensterrahmen – »Rat« schrieb er hinter seinen Namen – und David Zevanck.

»Das ist der zweite Vertrag«, flüsterte Salomon mir zu und schob die Brille auf die Nase. »Vor vier Tagen haben sie schon einen geschlossen, als sie den Kanonier van den Ende getötet haben und den Zimmermann Jacobs.«

»Und was stand da drin?« fragte ich leise.

»Daß sie sich nicht gegenseitig umbringen wollen.« Er nahm die Brille ab und rieb sich die Nasenwurzel.

»Sie mißtrauen sich«, flüsterte Marie Fluchar.

Jetzt traten die Brüder van Welderen an den Tisch, dann Jan

Pelgrom de Bye aus Bemmel mit dem goldenen Stoppelhaar, der bullige Jan Hendrich und Lennert Michels.

»Der Vertrag schützt Sie nicht ausdrücklich, Ihr Name steht nicht drin«, sagte ich zu Marie Fluchar.

»Schutz kostet.« Marie Fluchar deutete mit dem Kinn zum Tisch. Dort beugte sich jetzt ein Mann über den Vertrag und unterschrieb, der keinen Mantel trug: der Kanonier Hans Hardens, Hiltches Vater. Der Name seiner Frau Anneken stand im Vertrag.

Nach Hans Hardens trat keiner mehr an den Tisch.

Jeronimus hob die Hand, und alle Schiffbrüchigen wurden wieder still. Er sagte: »Wer heute an den Tisch kommt und unterschreibt und damit unserem Bund beitritt, hat nie mehr etwas zu befürchten.«

Das leise Reden setzte wieder ein. Männer gingen zum Tisch, erst nur vereinzelte, dann so viele, daß sie warten mußten, bis sie dran waren.

»Wenn Sie wollen, unterschreib ich für Sie«, sagte ich zu Marie Fluchar.

»Herzlichen Dank«, sagte sie. »Maria Schepens steht auch nicht im Vertrag und Mayken Cardoes auch nicht. Und die Frauen auf der Seehundinsel fehlen auch – Laurentia Thomas fehlt, Janneken Gist und Gertje Willems, die Witwe, wissen Sie.«

Diese Frauen waren wahrscheinlich schon tot, aber das sagte ich Marie nicht.

Am Tisch unterschrieb jetzt Rainder Hendricks, mein Bergungspartner.

Salomon, der ruhig neben mir gestanden und uns zugehört hatte, trat plötzlich vor und ging zum Tisch, Salomon Deschamps, mein Freund. Er unterschrieb als letzter.

Nur ein Dutzend Männer unterschrieb nicht.

Jeronimus vergab Titel und Orden. Er machte seinen Rat Jacop Pieters aus Amsterdam, den Lanzenkorporal, den alle Fensterrahmen nannten, zum Generalleutnant der Inseln am Rande der Welt.

Jeronimus erließ Gesetze, die die Leute beschäftigt hielten. Sie durften nur zu bestimmten Zeiten spazieren gehen oder Vögel fangen oder Fische oder miteinander reden, und sie mußten die Erwählten auf bestimmte Weisen grüßen, die von Anzahl und Art der goldenen Borten auf den langen roten Mänteln abhingen.

Er erschien jeden Tag in einem neuen Festanzug. Er brach Pelzerts Kisten auf, die beim Schiffbruch gerettet worden waren, und nahm, was ihm gefiel, seidene Hemden und Schärpen, Seidenhosen und Seidenstrümpfe, Schuhe mit roten Absätzen. Er trug Ärmel aus Samt, die geschlitzt waren, so daß man den andersfarbigen Unterärmel sehen konnte, und Schmuckschleifen an den Ellbogen, den Strumpfbändern und auf den Schuhen. Er öffnete auch die Truhen von Männern, die verschwunden waren, und legte ihre Kleider an, ihre hohen spanischen Hüte, feinen Spitzenkragen, Goldketten und Ringe. Bei besonderen Gelegenheiten trug er Hüte mit wallenden Federn und Lederhandschuhe. Er hielt die Handschuhe an den Fingerlingen, damit wir die großen goldbestickten Stulpen besser sehen konnten.

Doch mit zunehmender Farbenpracht, deren Wechsel uns jeden Tag neu erstaunte, verschwand aus Jeronimus' Wesen alles Frohe, alles Verbindliche, Heitere, Humorvolle, verschwand auch seine augenzwinkernde zweideutige Schlagfertigkeit.

Ich sah ihn nun ganz klar.

Er war eitel und kleinlich und verlangte Gehorsam, weil er keinen Widerspruch ertragen konnte. Das größte Wunder für ihn war seine eigene Herrschaft. Er mußte sich immer wieder von ihr überzeugen. Wer anderer Meinung war als er oder eine andere Meinung auch nur erwog, war gegen ihn. Dabei hatte er in vielem keine Meinung. Er schnappte irgendwo etwas auf von jemandem, der ihm gefiel – von Wouter Loos oder Conrad van Heussen oder von mir, ich imponierte ihm immer noch, ein deutscher Ritter –, und er verwendete es dann als eigenen Einfall. So wie er Pelzerts Kleider trug, staffierte er sich mit unseren Meinungen aus, unseren Erlebnissen, Gedanken, unseren Manieren und Vorlieben.

Sein einziges eigenes Thema hieß: Es gibt keine Moral.

Darüber dozierte er stundenlang und machte jede seiner Essenseinladungen, die man angenommen hatte, weil man die Nahrung außer der Reihe und vor allem die zusätzliche Flüssigkeit brauchte, Wasser oder Wein, zur Qual. Ich nahm sie allerdings auch an, um mich von den Erwählten nicht ganz abzuschließen. Ich mußte wissen, worüber sie sprachen und was sie planten. Ich bereitete meine und Maries Flucht vor. Marie, die das anfangs nicht wußte, wurde böse, wenn ich zu Jeronimus ging.

Es gibt keine Verbindlichkeit, dozierte Jeronimus. Verbindliches ist unverbindlich, Ordnungen, Regeln wechseln wie die Wolken am Himmel.

»Mit Moral macht man keine Politik«, sagte er, »mit Moral ödet man höchstens seine Mitmenschen an.«

Seine andere Lieblingssentenz war: »Meine Anhänger erwarten von mir auch nicht meine moralischen Grundsätze und schon gar nicht meine moralischen Wertungen. Sie erwarten, daß Probleme mit Sachverstand und gründlich gelöst werden.«

Körperlich war er ängstlich, sogar feige. Er bewunderte Leute wie mich oder Jan Hendrich. Ich hörte nun immer häufiger, daß er bei Morden dabeigewesen war. Ich konnte nicht glauben, daß er sich am Anblick der Opfer weidete. Vielleicht entsetzte er sich an den Zufälligkeiten des Lebens und mußte sie anderen immer wieder zufügen und sehen, wie das ist. Vielleicht mußte er sich vergewissern, daß er etwas veranlassen konnte, vor dessen Ausführungen er selbst zurückschreckte.

Die Erwählten hingen an ihm. Er stattete sie mit Macht aus. Sie waren süchtig nach dem Gefühl von Stärke. Ich sah sie nie mehr am Strand sitzen. Sie hielten sich meist bei ihren Zelten in der Mitte der Insel auf, oder sie fuhren mit ihren Booten, was das Wetter an höchstens ein, zwei Tagen in der Woche erlaubte. Aber sie sahen nie dem Steigen und Fallen der Gischtvorhänge zu, nie dem Dahingleiten der Inseln am Horizont, dem Sinken der Dämmerung über dem Rand der Welt.

Jeronimus redete über die Hölle: »Es gibt keine Hölle, meine Kinder, niemand bestraft irgend jemanden, niemand kümmert sich um euch.«

Jan van Bemmel, früher Kabinendiener auf dem versunkenen Schiff, war auf der Insel der Diener von Jeronimus Cornelisz. Jan van Bemmel war achtzehn Jahre alt. Er wusch sein kurzes goldfarbenes Haar täglich, und als es nachwuchs, stand es durch das Salzwasser wie ein Heiligenschein um seinen Kopf. Er war fast so schön wie Lucretia Jansz, nur war es eine beunruhigende Schönheit, deren Anblick nicht erfreute, weil sie die Schönheit eines Mannes oder die einer Frau sein konnte.

Jan lief täglich über die Insel wie ein Besessener und rief dabei: »Kommt raus, ihr Teufel, mit all den Sakramenten, wo seid ihr? Ich will sofort einen Teufel sehen. Und wer will durch Erstechen zum Tode befördert werden? Ich kann das ganz wunderbar machen.«

Die kleine Ratte hörte jeden Tag von Jeronimus, daß es weder Teufel noch Hölle gebe und diese nur Märchen, Lügen, Geschwätz seien, und als Beweis forderte Jeronimus ihn dazu auf, den Teufel herbeizurufen.

Jan van Bemmel führte nun ein schauerliches Leben, verhöhnte Gott und fluchte und benahm sich mehr wie eine Bestie der Hölle als wie ein Mensch, was ihn zum Schrecken für alle Leute machte. Er beschlief mehrere verheiratete Frauen und zwang sie, dabei Dinge zu tun, die sie verabscheuten, und Trinchen Fredricks, ihre Schwester Sussi und Anneken Kanonier fürchteten ihn mehr als andere.

Auch Lennert Michels, Offiziersanwärter, verspottete Gott täglich, und wenn andere beteten und der Domini ihnen Gottes Wort predigte, sprang er mit einigen Erwählten grölend zwischen sie. Lennert hatte gemordet, ohne Mitleid und Gnade, und gehorchte Jeronimus aufs Wort. Viele nannten den Prediger Geisbert Bastians nun Domini, Diener des Herren, und viele, die sich bislang aus der Religion wenig gemacht hatten, soweit das auf einem holländischen Schiff möglich war, wollten nun die Bergpredigt hören, um zu zeigen, daß sie Jeronimus nicht zustimmten. Und auch manche, die wie ich dachten, daß die Menschen ihr Zusammenleben ohne Gottes Hilfe durch Absprachen und Übereinkünfte regeln sollten, hielten sich, wie ich, offen zum Domini.

Jan Hendrich, der bullige Lehrersohn aus Bremen, der sich jeden Tag von Maestre Frans Jansz persönlich den Schädel rasieren ließ, verbot als erster dem Domini das Beten und das Predigen. Niemand glaubte Maria Schepens und mir, daß dies auf Befehl von Jeronimus geschah, und wir mußten mit unseren Worten vorsichtig sein, damit wir uns nicht in Gefahr brachten. Die Leute glaubten, daß Jeronimus der einzige war, der mit den Erwählten fertigwerden und uns vor ihnen schützen konnte, insbesondere vor der Schlägertruppe um den lärmenden Muskelberg Jan Hendrich.

Jan Hendrichs dickes Gesicht spiegelte keine Gemütsbewegung, und man wußte nie genau, woran man gerade mit ihm war. Er kam oft zu mir, unterwürfig und herausfordernd zugleich, und wollte reden. Er setzte sich mit zwei, drei seiner Getreuen vor mein Zelt und sprach wortreich von seinen Gedanken, von der Langeweile auf der Insel und dem »lebensechten Gefühl«, das beim Prügeln in ihm hochkam.

Er hielt sich und seine Freunde für sehr humorvoll.

»Wer keinen Humor hat, der braucht eine kleine Lektion von uns«, sagte er.

Er und seine Freunde hielten die Leere nicht aus, in der wir auf der Insel lebten. Sie gaben ihrer Angst kleine Namen, hefteten sie an Personen, die sie beherrschen konnten, anfangs an Kranke und solche, die beim Schiffbruch zu Schaden gekommen waren. Sie redeten weinerlich und voller Selbstmitleid und hörten nicht auf das, was man ihnen sagte. Wenn sie etwas Alkohol getrunken hatten, wurden sie traurig und konnten gefährlich werden.

»Ja, wer hilft denn uns?«

»Immer nur den Kranken geben. Die trinken uns das Wasser weg, und dann müssen wir alle sterben.«

»Die Krüppel, die sollten sich nicht länger quälen müssen. Wenn ich mal krank werde – ich will niemandem zur Last fallen.«

»Der Inselrat müßte jeden sonntags fragen: und du, wozu bist du gut? warum sollen wir dir Wasser geben?«

Wenn man ihnen widersprach, lachten sie und sagten, es sei alles nicht so ernst gemeint.

Körperlich hatten sie keine Angst. Sie traten immer zu mehreren auf und suchten Streit und verprügelten Leute.

»Ich hab ihm eine reingehauen, weil er mich falsch angeguckt hat«, bekam ich zu hören.

»Die Leute sind auch so empfindlich, ich hab den noch gar nicht angefaßt, schon fiel er um.«

»Wenn der Mann Angst vor mir hat, kann er mir aus dem Weg gehen. Was ist der so blöd, sich mit mir anzulegen.«

Jan Hendrich sagte: »Man hat hier Respekt vor uns. Das soll auch so bleiben.«

Rutger Fredricks, der Schmied aus Groningen, rief jetzt täglich über die Insel: »Soll hier jemand geohrfeigt werden? Ich mach das für ein Schlückchen Wasser.«

Ich habe sie damals unterschätzt, weil sie ungehobelt waren, ungebildet und abstoßend. Jeronimus gab ihnen die größte Droge, die er hatte: Er erlaubte ihnen, zu töten. Sie erlebten ein Machtgefühl, das ihre Angst vertrieb.

Marie Fluchar konnte sich nicht damit abfinden, daß sie meinen Schutz brauchte und bei mir im Zelt leben mußte. Ich war mir immer bewußt, wo sie war. Aber wenn ich ihre muntere Stimme hörte und näherkam, verstummte sie. Zwischen uns herrschte oft Befangenheit.

Wir erlebten jeden neuen Schrecken auf der Insel gemeinsam. Das war ganz natürlich, weil wir meist gleichzeitig aus dem Zelt liefen, wenn etwas geschah, und dann nebeneinander stehenblieben. Wir sprachen über das Geschehene und waren selten einer Meinung. Trotzdem fühlte ich mich, wenn ich mit ihr geredet hatte, zuversichtlicher als zuvor.

Sie verspottete Jan Hendrich, wenn er mit seinen Freunden zu mir kam. Ich warnte sie, es sei gefährlich, ihn vor den Kopf zu stoßen. Sie sagte, man müsse Haltung zeigen. Ich fand das dumm, weil es einfacher war, unsere Flucht zu planen, wenn die Erwählten mir vertrauten und ich mich auf der Insel und dem Riff frei bewegen konnte. Sie sagte, man müsse den Schwankenden ein Beispiel geben, die sonst zu Jeronimus überliefen. Und sie wollte wissen, wieso ich glaubte, sie würde mit mir fliehen.

Wir sagten uns mehr Unfreundliches als Freundliches, und manches, was mir hinterher leid tat, konnte ich nicht zurechtrücken. Aber manchmal sah sie mich an wie auf dem Schiff, und ich fühlte mich frei, so als wäre sie der Mensch, vor dem ich mich zeigen konnte, wie ich war und wie ich sein wollte. Ihre Augen waren graublau und glänzten stark und lebendig, und ich mußte mich oft zwingen, woanders hinzusehen, um nicht zudringlich zu erscheinen. Ihr Gesicht war sehr mager geworden, und die Linie ihrer linken Wange vom Ohr zum Mundwinkel rührte mich.

Marie Fluchar hielt sich, seit Lucretia Jansz das Zelt von Jeronimus nicht mehr verlassen durfte, mehr zu Judith Geisberts und Maria Schepens als früher. Aber diese beiden packten in ihren alten Zweikampf all das Elend des Schiffbruchs, und oft verließ Marie die Streitenden und kam zum Strand und setzte sich stumm neben mich.

»Einer des Blutrats will meine Tochter Judick in heiliger Ehe heiraten«, sagte der Domini eines Tages zu uns, »ein gutaussehender junger Adliger, ja, Sie wissen schon, Conrad van Heussen, er bestürmt mich jeden Tag. Aber Maria Schepens will nicht. Er sagt, er will sich jetzt mit Judick verloben und sie in Batavia heiraten, sobald die Zustimmung seiner Eltern aus Gelderland eintrifft, sie würden bestimmt der Heirat zustimmen. Aber Maria Schepens glaubt das nicht. Sie sagt, eine Verlobung gehöre sich nicht. Viele Worte werden in meinem Zelt gesagt, zu viele.«

»Der Domini mag die Erwählten«, sagte Marie Fluchar, als er gemächlich am Strand weiterging und wir ihm nachsahen.

Ich bestritt das.

»Sie sind auch zuviel mit den Erwählten zusammen«, sagte sie kämpferisch.

»Werden Sie mit mir fliehen?« fragte ich.

»Und was ist mit Lucretia Jansz? Und mit Salomon?« fragte sie.

Ich versuchte, unsere Flucht vorzubereiten, doch stürmisches

Wetter hielt mich auf der Insel und in ihrer allernächsten Umgebung fest. Rainder Hendricks, Chefsteward auf dem Schiff *Batavia* und nun mein Bergungspartner, war immer bei mir, wenn ich mit dem kleinen Boot über die Wasserebene segelte. Ich konnte ihn nicht einweihen, denn er wollte nicht fliehen. Ich mußte sehr vorsichtig sein. Ich wollte Hölzer für ein Floß und aufgespartes Trinkwasser auf eine der Sandbänke oder eins der kleinen Riffe bringen, aber solange wir nicht zum Wrack fahren konnten, fand ich keine Begründung dafür und ließ es. Ich bat Rainder, mich weiter im Segeln zu unterrichten, und wir segelten bei starkem Wind und unter einem strahlend blauen Himmel vor Batavias Friedhof auf und ab, wenn Jeronimus das erlaubte, und ich versuchte, immer ein bißchen weiter weg zu segeln und mir die Wasserrinnen und die Untiefen einzuprägen.

Manchmal sahen wir Rauch über der Hohen Insel, und einmal glaubte ich, die Insel selbst zu sehen.

Es war nun jedermann verboten, die Seehundinsel zu betreten. Rainder wollte nicht einmal in ihre Nähe segeln.

»Das tut ja nun nicht nötig«, sagte er.

Einmal sah ich auf einem kleinen Riff, an dem wir vorübersegelten, einen Schwarm Fliegen über einer Leiche.

Rainder sagte, es sei keine Leiche, sondern ein großer toter Fisch: »Die werden an den Strand gespült und rotten in der Sonne und stinken und ziehen die Fliegen an.«

Aber er wußte, daß es die Leiche eines Menschen war.

Ich wagte danach kaum noch, Marie allein zu lassen. Ich zerbrach mir den Kopf, wie ich eines der beiden kleinen Boote stehlen könnte. Die Erwählten banden sie nachts oben auf der Insel zwischen ihren Zelten an, und wenn die Boote tagsüber am Strand lagen, mußten drei, vier Mann sie bewachen. Dann grübelte ich wieder darüber nach, ob die Flucht wirklich notwendig war.

Ich war mir nie sicher, wem ich trauen konnte, wußte nie, was Wahrheit war und was Gerücht.

Einerseits kümmerte man sich nur um sich selbst und ging allem, was nach Ärger aussah, aus dem Weg. Das bloße Überleben war anstrengend. Der Mangel an gutem Essen und Trinkwasser machte mich matt, und wenn ich müde war nach einer erfolglosen Seehundjagd, erholte ich mich nur schwer. Andererseits hörte man begierig auf jedes Gerücht, duckte sich im voraus vor jeder Schwierigkeit, die man erwartete.

Ich beobachtete die Erwählten. Sie kamen und gingen mit den kleinen Booten. Einmal fuhren sie zur Seehundinsel, kehrten aufgeräumt zurück und blieben lange im Zelt von Jeronimus. Als ich Mattis Bär später fragte, ob auf der Seehundinsel noch jemand lebte, sagte er: »Warum denn nicht.« Als ich Jan van Bemmel dasselbe fragte, sagte er: »Ich hab sie weggemacht.« Aber ihn hielt ich für halb irre und glaubte ihm nicht.

Jan Egbert aus Amsterdam, der Zimmermann, der mit mir durch die Brandung getaucht war und der nun am dritten Boot baute, gehörte zu denen, die meinten, Jeronimus werde schon wissen, was für uns das beste sei. Er hielt Wiebe Hayes auf der Hohen Insel für einen Verräter, der Männer aufnahm, die Jeronimus verbannt hatte, weil sie unerlaubt an die Wasserfässer gingen und Gesetz und Ordnung auf Batavias Friedhof untergruben. Aber auch bei Jan Egbert wußte ich nicht, ob er ernst meinte, was er sagte, denn kurz darauf war er selbst von Batavias Friedhof verschwunden.

Eines Abends, spät, rief Jacop Pieters, der Fensterrahmen, Salomon Deschamps aus unserem Zelt. Ich sprang auf und wollte Salomon begleiten, aber Pieters sagte, das sei nicht nötig. Doch ich schlich ihnen in der Dunkelheit nach.

Salomon stolperte ab und zu. Jacop Pieters führte ihn zum Zelt von Mayken Cardoes.

Vor dem Zelt standen zwei Männer, die ich erst erkannte, als der Fensterrahmen mit ihnen redete und ich mich näher heranwagen konnte.

»Wir sind uns nicht sicher, ob du auch treu zu uns hältst«, sagte Jan Hendrich zu Salomon.

Ich hörte ein Rascheln, den Aufschrei einer Frau – jemand war ins Zelt gegangen und hatte Mayken Cardoes den Mund zugehalten.

»Deschamps, hier ist ein halbtotes Kind«, sagte David Zevanck. »Du bist kein Kämpfer. Also. Hier ist eine kleine Schlinge, geh da drüben hin und mach es alle, damit wir auf der Insel nicht soviel Säuglingswehklagen hören.«

»Dann gehörst du wirklich zu uns und mußt keine Angst mehr haben«, sagte Jan Hendrich.

Jeronimus hatte das kranke Kind mit Quecksilber behandelt, und es konnte weder leben noch sterben.

Nach einer Weile kam Salomons Stimme: »Da.«

»Es ist tot«, sagte Jan Hendrich.

Salomon, mein sanftmütiger Freund, hatte das kranke Kind erwürgt.

In derselben Nacht gab es einen schrecklichen Sturm. Der Wind fiel über uns her und nahm schnell zu, er dröhnte in unseren Ohren und sammelte mehr und mehr Kraft. Die Leute in den Hütten schrien, die Dächer aus Busch und Gestrüpp flogen weg, und Zelte brachen ein.

Rainder und ich liefen hinaus und prüften die Zeltstangen und Zeltbänder. Der Wind war eiskalt. Die Wellen rollten über das Riff zum Strand, wurden lauter und lauter.

Dann lag ich in der Dunkelheit und wartete, daß das Zelt wegwehte.

Im Nachbarzelt schrien die Kinder des Predigers, ich hörte die beiden kleinen Mädchen und den jüngsten Sohn, Roland, und Maria Schepens' ruhige Stimme.

Sie betete mit den Kindern, und ich döste ein.

Dann hörte ich Allert Janszen, den Kanonier aus Assendelft. Er verspottete Gott und den Prediger: »Wo ist denn dein Gott, wo hilft er uns denn?« Jeronimus lachte, ich hörte ein Krachen und Brechen, und Jan van Bemmel schrie: »Ich bring sie um, laßt mich, laßt mich, ich bring sie um.«

Ich griff nach meinem Dolch und stürzte aus dem Zelt, Rainder und Aris Jans auf den Fersen. Jeronimus lachte im Dunkeln und sagte: »Kommt, Kinder, laßt die Streiche.« Die Stimmen der Erwählten entfernten sich, und ich hörte nur noch den Sturm.

Ich kroch wieder ins Zelt, zurück an meinen Platz. Dort lag Marie, und ich nahm sie in die Arme und hielt sie fest, und sie hielt mich.

Der nächste Tag begann wunderbar. Der Sturm hatte den Himmel reingefegt, er war tiefblau, und das Meer hatte noch weiße Schaumkronen. Marie und ich wanderten im warmen Sonnenschein um die Insel.

Alle, denen wir begegneten, grüßten uns froh. Nichts deutete darauf hin, daß an diesem herrlichen Morgen, zur selben Zeit, Jeronimus und seine Räte entschieden, die Familie des Predigers am Abend umbringen zu lassen bis auf den Prediger selbst und seine älteste Tochter Judith. Keine Vorahnung warnte Marie und mich, daß wir in Todesgefahr kommen würden, noch ehe der Tag zu Ende war.

Eine Tatsache allerdings dämpfte doch unser Glücksgefühl. Als wir die Insel zum dritten Mal umrundeten und ein Stück von Jeronimus' Zelt sahen, das die Räte gerade verließen, als letzter der schwarze Zevanck, sagte Marie: »Wir werden Lucretia Jansz bald wiedersehn. Vielleicht heute schon.«

Lucretia Jansz hatte ihr am Tag zuvor durch die Zeltplane zugeflüstert, David Zevanck habe ihr gesagt, wenn sie nicht tue, was Jeronimus verlange, würden die Erwählten sie vergewaltigen und sie danach dem allgemeinen Dienst im Bordell zuteilen. Lucretia mußte Jeronimus nun, nach zwölf Tagen Widerstand, nachgeben.

Ich wollte das demütigende Gefühl der Ohnmacht und die trüben Gedanken wieder vertreiben, und nach einer Weile schlug ich Marie daher vor, mit mir auf Seehundjagd zu gehen. Ich mußte Jeronimus um die Erlaubnis fragen, eins der Boote zu benutzen. Jeronimus gestattete es mir mit höflichen Worten, und auch ihn fand ich heute besonders froh. Aber er gab mir zum ersten Mal eine Wache, da Rainder nicht mitkam: Lennert Michels. Lennert half mir, das Boot zum Wasser zu tragen.

Ich ruderte Marie zu einer Sandbank, auf der manchmal Seehunde lagen. Wir waren jetzt fast sieben Wochen auf der Insel Batavias Friedhof, und die Seehunde waren nicht mehr so zahlreich und so leicht zu jagen wie am Anfang. Sie hatten ihre Arglosigkeit verloren, oder sie zogen an andere Plätze. Doch an diesem Morgen hatten wir mit allem Glück, wenn der Seehund, den ich mit Pfeil und Bogen schoß, auch sehr klein war. Und so kam es, daß wir mit unserer Jagdbeute einen Anteil am Tod von Maria Schepens, ihrer fünf kleinen Kinder und des ältesten Sohnes des Predigers, den keiner je recht bemerkte, sowie des kleinen verstummten Dienstmädchens Wybrecht Claas hatten.

Jeronimus, Conrad van Heussen und andere Erwählte in langen roten Mänteln erwarteten uns wie immer am Ufer.

»Ihr Jagdglück befreit mich aus einer großen Verlegenheit«, sagte Jeronimus, heute in lila Seide. »Conrad van Heussen hat mich und den Prediger zum Abendessen in das Zelt der Offiziersanwärter eingeladen, und weil wir auf der Insel lange nur Fische und Vögel hatten und auch davon nicht viele, möchte ich als Gastgeschenk etwas Fleisch vorausschicken.«

Ich nahm seine Worte ruhig hin, denn ich hatte es schon erwartet, daß die Erwählten uns den Seehund wegnehmen würden. Herz und Leber blieben ja doch uns, den Jägern. Aber als ich den Seehund aufbrechen wollte, sagte Jeronimus: »Diesmal will ich alles haben. Dafür sind Sie mit eingeladen.«

Er schickte auch Fleisch zu Maria Schepens. Maria Schepens lud später am Tag Marie zum Abendessen ein. Judith sollte ihren Vater zu Conrad van Heussen begleiten, weil Jeronimus Lucretia Jansz mitbringen wollte.

Gegen Abend, Marie war schon fortgegangen, unterhielt Wouter Loos sich in meinem Zelt mit mir, Rainder, Salomon, der gleichmütig wie immer erschien, und Aris Jans, dem schweigsamen Unterbarbier, der es leid war, von den Erwählten als Männerliebling gequält zu werden, und zu uns gezogen war. Ich schätzte Wouter Loos nach wie vor, auch wenn er jetzt den langen Mantel der Erwählten trug. David Zevanck erschien im offenen Zelteingang, zeigte seine Eckzähne und rief Wouter Loos heraus.

Ich sah sie in der Abendsonne auf und ab gehen. Zevanck redete lange. Einmal blieb Wouter Loos stehen und rief: »Da sind so viele Leute wild drauf, warum willst du mich nehmen!«

Sie kamen zurück, und Wouter Loos sagte: »Ich muß weg.«

Zevanck sagte: »Wir werden heute abend eine kleine Razzia machen. Man hat uns gemeldet, daß in einigen Zelten Güter der Companie versteckt sind, und wir werden sie finden.«

Ich wies mit der Hand in großer Geste ins Zeltinnere: »Schauen Sie sich gerne um.«

Er grinste und sagte: »Du denkst, du bist ein schlauer Bursche, was, Eck?«

Aber als es dunkel wurde, blieb es in allen Zelten ruhig. Ich machte auf dem Weg zum Abendessen bei den Offiziersanwärtern noch einen kleinen Spaziergang zum Strand. Flackernde Feuerchen erleuchteten die Zelte von innen, und die Zelteingänge waren fest verschlossen.

Ich stand lange auf dem Korallensand, horchte auf das Rauschen der Brandung am Riff und sah nach Norden, woher Pelzert und das Rettungsschiff kommen mußten. Der Nachthimmel war hell, der Mond stieg aus dem Meer, und große Sterne funkelten auf mich herab. Ich suchte den Schein des Feuers auf der Hohen Insel und fand ihn nicht.

Ich nahm entschlossen eine Abkürzung zum Zelt der Offiziersanwärter.

Auf dem Trampelpfad kam mir plötzlich ein Mann im langen offenen Mantel entgegen. Er lief schnell und keuchte und trug einen offenbar vollen Kessel. Ich trat zur Seite, und er lief an mir vorbei – es war Wouter Loos. Ich folgte ihm, er lief zum Zelt von Anneken Kanonier und rief:

»Anneken, Anneken, mach auf.«

Als ich neben ihm stand, erkannte ich, daß er den kupfernen Kochkessel aus dem Predigerzelt trug.

»Wenn Sie Ihr Mädchen wiedersehen wollen, die Marie, müssen Sie sie schnell aus dem Zelt von Maria Schepens holen«, sagte er keuchend. »Aber wehe, Sie verraten mich.«

Anneken Kanonier hatte den Zelteingang aufgenestelt, er stellte den Kochkessel auf den Boden, Seehundfleisch war darin, ich rannte los und hörte ihn schwer hinter mir herlaufen.

Das Zelt des Predigers war jetzt dunkel, die Öllampe erloschen. Im Zelt war Kampf von vielen Leuten, ich hörte auch Kinderweinen, das abbrach, Flüche, Stöhnen. Am Zelteingang standen zwei Männer, der Fensterrahmen und der Soldat mit dem krummen Rücken, Andries Jonas, vor dem die Frauen sich fürchteten.

»Wie weit seid ihr?« rief Wouter Loos, und vor dem Nachthimmel zeichnete sich ab, wie die Mörder Beile und Äxte hoben und zu ihm hinsahen.

Ich kroch langsam um das Zelt, und als ich die drei Männer nicht mehr sah, hob ich die Plane an. Ich entdeckte Marie, die innen an der Zeltwand auf dem Boden lag, ich tastete nach ihrem Haar und flüsterte ihren Namen. Ich griff nach ihr, aber sie war zu weit weg und zu schwer. Ich zog den Kopf zurück und hob die Plane von außen noch einmal dort an, wo Marie liegen mußte. Ich bewegte mich sehr vorsichtig und hob die Plane nur wenig an, und Marie rollte darunter hervor. Ehe ich die Plane wieder fallen ließ, hörte ich, wie die Mörder im Zelt anfingen zu plündern.

Ich wußte nicht, ob Marie verletzt war, und blieb mit ihr im Dünengras außen am Zelt liegen. Sie wollte reden, aber ich legte meine Hand auf ihren Mund, und so hörten wir die Geräusche der Mörder im Zelt. Dann fing sie an zu zittern.

»Kriech hinter mir her«, flüsterte ich.

Aber sie kam nicht, und so kehrte ich um und legte meine Hand auf ihren Rücken und schob sie vorwärts, und nebeneinander krochen wir sachte davon.

Wir krochen neben den Pfaden durch das hohe Gras und das niedrige Dornengestrüpp und hielten still, wenn wir Schritte hörten, und das war oft. Mir schien, als liefen die Mörder um uns her und traten über uns hinweg und suchten uns.

Wir krochen auf einen Lichtschein zu. Mir war klar, daß es für uns keine Hilfe gab. Alle hatten ihre Zelte fest verschlossen, die Feuer zertreten, die Lampen ausgeblasen und das, womit immer sie sich zudecken mochten, über die Ohren gezogen. Ich befürchtete, wir könnten auf das Zelt zukriechen, in dem Jeronimus und van Heussen mit dem Prediger tafelten, wagte aber nicht, den Kopf zu heben, denn schon wieder spürte ich Schritte in der Erde, und dann hörte ich sie auch.

»Mayken, schläfst du?« rief Andries Jonas, der Soldat, vor dem die Frauen sich fürchteten. »Komm, wir wollen einen Spaziergang machen.«

Eine Frau trat aus dem Zelt.

»Andries, willst du mir Böses tun?« Es war Mayken Cardoes.

»Nein, ganz und gar nicht«, sagte er.

Sie gingen ein paar Schritte auf dem Weg neben uns, von uns fort, ich legte mein Ohr auf die Erde und wollte schon weiterkriechen, als ich einen Fall spürte. Ich hörte einen heftigen Kampf, und zugleich kamen Schritte von hinten auf uns zu. Ein Mann lief auf dem Pfad an uns vorbei, er hielt eine Axt in die Höhe und ließ sie auf einen der Kämpfenden herabsausen.

»Gut, daß du gekommen bist«, sagte Andries Jonas keuchend. »Ich wollte ihr die Kehle durchschneiden, aber das Miststück hat mir das Messer weggenommen.«

»Pack ein Bein, wir ziehen sie ins Loch«, sagte der andere Mann. Es war Wouter Loos.

Ich blieb lange liegen und versuchte, ruhig zu atmen, und schließlich war es Marie, die flüsterte:

»Weiter. Sie sind fort.«

Einmal noch kamen uns zwei Männer auf dem Weg entgegen.

»Dem haben wir's gegeben«, sagte Allert Janszen, der Kanonier aus Assendelft, und der andere antwortete: »Der wird nicht mehr«, aber seine Stimme erkannte ich nicht.

So gelangten wir zum Ufer, aber wir blieben im Gras und krochen langsam den Strand entlang. Wir machten viele Pausen und horchten lange, aber die Insel war nun ruhig. Einmal sagte Marie: »Sie sind alle tot, Maria Schepens, der kleine Roland und alle.«

»Wir sprechen später darüber«, sagte ich. Ich mußte verhindern, daß sie nachdachte und ihre Kraft verlor. Ich wollte mit ihr noch in dieser Nacht zur Hohen Insel fliehen. Wir mußten ein Stück um die Insel kriechen, dann zu den Zelten der Erwählten schleichen und dort ein Boot oder ein Floß stehlen und es zum Wasser tragen

Aber wir konnten nicht mehr weiterkriechen, wir waren ausgelaugt. Nachdem ich lange gehorcht hatte, richteten wir uns auf und gingen vorsichtig über die Strandwälle zur Wasserlinie. Die Korallenscherben rutschten unter unseren Tritten und schurrten und klapperten. Wir wateten im Wasser weiter, aufrecht, aber sehr langsam und sehr ruhig.

Erst sah ich das kleine Boot, und dann sah ich den Mann. Er lag flach auf dem Wasser, auf dem Bauch, und wenn er nicht den Kopf ein bißchen angehoben hätte, hätte ich ihn für tot gehalten.

Ich watete zu ihm hin, und Marie, die ihn auch gesehen hatte, folgte mir.

»Es ist Aris«, sagte sie, als wir neben ihm standen, das Wasser reichte mir bis zum Oberschenkel. »Aris Jans aus unserem Zelt.«

»Mademoiselle«, sagte der Unterbarbier und versuchte, sich aufzurichten, rutschte aber unter die Wasseroberfläche weg. Ich griff nach ihm, und er stöhnte.

»Leise«, sagte ich, »was ist passiert?«

Aris war schwerverletzt. Sie hatten ihn aus unserem Zelt gelockt und mit ihren Schwertern nach ihm geschlagen, aber die Schwerter waren stumpf, und so war er in die Dunkelheit entkommen und hatte sich im Wasser totgestellt, als sie nach ihm suchten. Danach hatte er ein Boot ausgegraben, das er heimlich gebaut und versteckt hatte, und es ins Wasser geschoben. Aber er war zu schwach, um hineinzusteigen.

Wir horchten. Niemand kam. Es war ein schweres Stück Arbeit für Marie und mich, Aris in das Boot hineinzuheben und hineinzuschieben. Das Boot war kaum größer als ein Backtrog.

»Du ruderst ans Riff, und sobald es hell wird, mußt du durch die Brandung«, sagte ich zu Marie. »Du ruderst immer weiter über das tiefe Wasser bis zur langen Insel, mach dir keine Gedanken, wo du sie erreichst, du kannst sie nicht verfehlen. Dann richtest du den Mast auf, wenn der Wind günstig ist, und setzt das Segel, denn dann ist es egal, ob sie dich von hier aus sehen, sie kriegen dich nicht mehr. Du segelst nach Norden, in die Sonne hinein, und wenn du um die Insel kommst, siehst du die Hohe Insel. Das ist dein Ziel. Du mußt erst langsam rudern, damit du dich nicht anstrengst, denn du hast kein Trinkwasser, aber wenn du das Segel gesetzt hast, mußt du vorwärtskommen, denn die Zeit arbeitet gegen dich.«

»Komm mit, Christoph«, sagte sie.

»Dann ertrinken wir alle. Das Boot ist zu klein.«

Sie umarmte mich und hielt mich fest.

»Mir wird kalt im Wasser«, sagte ich, »los jetzt. Ich komme nach, sobald ich kann. Hier, steig auf meine Hände.«

Ich faltet die Hände und hob sie ins Boot, wie man jemandem auf ein Pferd hilft. Aber es ging schwerer, denn sie war unentschlossen, ob sie fahren sollte. Das Boot schaukelte heftig.

»Schnell weg, du bringst mich in Gefahr«, sagte ich. »Wir sehen uns auf der Hohen Insel. Komm gut an und warte ja auf mich.«

»Komm noch mal her, Christoph«, sagte sie. Sie legte einen Arm um meinen Hals und zog mich an sich, obwohl der Bootsrand zwischen uns sich gefährlich neigte. Und dann flüsterte sie mir ins Ohr: »Ich liebe dich, und ich werde dich heiraten.«

Ich sah dem Boot nicht nach. Ich schlich in mein Zelt, zog die nassen Sachen aus, legte mich auf Maries Platz und deckte mich mit ihrem Tuch zu. Rainder und Salomon taten, als ob sie schliefen, aber ich glaubte ihnen nicht, weil sie zu ruhig lagen. Am nächsten Morgen entdeckte ich Blut an meiner Weste, und ich wußte nicht, ob es von Marie war oder von Aris oder von einem der kleinen Kinder des Predigers.

Wieder lief Jan van Bemmel von Zelt zu Zelt und rief, wir sollten zu Jeronimus kommen. Wieder ließ Salomon Deschamps die Zimmerleute eine Schiffsplanke über zwei Fässer legen, und die Erwählten in ihren langen roten Mänteln mit den Gold- und Silberlitzen stellten sich zu beiden Seiten des Tisches auf. Wir sahen, daß viele fehlten, die sich beim vorigen Treueschwur mit uns versammelt hatten.

Jeronimus trug wieder weiße Seide. Er hatte einen neuen Vertrag aufgesetzt, den wir unterschreiben sollten. Laut und wohltönend las er:

»Gott soll uns strafen hier und immerdar in der Ewigkeit, wenn wir Unterzeichneten irgendeinen Plan ausführen, ohne ihn jedem der übrigen zu enthüllen.«

Diesmal unterschrieb ich. Ich unterschrieb, weil ich müde war und weil Jeronimus gesagt hatte, es gäbe keine Moral. Ich unterschrieb, weil ich hoffte, er würde mich dann nicht mehr bewachen lassen.

Ich fühlte mich durch meine Unterschrift zu nichts verpflichtet. Aber bis heute wäre es mir lieber, ich hätte nicht unterschrieben.

Jeronimus hat später noch mehrere Verträge dieser Art geschlossen. Er hat Männern versprochen, sie zu retten, wenn sie ihm Treue schwören und Gehorsam in allem, was er ihnen befehlen sollte. Er gelobte auf seine Seele und Erlösung, daß alle, die unterschrieben und die er damit in seinen Bund einschloß, keine Angst mehr um ihr Leben haben müßten.

Einige, die unterschrieben, wurden trotzdem getötet – aus Haß oder Mißtrauen. Ehe dies geschah, zerriß Jeronimus den Vertrag öffentlich, wodurch er alle aus dem Schwur entließ, und die, die sterben mußten, wurden nachts getötet. Am nächsten Tag setzte er einen neuen Vertrag auf, und Jan van Bemmel lief wieder von Zelt zu Zelt und rief uns.

Die Angst der Mörder wuchs von Tag zu Tag. Beim Schiffbruch hatten sie den Tod durch Ertrinken gefürchtet, dann den Tod durch Verdursten, dann die Einsamkeit, sie ertrugen das Warten auf Retter nicht, die vielleicht nie kamen. Dann fürchteten sie die Rache der Ostindiencompanie für ihre Absicht, die *Batavia* an sich zu bringen und als Piraten reich zu werden. Nun fürchteten sie sich voreinander.

Der Rausch

Mein Sinn wurde schwer nach der Nacht, in der Maria Schepens starb und Marie Fluchar von der Insel Batavias Friedhof floh, und mein Gemüt verdüsterte sich. Ich erholte mich lange nicht und manchmal vergaß ich, daß ich ebenfalls fliehen wollte. Niemand fragte nach Marie und niemand nach Aris, und das bedrückte mich am meisten.

Auch andere waren in jener Nacht geflohen. Jeronimus wurde wütend, als er nach der Eideszeremonie am nächsten Morgen erfuhr, daß ein Floß fehlte. Seine Anhänger hatten einige Flüchtlinge gefangen, und die lagen nun gebunden und kümmerlich hinter seinem Zelt.

Die Erwählten wirkten wie Männer nach einem Rausch. Sie lungerten den Rest des Tages vor ihren Zelten, und einige klagten über Kopfschmerzen und ließen sich von Oberbarbier Maestre Frans Jansz essiggetränkte Lappen auf Stirn und Schläfen legen.

Ich ging lange in großen Kreisen um das Zelt des Predigers, ehe ich eintrat.

Der Domini weinte und schluchzte hemmungslos wie ein kleines Kind.

»Wenn sie nur hier wäre, würde sie mir sagen, was ich tun soll«, sagte er immer wieder. »Wenn sie doch nur hier wäre.«

Judiths runde blaue Augen waren trocken. Sie schwieg und kaute auf ihrem blonden strähnigen Zopf.

Jeronimus kam mit Conrad van Heussen und einigen anderen Erwählten lärmend herein, die sagten, der Prediger solle aufhören zu weinen: »Sie ist im Himmel, da hat sie's gut.«

»Da wollt ihr doch immer hin.«

»Sei still, oder du gehst denselben Weg.«

Der Prediger hob beide Arme: »O Grausamkeit! O Greueltat aller Greueltaten! Straßenräuber nehmen das Eigentum der Leute, aber sie lassen ihnen doch oft das Leben. Diese Mörder haben beides genommen, Güter und Blut.«

»Der Domini wird hier nicht sehr viel länger sein«, sagte Jeronimus.

Die anderen folgten ihm hinaus, auch Conrad.

»Will er dich jetzt noch heiraten?« fragte der Domini seine Tochter.

»Was er so heiraten nennt. Ja.«

Als ich später wiederkam, um noch ein bißchen beim Domini zu sitzen, war sie fort. Ihr Vater hatte sie gebeten, noch einen Tag bei ihm zu bleiben und erst morgen zu van Heussen zu ziehen, und van Heussen war einverstanden gewesen. Aber die Erwählten sagten, diese Nacht müsse Hochzeitsnacht sein, sonst würden sie den Domini und seine Tochter auf der Stelle töten. So ging Judith Geisberts mit Conrad van Heussen in sein neues Zelt.

»Was kann man dagegen tun?« Der Domini zog die Schultern hoch und drehte die Handflächen nach oben. »Judick und ich haben uns gesagt, daß es besser ist, nur von einem Mann mißbraucht zu werden als von allen wie die anderen Frauen.«

Die Schwestern Trinchen und Sussi und Anneken Kanonier, die für den allgemeinen Dienst, wie Jeronimus es nannte, verfügbar sein mußten, hatten Jan van Bemmel abgewiesen. Daraufhin hatte Jeronimus einen Vertrag aufgesetzt, den die drei Frauen beschwören mußten, wenn sie am Leben bleiben wollten: Sie mußten schwören, daß sie allen Männern, ganz gleich, was diese von ihnen wünschen sollten, gehorsam sein würden, anderenfalls sie sterben müßten.

Diesen Gehorsamsschwur stellten manche Männer nun auf die Probe. Sie standen in einer langen Schlange vor dem Zelt der Frauen.

Mattis Bär schlief mit Sussi, sonst mit keiner. Sussi war zugleich die Lieblingsfrau von Jan Hendrich, der ihr und allen anderen Frauen Gewalt antat. Lennert Michels zog Anneken Kanonier vor, die Ehefrau von Jan Karstens aus Tönning, der mit Wiebe Hayes fortgegangen war, und Lennert wollte, daß auch seine engsten Freunde sich mit ihr vergnügten. Trinchen, die als erste zu Lennert gegangen war, um etwas zu essen zu bekommen, war schon lange nicht mehr froh und frech.

»Ich bin unten wie zerschmettert«, sagte sie. Sie litt unter ständigen Schmerzen. »Dauernd kommt einer und sabbert und stöhnt auf dir rum, und manche schlagen und treten dich, wenn sie verlangen, was man nicht tun mag.« Sie spuckte aus. »Jeder Rotrock steht hier mehrmals am Tag an – bis auf Wouter Loos, der hat es nur einmal versucht, der mag das hier nicht, das ist ihm zu filzig. Mir auch.«

Die Frauen zogen sich immer mehr zurück. Trinchen hörte auf zu sprechen, Sussi murmelte meist nur noch. Sie wuschen sich nicht, kämmten sich nicht, flickten nicht ihre Lumpen. Sie waren eifersüchtig auf Judith Geisberts und Lucretia Jansz, die nur einem Mann zur Verfügung stehen mußten, denn sie dachten, daß ihnen damit zuviel Ehre erwiesen würde.

Ich fischte nicht und jagte nicht. Ich blieb in meinem Zelt und döste vor mich hin. Jetzt dachte ich tagsüber an meine zarte schöne Frau Marie, die ich im Krieg verloren hatte, und träumte nachts von Marie Fluchar. Sie lachte in meinen Träumen und bewegte sich leicht und lebensfroh, und ihr widerspenstiges Haar kam unter ihrer Haube hervor. Und in meiner Schwäche dachte ich an beide Frauen, und ich merkte, daß ich um beide trauerte und beide liebte. Das hatte ich in den Tagen, in denen ich noch stark war, nicht gewagt. Aber nun begann ich, mich leicht zu fühlen, und erwartete nichts mehr von mir.

Doch meine alten Freunde, von denen ich nicht wußte, ob sie

mit ihren Unterschriften unter die Eide meine Feinde geworden waren, sorgten für mich. Salomon brachte mir Trinkwasser und Wein, und Rainder teilte Vögel mit mir und erzählte von den blauen und gelben Fischen, die im schaukelnden Sonnenlicht über den sandigen Grund zogen. So kam es, daß ich das Zelt wieder verließ, wenn auch nur für kurze Zeit. Ich fühlte mich noch lange schwach.

Der Mord an Maria Schepens, Frau eines Predigers und Schwester von Predigern, war die stärkste Herausforderung der Erwählten an Gott, und Gott hatte sich nicht gezeigt. Die Erwählten redeten viel von jener Nacht, keiner nahm sich mehr in acht. Sie hatten vollkommene Macht über andere Menschen erlebt, und diese Macht wollten sie wieder spüren. Ich sehe noch das Gesicht von Lennert Michels vor mir, unbedeutend und verloren. Aber kaum hörte er die schrille Stimme von Jan van Bemmel, der in seiner scharlachroten Uniform die Erwählten zu Jeronimus rief, strahlte Lennert auf und wurde zu einem Mann, der eine Aufgabe hat im Leben, ein Ziel – wichtiger hatte der Statthalter selbst nicht ausgesehen.

Die Sonne stieg aus dem öden Meer, lief langsam über den Himmel und versank im Meer, und Jeronimus dozierte: »Der Mensch ist gut – wenn er Böses tut, dann ist Gott böse.«

Die Erwählten warteten auf Jan van Bemmels Ruf. Sie waren süchtig. Jeronimus mußte sich Neues für sie ausdenken, sich selbst einen neuen Rausch verschaffen.

Nach der Nacht, in der Maria Schepens starb und Marie Fluchar floh, kam es auf Batavias Friedhof zum Kampf zwischen David Zevanck und Jeronimus Cornelisz um die Führung der Erwählten. Der schwarze Zevanck war immer besonders eifrig, die Beschlüsse des Inselrats auszuführen und die Erwählten bei ihren Untaten anzuleiten. Zugleich kritisierte er Jeronimus und seine Anordnungen und machte allen klar, daß er vieles besser wüßte als der Unterkaufmann.

Der offene Machtkampf begann damit, daß Vertraute Zevancks

zu Jeronimus gingen und sagten, sie wollten über das tiefe Fahrwasser segeln und die Verräter auf der Hayes-Insel überwältigen. Besonders unerträglich sei für sie, daß der Barbier Aris Jans mit einem kleinen selbstgebauten Boot entkommen war, sein Leben rettete und zu den Verrätern überging. Sie wollten das Boot wiederhaben.

Zevancks Freunde waren bis an die Hohe Insel gesegelt und hatten sich mit den Männern dort Neuigkeiten zugebrüllt. Als ich erfuhr, daß Aris Jans die Hohe Insel erreicht hatte, ging es mir gleich besser. Über Marie Fluchar hörte ich nichts, aber ich war sicher, daß sie den verletzten Aris gerettet hatte.

Im Zelt von Jeronimus kam es zu langen Beratungen, in denen Jeronimus es verstand, David Zevanck mit einem neuen Vorschlag auszustechen: Jeronimus wollte einen Brief an die französischen Soldaten auf der Hohen Insel schicken. Daniel Cornelissen sollte den Brief überbringen. Daniel, Offiziersanwärter im Dienst der Companie und 21 Jahre alt, war ein williger Anhänger von Jeronimus, ein Mann der ersten Stunde, gehörte aber nicht zur Mörderbande um Jan Hendrich.

Jeronimus ließ Salomon und mich rufen. Salomon sollte den Brief schreiben und ihn mit meiner Hilfe ins Französische übersetzen. Die meisten Männer, die auf der *Batavia* gereist waren, konnten mehrere Sprachen, aber die wenigsten beherrschten die eleganten Ausdrücke, auf die Jeronimus Wert legte.

»Der Brief geht an fünf Pikeniere«, sagte Jeronimus. »Sie sollen dort ihre eigenen Leute umbringen, also muß er überzeugend sein: Es sind Jean Hongaar, Jean Renou, Thomas de Villiers, Jean BonIver und Eduward Coo.«

Als Salomon die Namen notiert hatte, sagte Jeronimus:

»Schreib ihnen, wir finden es eigenartig – nach der früheren Treue und brüderlichen Freundschaft und so weiter – , daß sie auf meinen Wunsch weggefahren sind, um die Hohe Insel zu erkunden, und nicht wiederkommen. Wir haben sie immer als unsere Brüder und besten Freunde betrachtet. Wir finden es auch eigenartig, daß sie den Märchen von Verbrechern zu glauben scheinen, schreib: von entflohenen Verbrechern, die hier auf Batavias Friedhof den Tod wegen Meuterei verdient haben und deswegen von uns auf andere Inseln verbannt wurden, aber ohne unser Wissen zu euch kamen.«

Jeronimus diktierte weiter: »Nun, geliebte Brüder und Freunde, kommt zu uns, helft uns, Gerechtigkeit aufrechtzuerhalten und Übeltäter zu bestrafen. Gebt uns diejenigen lebend in unsere Hände, die uns verräterisch ausgeraubt haben und euch ebenfalls, denn wir und ihr gehören zusammen. Hast du das?«

Salomon schrieb schnell und nickte nach einer Weile.

»Gebt uns unser kleines Boot zurück«, diktierte Jeronimus, »und gebt uns ebenfalls in unsere Hände Lucas, den Gehilfen des Stewards, den fetten Trompeter Cornelis, den Kaufmann Cornelis, den tauben Jan Michels, den Kanonier Arian, den schielenden Henrichs, Teunis Claas, Cornelis Helmigs und alle anderen Seeleute, die bei Euch sind, denn sie haben – Ihr wißt es nicht, aber wir wissen es – einen Kompaß.

Der Kaufmann – schreib meinen Namen nicht, den wissen sie schon – , der eine besondere Vorliebe für Wiebe Hayes und großes Vertrauen zu ihm hat, wünscht und fordert, daß Ihr Wiebe Hayes heimlich von diesem Brief informieren sollt.«

Daniel Cornelissen bekam ein Boot. Einige Erwählte begleiteten ihn mit dem Floß durch die Brandung und auf die andere Seite des tiefen Fahrwassers und ließen ihn von dort allein nach Norden segeln.

Er kehrte nicht zurück.

Wir warteten mehrere Tage. Dann trafen Erwählte auf einer ihrer Fahrten Männer von der Hohen Insel und brachten Jeronimus die Nachricht, Wiebe Hayes und die französischen Soldaten hielten Daniel Cornelissen gefangen.

David Zevanck grinste nur.

Seine Anhänger forderten in der nächsten Beratung alle Erwählten auf, Wiebe Hayes und die Leute auf seiner Insel anzugreifen und zu töten.

Jeronimus dagegen forderte die Erwählten auf, ein richtiges Schiff zu bauen und nach dem Unbekannten Land zu segeln und dann nach Indien.

Dies erschien ihnen unmöglich.

Sie wählten zweiundzwanzig Männer für den Angriff auf die Hohe Insel.

»Ich habe sie nicht mehr in der Hand«, sagte Jeronimus, als er neben mir im Eingang seines Zeltes stand und wir zusahen, wie die Männer lärmend auseinandergingen, »ich bin unschuldig an diesem Krieg.«

Die Erwählten holten die Waffen hervor, Schwerter und Dolche, prüften sie und ließen sie vom Schmied schärfen. Einige Klingen taugten nichts mehr und zerbrachen.

Am nächsten Morgen gingen die Männer in die Boote. Jeronimus Cornelisz blieb auf der Insel Batavias Friedhof.

Sie kamen im letzten Tageslicht mit mattem Ruderschlag zurück, in zerrissenen Mänteln, mit Verbänden bedeckt. Die Frauen sahen ihnen am Strand entgegen, Judith stand neben ihrem Vater, Lucretia Jansz zwischen mir und Jeronimus, Anneken Hardens für sich. Anneken hatte die Hände in die Seiten gestemmt und lachte und lachte.

Jeronimus zog in der nächsten Versammlung die Mehrheit der Erwählten wieder auf seine Seite. Er forderte sie noch einmal auf, ein großes Boot zu bauen, und er erzählte ihnen von den Eßgeschirren aus Silber und Gold und den Juwelen des Kommandeurs, die er in seinem Zelt aufbewahrte. Die Männer starrten ihn mit blöden Augen an.

David Zevanck wollte die Juwelen sehen und hören, wie hoch der Anteil eines jeden sein würde.

Als Jeronimus den honigfarbenen Weinkrug hochhob, der dem Maler Peter Paul Rubens gehörte, blieben die Männer stumm. Diese Schönheit berührte sie nicht. Nur Bohne kam näher, der lange Soldat mit den Messern, fuhr mit den Fingerspitzen über die Weinblätter und gab einem der Dämonenköpfe, die geheimnisvoll lächelten, einen Stups auf die Nase. Die Männer lachten.

»Der Großmogul in Indien zahlt für solche Stücke ein Vermögen«, sagte Jeronimus.

Die Männer glaubten ihm, denn sie wußten, daß er in Agra gewesen war.

Jeronimus hob die Kamee aus dem Koffer, und die Männer bestaunten den Kaiser Konstantin von Byzanz und seine Familie in der Kutsche und die Zentauren, die Pferdemenschen, die auf fliehende und gefallene Feinde trampelten. Vielleicht gefiel die Kamee ihnen, weil die Achatschnitzerei einen breiten Goldrahmen hatte, den der berühmte Goldschmied Theodore Rogiers aus Antwerpen gemacht hatte, ein Freund der Maler Rubens und van Dyck, und was reiche Direktoren der Vereinigten Ostindischen Companie beeindruckte, beeindruckte auch deren Unterkaufleute, Soldaten, Handwerker und Seeleute. Hingerissen aber waren die Männer, als Jeronimus einige unbedeutende Stücke hochhielt, die in der Sonne funkelten und blitzten: goldene Konfektteller, einen kleinen Krug, der mit Edelsteinen besetzt war, eine goldene Kette mit Anhänger – der Heilige Georg im Kampf gegen den Drachen in farbigem Email.

»Und nun wird der Ritter Eck uns sagen, was die Juwelen wert sind«, verkündete Jeronimus großartig. »Dieser Mann ist eingestellt worden, um sie zu bewachen, und er hat sie aus dem Schiffbruch gerettet und mir übergeben.«

Und so antwortete ich, sie seien über sechzigtausend Gulden wert, vielleicht noch mehr.

Die Erwählten wurden ganz still, und ich sah, wie es in ihren Gehirnen arbeitete.

Jemand sagte: »Je weniger wir sind, umso höher ist mein Anteil.«

Und so begannen die Schiffszimmerer auf Batavias Friedhof, ein großes Boot zu bauen, und die Erwählten saßen vor den Zelten und malten sich ein Leben als Seeräuber aus.

Rainder Hendricks, der Fischersohn von Ameland, verabscheute das Geschwätz.

»Nun?« sagte er nach zwei Tagen. »Fahren wir zum Wrack.«

Die Schiffszimmerleute drängten uns auch dazu, denn sie brauchten mehr Holz.

Jeronimus ließ mich und Rainder nicht mehr alleine segeln. Ein zweites Boot begleitete uns unter dem Kommando von Jacop Pieters, dem Fensterrahmen, der eine Muskete über sein Knie gelegt hatte und den Fuß auf ein Fäßchen Pulver stützte.

Die Stürme hatten über die Hälfte der *Batavia* weggerissen.

Rainder und ich bargen Bauholz und Feuerholz. Wir wußten nun, wo eine der Geldkisten lag, aber wir hüteten uns, von den Kisten zu reden, weil wir nicht wollten, daß Jeronimus uns zwang, so tief hinunter zu tauchen.

Als wir auf die Insel Batavias Friedhof zurückkamen, war Anneken Hardens verschwunden.

Die Erwählten waren nun alle mit goldenen Ketten behängt und trugen Ringe, die Ermordeten gehört hatten und die Jeronimus wie Orden zu verleihen pflegte – mit prachtvollen Zeremonien konnte er David Zevanck jederzeit übertrumpfen.

Der Prediger sah sich als Hiob. Er saß jeden Tag am Strand auf derselben Stelle und las in der Bibel. Er zitterte am ganzen Körper.

Der schwarze Zevanck hatte ihm gesagt, er solle die Boote der Erwählten auf den Strand ziehen oder abstoßen. Aber er war nun so schwach, daß er kaum aufstehen konnte, und jeden Tag hörte er: »Was sollen wir mit diesem Mann nur anfangen?«

»Köpfen. Ich bin für köpfen. Laßt mich es tun.«

»Ich bin für vergiften.«

»Ach, laßt ihn noch ein bißchen länger leben. Wir könnten ihn brauchen, wenn wir die Leute auf der Hohen Insel überzeugen, zu uns zu kommen.«

Wenn die Sonne versunken war, ging der Prediger in das Zelt, das er mit seiner Frau Maria Schepens, seinen sieben Kindern und dem kleinen Dienstmädchen geteilt hatte, und lag allein in der Dunkelheit.

Als ich ihn bat, in meinem Zelt bei Rainder, Salomon und den anderen zu leben, lehnte er ernst ab.

Wir hatten zu dieser Zeit besonders wenig zu essen, und alle, die

Jeronimus nicht begeistert zujubelten, litten großen Durst. Rainder und Salomon brachten dem Prediger manchmal ein wenig Fisch oder Vogelfleisch oder Haut von Seehunden an den Strand, sonst hätte er nicht überlebt. Er aß gierig und schämte sich für seine Gier, wenn er seine Finger ableckte und uns dabei von unten herauf ansah.

»Ich esse die Haut von Seehunden«, sagte er krächzend. »Ich tue etwas Salzwasser in das Wasser, das man mir gibt, damit es ein bißchen länger reicht. Manchmal pflücke ich etwas Salat oder Gras. Aber ich habe weder Essig noch Öl.«

Da war er wieder, der alte törichte Prediger Geisbert Bastians von der *Batavia*, aber ich dachte an Maria Schepens, die ihn gemocht hatte. Der Prediger war verwöhnt und selbstsüchtig, aber er war auch liebenswert. Er holte mich aus der Starrheit, die mich befallen hatte, seit Marie Fluchar fort war, und das kam so:

Ich saß oft neben ihm auf dem Strand, gedankenlos und leer, und er redete und las mir vor.

Sein Leiden war für den Domini eine Prüfung, die Gott ihm persönlich auferlegte. Der Domini eiferte Hiob nach. Hiob war der Mann, der seine Prüfung bestanden und den Gott dafür über die Maßen belohnt hatte.

Ich möchte den Disput über die Natur Gottes und die göttliche Vorsehung den Gelehrten überlassen und hier nur einfach erzählen, wie ein jeder seine Seele auf seine Weise zu retten versuchte in der Hölle, die wir Batavias Friedhof nannten. Der Prediger fand Trost in dem Glauben, daß Gott unter all seinen Amtsbrüdern gerade ihn auserwählt hatte. Die Brandung rauschte draußen am Riff, und der Prediger las mir aus dem Buch Hiob die Geschichte vor, wie Gott mit dem Teufel wettete:

»Es begab sich aber auf einen Tag, da die Kinder Gottes kamen und vor den Herrn traten, da kam der Satan auch zu ihnen.

Der Herr aber sprach zu dem Satan: Wo kommst du her?

Der Satan antwortete dem Herrn und sprach: Ich habe das Land umher durchzogen.

Der Herr sprach zum Satan: Hast du nicht achtgehabt auf meinen

Knecht Hiob? Denn es ist seinesgleichen nicht im Lande, schlecht und recht, gottesfürchtig und meidet das Böse.

Der Satan antwortete dem Herrn und sprach: Meinst du, daß Hiob umsonst Gott fürchtet?

Hast du doch ihn, sein Haus und alles, was er hat, ringsumher verwahrt. Du hast das Werk seiner Hände gesegnet, und sein Gut hat sich ausgebreitet im Lande.

Aber recke deine Hand aus und taste an alles, was er hat: was gilt's, er wird dir ins Angesicht absagen?

Der Herr sprach zum Satan: Siehe, alles, was er hat, sei in deiner Hand; nur an ihn selbst lege deine Hand nicht.«

An dieser Stelle brach der Domini in bitteres Schluchzen aus, und ich dachte: Was ist das für ein Gott, der den Domini leiden läßt – nur wegen einer Wette mit dem Teufel.

Wir stritten uns, weil ich sagte, Gott hätte nur aus Prahlsucht gewettet und aus Rechthaberei Hiobs Knechte, Söhne und Töchter sterben lassen.

Der Domini las: »Der Herr hat's gegeben, der Herr hat's genommen; der Name des Herrn sei gelobt!«

Der Domini las weiter, und mir gefiel nicht, daß die Prüfungen für Hiob immer schwerer wurden.

»Ich bin das Werkzeug, mit dem Gott den Teufel bekehren will.« Der Prediger war davon gar nicht abzubringen. »Ich habe Ungeziefer wie Hiob. Flöhe, Läuse, mein Körper ist von Geschwüren bedeckt, und ich kratze mir mit einem Messer die Wunden und entzündeten Stellen, wie Hiob es tat.«

Ich sagte: »Davon wird es nur schlimmer, das sind Insektenstiche.«

Der Domini sagte: »Aus Ihnen spricht Jeronimus. Haben wir Gutes empfangen von Gott und sollten das Böse nicht auch annehmen?«

Das Streiten vertrieb mir die Zeit, aber ich sah, daß das Zittern des Domini stärker wurde, und lenkte ein.

Er konnte seine Tochter Judith nur heimlich sprechen, wenn die Erwählten unterwegs waren und sie sich zu ihm schlich.

»Es ist ihr Glück, daß van Heussen sie liebt«, sagte er. »Er beschützt sie gut, ihr ist noch nichts passiert.«

Einmal sagte er: »Meine Tochter und ich, wir gehen beide wie der Ochse vor dem Beil. Jeden Abend sage ich zu ihr, du mußt morgen früh nachsehen, ob ich hingeschlachtet wurde. Ich sage ihr, daß wir vorbereitet sein müssen, Gott zu begegnen.«

Das war wohl auch seine Antwort für mich. Aber sie weckte Widerspruch in mir. Ich mochte nicht leiden und dulden wie Hiob und nichts tun. Und so holte der Domini mich ins Leben zurück.

Der schwarze Zevanck gewann die Oberhand über Jeronimus: Die Zimmerleute mühten sich, eine Schaluppe aus den Hölzern der *Batavia* zu bauen, doch ein seegehendes Segelschiff war etwas anderes als die kleinen Boote mit flachem Boden, die sie bisher auf der Insel zusammengenagelt hatten. Einige Erwählte griffen beim Schiffbau anfangs mit zu, aber sie waren Kaufleute und Soldaten, und als sie nicht recht vorankamen, erlahmte ihr Eifer. Der Plan, ein großes Boot zu bauen, schien undurchführbar zu sein.

Am Sonntag, den 5. August, fuhren die Erwählten mit ihren Booten über das tiefe Fahrwasser zum zweiten Angriff auf die Hohe Insel – Jeronimus Cornelisz war dabei, David Zevanck, Conrad van Heussen und dreiundzwanzig Männer. Hans Jacop Heilweg aus Basel zeigte bei der Abfahrt stolz seinen selbstgemachten Morgenstern – er hatte Nägel in eine Keule geschlagen.

Die Insel Batavias Friedhof war leer. Zweihundertfünfzig Menschen hatten hier vor acht Wochen auf dem Strand gesessen. Ich hörte ihre Stimmen im Schrei der Möwen.

Ich vergewisserte mich, daß Lanzenkorporal Pieters, der Fensterrahmen, mich nicht beobachtete, und trat schnell in das Zelt von Jeronimus. Die schöne Lucretia Jansz lag auf einer Decke, ich sah sie erst nicht: ein Lumpen unter Lumpen. Sie richtete sich langsam auf und zeigte mir ein zerquältes, eingesunkenes Gesicht.

»Ich brauche nicht viel Zeit«, sagte ich. »Lenken Sie den Lanzenkorporal und seine Leute ab, falls sie herkommen.«

Lucretia stand vor mir, als hätte sie mich nie gesehen. Ich legte einen Arm um ihre knochigen Schultern und schob sie hinaus.

Ich vergrub den Weinkrug, der dem Maler Rubens gehörte, und die Kamee mit dem Kaiserpaar unter Jeronimus Bett. Überall standen Kasten und Kisten, Fässer und Fäßchen, von denen ich einige zur Seite schieben mußte. Ich weiß nicht, warum ich die Schätze vergrub – aus Langeweile, aus Gewohnheit, sie zu bewachen, oder weil ich mich der Gewalt widersetzen wollte, der ich mich schon so lange fügen mußte. Ich tat es nicht für die Companie. Trotzdem rettete es mir später Leben und Gesundheit.

Endlich hatte ich das Bett wieder eingebaut in Kasten und Kisten mit den silbernen und goldenen Eßgeschirren, in Fässer und Fäßchen, und der unscheinbare, nun leere Juwelenkoffer stand wieder an seinem Platz hinter den Medizintruhen. Ich ging hinaus und watete ins Meer und wusch den Geruch des Unterkaufmanns von mir.

Der Wind wehte schwach aus Südsüdost, der Himmel trug ein sehnsüchtiges Blau. Der Tag war klar wie keiner zuvor, nirgends am Horizont entdeckte ich Gischt und Gazeschleier. Mein Herz tat weh, und ich fragte mich, ob Pelzert jemals kommen würde.

Dann sah ich im Nordosten die Rauchsäulen.

Ich watete schnell zur Insel zurück und rannte auf die leichte Erhebung in ihrer Mitte. Ich sah die Rauchsäulen und die Küste des Unbekannten Landes, ich konnte sie ganz klar erkennen, sie war braun und kahl und der Rauch stieg von ihr auf. Vielleicht hatte Pelzert mit dem Rettungsschiff das Unbekannte Land erreicht und sandte uns Rauchzeichen, weil er unsere Inseln nicht wiederfinden konnte. Die Rauchsäulen mußten viele Meilen entfernt sein, mindestens eine Tagesreise.

Ich rief und schrie, die Männer kamen aus dem Zelt der Frauen, Judith und ihr Vater und Lucretia Jansz liefen zu mir, Salomon und Rainder, und dann wurde mir klar, daß alles nur eine Luftspiegelung war, ein Trick der Natur.

Abends kehrten die Boote mit den Erwählten zurück. Auch ihr zweiter Angriff auf die Hohe Insel war erfolglos geblieben. Maestre Frans Jansz, Oberbarbier und Oberchirurg, kam nicht wieder. Sie hatten ihn erschlagen, weil sie dachten, er würde zu Wiebe Hayes und seinen Soldaten überlaufen.

Jeronimus gab den Zimmerleuten die Schuld daran, daß die Arbeit an dem großen Boot nicht vorankam. Am Morgen nach dem zweiten Angriff auf die Hohe Insel rief er Jan Hendrich und reichte ihm einen Dolch: »Geh und erstich den Zimmermann Stoffel Stoffels, der dort steht und arbeitet, als ob sein Rücken gebrochen ist. Stich ihn ins Herz. Der faule Hund ist nicht wert, daß wir ihn behalten.«

Stoffels war sofort tot. Es ging so schnell – ich sprang vor, aber Wouter Loos hielt mich am Arm fest.

»Uns gefällt das auch nicht, Herr«, sagte er.

Jeronimus wollte mich bei der Morgenbesprechung des Rates dabeihaben. Die Räte saßen in seinem Zelt auf Kasten und Kisten wie im Warenlager einer reichen Firma.

David Zevanck sagte: »Ich habe über einen guten neuen Plan nachgedacht.«

»Wie das? Worüber denn?« Jeronimus sprach spöttisch, aber ich merkte, daß er auf der Hut war.

Zevanck: »Wenn eine Jacht kommt, um uns zu retten, sollten wir sie erobern und auf Seeraub gehen und nach Spanien segeln.«

Jeronimus: »Ho ho, daran habe ich längst gedacht.«

Die beiden Gegner maßen sich mit halbgeschlossenen Augen – der eine heute in grüner Seide und rosafarbenen Strümpfen, mit gestutztem Schnurrbart und manikürten Fingernägeln, der andere im langen roten Mantel, der fleckig und eingerissen war, mit ungekämmtem schwarzen Haar, das in den ungekämmten schwarzen Bart überging, aus dem rote Lippen und die langen weißen Eckzähne leuchteten.

Zevanck sagte: »Ich habe den Offiziersanwärtern gestern auf der Rückfahrt im Boot von einem Traum erzählt, den einer von ihnen hatte. Lucas Gellis hat geträumt, daß eine Rettungsjacht gekommen ist und daß die Schiffsoffiziere nicht verstehen wollten, was hier geschehen mußte, und uns festnahmen, um uns dem Gericht des Gouverneurs in Batavia auszuliefern. Lucas hat geträumt, daß es nötig ist, die Schiffsoffiziere zu ergreifen und zu fesseln und nach Spanien zu segeln und an andere Orte, die zu Spanien gehören.«

Die Companie würde alle Mörder grausam bestrafen. Die Macht der Companie reichte überallhin – außer zu den Spaniern, mit denen die Niederländer Krieg führten.

Jeronimus und seine Räte meinten, die Retter könnten täglich kommen. Die Räte waren nun sicher, daß Kapitän Jacobs den Kommandeur über Bord geworfen hatte und mit der Schaluppe nach Malakka gesegelt war, um dort eine Rettungsjacht für die Schiffbrüchigen und die Geldkisten aus dem Wrack zu bekommen. Falls er jedoch die Stirn gehabt hätte, nach Batavia zu gehen, hätte Generalgouverneur Coen ihm eine Rettungsjacht gegeben. Dann aber wären sie, Jeronimus' Leute, in Gefahr, und wollten alle ermorden, die sich weigerten, ihnen zu dienen.

Die Räte beschlossen, das Rettungsschiff zu erobern.

Jan van Bemmel lief über die Insel und rief mit schriller Stimme die Erwählten. Sie versammelten sich vor dem Zelt, und Jeronimus gab bekannt, daß die Räte das Rettungsschiff erobern wollten.

Die öffentliche Beratung dauerte den ganzen Tag. Die Erwählten stimmten dem neuen Plan sofort zu. Andreas Liebent, Soldat aus Oldenburg, sagte, daß sie nicht länger Trinkwasser sparen, sondern gegen Wiebe Hayes und seine Leute kämpfen oder sterben wollten.

Dann erörterten sie, wie sie vorgehen müßten, wenn das Rettungsschiff käme.

Sie beschlossen, das Boot mit den Offizieren an den Strand kommen zu lassen und die Offiziere mit Wein betrunken zu machen, um sie leichter töten zu können. Danach wollten die Erwählten nachts im Boot des Rettungsschiffs hinausrudern und das Schiff erobern – es wären sicher nur zwanzig, dreißig Mann an

Bord, die sie leicht überwältigen könnten. Das Leben des Kapitäns und das des Steuermanns, die beide die Geheimnisse der Navigation kannten, würden sie verschonen, außerdem das von fünf oder sechs Seeleuten, die ihnen dienen wollten. Sie würden Piraten werden, in einer Gemeinschaft freier und gleicher Männer auf Seeraub gehen und, wenn sie reich genug wären, nach Spanien oder an die Barbarenküste segeln und das Schiff verkaufen und die Beute teilen.

Aber zuerst wollten sie die Leute auf der Hohen Insel überwältigen.

Jeronimus sagte, wenn das Rettungsschiff durch die innere Passage an der Hohen Insel segelt, was wegen des Fahrwasserverlaufs, wie er jetzt wüßte, sehr wahrscheinlich wäre, würden Wiebe Hayes und seine Leute die Besatzung warnen.

Zevanck sagte, wenn sie die Leute auf der Hohen Insel überwältigt hätten, wollten sie alle töten, die von der Insel Batavias Friedhof entflohen waren.

Während die Sonne hinter der pochenden Brandung im Meer versank, schworen sie, sich zu Herren des ersten Schiffs zu machen, das kommen sollte.

Ich mußte zu Wiebe Hayes und ihm sagen, daß die Erwählten das Rettungsschiff erobern wollten. Wenn er den Kapitän nicht warnte, würde keiner von uns hier lebend wegkommen.

Ich dachte verzweifelt über ein Boot oder ein Floß nach.

Ich versuchte, Holz vom Küper Jan Willem Seleins zu bekommen.

Der Küper wollte sich mit mir über Leben und Tod unterhalten. Er erzählte, Wouter Loos habe ihn einmal gewarnt, die Räte hätten seinen Tod befohlen. Wouter Loos sei zu Jeronimus gegangen und habe um Seleins' Leben gebeten. Der Küper verehrte seitdem Wouter Loos und Jeronimus. Er meinte, die anderen, die Getöteten, müßten etwas angestellt haben – wie der Oberchirurg, der zu Wiebe Hayes überlaufen und die Erwählten verraten wollte. Der Küper sprach in einem gemütlichen Tonfall wie ein Handwerker, der im tiefsten Frieden vor seiner Werkstatt steht und plaudert.

Dann kam Jan van Bemmel vorüber, dem das Goldhaar nachgewachsen war, und der Küper schrie: »Der Mann bettelt um Holz!«

So nahmen die Erwählten mich gefangen. Sie hatten lange Angst vor mir gehabt, weil sie dachten, wenn sie mich ergreifen, töte ich zwei oder drei von ihnen. Aber nun wußten sie, daß ich dafür zu schwach war.

Sie fesselten mich und brachten mich in das Zelt der Offiziersanwärter.

Ich sagte, ich wünschte sofort Jeronimus zu sprechen, und sie steckten mir einen Knebel in den Mund.

»Ich kann Sie auch ohne Befehl umbringen«, sagte Jan van Bemmel.

Plötzlich kam Jeronimus ins Zelt und mit ihm Mattis Bär und andere – der schwarze Zevanck, der schöne Conrad, Jacop Pieters, der Fensterrahmen, Gisbert van Welderen. Sie hatten einen Jungen bei sich.

Ich kannte ihn, er war Kabinenjunge in der Offiziersmesse gewesen. Auf Batavias Friedhof knüpfte er Netze für den Vogelfang und den Fischfang und war sehr geschickt dabei.

Jan van Bemmel sah den Jungen an, um den alle standen, und sagte: »Soll ihm geholfen werden? Ist er dran? Laßt mich, laßt mich, laßt mich.«

Es fällt mir schwer, das alles aufzuschreiben. Ich habe mich in den letzten Wochen schon an so vieles erinnert. Aber ich muß es erzählen, denn es ist ja geschehen.

Jeronimus lachte: »Jan, hier ist mein Schwert, das du an diesem Netzmacher ausprobieren sollst. Prüf mal, ob es scharf genug ist, um seinen Kopf abzuschneiden.«

Jan strahlte auf und nahm das Schwert in seine Hand – mein Schwert, mit dem ich vor langer Zeit Marie Fluchar Jeronimus abgekauft hatte.

»Jan ist viel zu schwach dafür«, sagte Zevanck. »Er ist zu leicht.«

»Ich bin stark«, sagte Mattis Bär, »darf ich es machen?«

Jeronimus nickte, und Mattis nahm das Schwert aus Jan van Bemmels Hand, der es ihm nicht geben wollte. Mattis riß es ihm mit Gewalt weg und stieß Jan dabei zur Seite. Er brachte das Schwert zu Gillis Phillipsen, um es scharf schleifen zu lassen, das war der Grobschmied. Der hatte keinen Eid unterschrieben und lebte noch, weil er den Erwählten nützlich war.

Während Mattis weg war, versuchte Jan van Bemmel, dem Jungen die Augen zu verbinden. Der wehrte sich, und Jeronimus sagte: »Nun sitz ruhig, Junge, sie machen sich nur einen Spaß mit dir.«

Mattis hatte das Schwert unter seiner Jacke versteckt. Er trat ganz nahe an den Jungen heran und schlug ihm mit einem Schlag den Kopf ab, das Blut spritzte an die Zeltwand. Jeronimus, Zevanck und alle anderen lachten, aber Jan van Bemmel weinte, weil ihm der Schlag nicht erlaubt worden war.

Darüber lachten sie noch mehr, und er rief: »Dann Eck, dann Eck, dann will ich Eck töten.«

Nun sah Jeronimus mich.

Jan van Bemmel war nicht der einzige, der sich zum Töten drängte. Auch Andries Liebent, Soldat aus Oldenburg, 19 Jahre alt, der beim ersten Mord ertränkt werden sollte und seitdem zu einem der eifrigsten Erwählten geworden war, drängte sich dazu, und ebenso Hans Fredricks aus Bremen, der immer noch krank im Zelt der Offiziersanwärter lag – er wolle Spaß haben, sagte er. Diese Mordgier erschreckte mich selbst nach vielen Jahren Krieg. Die meisten Menschen sind gut und böse zugleich, und ich sah gute Menschen Furchtbares tun. Aber diese Soldaten, die als halbverhungerte Jungen von den Straßen der Städte Europas zur Ostindischen Companie kamen, waren nur noch böse.

»Bald bist du dran«, sagte Zevanck im Hinausgehen zu mir, »bald machst du den Sprung.«

Jan van Bemmel jammerte: »Laß mich es tun, bitte, bitte.«

Zevanck zeigte seine weißen Eckzähne: »Ich geb ihn dir oder dich ihm.«

Jeronimus befahl dem Fensterrahmen, meine Fesseln zu lösen: »Der Ritter ist ein vielseitiger Mann, und sein Onkel ist Direktor der Companie, einer der Siebzehn Herren. Kann sein, daß wir ihn noch brauchen. Vielleicht verkaufen wir die Rettungsjacht an die Companie zurück. Töten können wir ihn immer noch.«

Jeronimus ließ Salomon in seinem Zelt für sich schreiben. Er schickte sogar Lucretia Jansz hinaus, die stundenlang verloren auf dem höchsten Punkt der Insel stand und in die Richtung sah, in der wir die Rauchsäulen und die Küste das Unbekannten Landes gesehen hatten. Jeronimus arbeitete an einem neuen Eid.

Ich wartete weiter auf eine Gelegenheit zur Flucht. Ich würde nur von Batavias Friedhof wegkommen, wenn der Wind günstig für eine Bergungsfahrt zum Wrack war. Dann wollte ich trotz der Wachen über Bord springen. Doch das Wetter blieb stürmisch.

Auch auf der Insel hatte nun immer jemand ein Auge auf mich. Ich gab mich gleichgültig, aber meine Sorge wuchs, daß ich mit jedem Tag körperlich schwächer wurde. Ich reagierte nicht mehr entschlossen und schnell. Ich begann mich zu fragen, ob ich eine Flucht überhaupt noch durchstehen könnte.

Manchmal merkte ich, daß ich das Zeitgefühl verlor. Ich saß am Strand, und einen Moment später war es Abend. Ich wollte zum Riff hinaus waten und Muscheln sammeln, und dann hatte ich es wieder nicht getan, und der Prediger saß neben mir und las weiter die Geschichte Hiobs vor: »Und nachdem diese meine Haut zerschlagen ist, werde ich ohne mein Fleisch Gott sehen.« Aber ich konnte dem Sinn der Worte nicht folgen.

Dann kam der glorreiche Morgen des Unterkaufmanns Jeronimus Cornelisz: Er erklärte sich zum Generalkapitän der Inseln am Rande der Welt.

Wieder lief Jan van Bemmel in seinem scharlachroten Mantel mit den goldenen Litzen und Fransen über die Insel und rief uns mit schriller Stimme, und die Sonne schien durch sein goldenes Haar. Wieder baute Salomon Deschamps den Tisch aus einer Schiffsplanke und zwei Fässern auf. Einige Erwählte ließen das Boot, mit dem sie gerade zum Fischen fahren wollten, am Strand liegen und schlenderten zum Versammlungsplatz.

Andere Erwählte hatte ihre Mäntel noch prächtiger geschmückt, mit noch mehr Bändern und Spitzen benäht, und sie führten die gefesselten Gefangenen wie wilde Tiere an lange Stangen gekettet mit sich.

Der Prediger trug seinen schwarzen Mantel, die Seide war vom Salzwasser fleckig, der Zobelpelz verklebt – ein Bild des Elends.

Jeronimus erschien in herrlicher Farbenpracht in einem roten Anzug mit rosa Strümpfen und goldenen Hosenbändern. Neben ihm stand Wouter Loos, nüchtern und bieder, der Anführer der einfachen Soldaten, die schon lange nicht mehr auf Lanzenkorporal Pieters, den Fensterrahmen, hörten. Wouter Loos hielt zu Jeronimus, und das entschied den Machtkampf zwischen dem Unterkaufmann Jeronimus und dem Buchhalter Zevanck.

Jeronimus sah uns an, einen nach dem anderen. Wir waren noch dreiundvierzig auf der Insel – achtunddreißig Männer und fünf Frauen.

Jeronimus sagte etwas zu Jan Hendrich, und Jan Hendrich ergriff den zitternden Geistlichen am Arm und stellte ihn neben Jeronimus. In dieser Stunde wollte Jeronimus trotz seiner vielen gotteslästerlichen Reden nicht auf den Beistand der Kirche verzichten.

Ich mußte mich auf seine andere Seite stellen, und Jan Hendrich zwang mir einen langen scharlachroten Mantel auf. Da stand ich, der persönliche Leibwächter von Jeronimus Cornelisz und damit sichtbares Zeichen, daß er der rechtmäßige Stellvertreter und Nachfolger von Kommandeur Pelzert war, vor Gott und der Companie.

Jeronimus las mit seiner wohltönenden Stimme den neuen Vertrag laut vor:

»Wir Unterzeichneten, Räte so gut wie Soldaten, Seeleute so gut wie unser Domini, der Prediger, keiner ausgenommen:
Jeronimus Cornelisz als unserem Generalkapitän schwören wir einstimmig und jeder einzeln, so wahr uns Gott helfen soll, treu zu sein und gehorsam in allem, was er uns befehlen möge, und sofern wir ihm nicht treu und gehorsam sind, sollen wir dem Teufel anheimfallen.

Wir heben alle vorherigen Verträge und Eide auf, die früher von den geheimen Bruderschaften, Zeltgemeinschaften und anderen Gemeinschaften geschlossen sind. Es gibt nur noch eine Gemeinschaft.
So geschehen auf der Insel Batavias Friedhof, am 20. August Anno 1629.«

Die Erwählten schworen gemeinsam, sprachen laut nach, was Jeronimus ihnen vorsprach, dann traten sie einzeln an den Tisch, um ihren Schwur zu unterschreiben, als erster Conrad van Heussen, dann David Zevanck, Jan Pieters, der Fensterrahmen, Wouter Loos. Jeronimus forderte mit einer Handbewegung auch den Prediger auf, und der Domini trat vor. Er schwankte leicht vor Schwäche.

»Der Domini!« rief ich. »Er muß sich setzen!«

Ich drehte mich um und lief in das Zelt von Jeronimus und brachte dem Domini eine kleine Kiste als Hocker. Der setzte sich mühselig, griff sich ans Herz, stöhnte tief.

Ich lief wieder in das Zelt, zog den roten Mantel aus und schlüpfte an der gegenüberliegenden Seite zwischen zwei Zeltbahnen hinaus.

Ich lief geduckt zum Strand, während die Erwählten weiter unterschrieben. Am Strand lag noch ihr Boot, abfahrbereit. Ich schob es mit großer Anstrengung über die Korallensteine ins Wasser. Ich hörte einen Schrei und fuhr herum. Gisbert van Welderen stand vor mir. Ich stürzte mich auf ihn, ehe er sein Schwert ziehen konnte. Er schlug mich halbtot, aber zuletzt stach ich ihn mit einer Pfeilspitze, der einzigen Waffe, die mir geblieben war, in den Hals.

Ich hatte große Mühe, in das Boot zu kommen. Ich ruderte hinaus zur Brandung, das Boot war schwer für einen Mann. Weiße Schaumberge überschlugen sich und rauschten auf mich herab, das Boot drehte sich, und ich verlor das Bewußtsein.

Nachts strandete das Boot an einer Sandbank, von der die Flut zurückwich. Ich war durstig und hungrig und dämmerte dahin, bis die Flut am Morgen zurückkam und das Boot wieder von der Sandbank hob.

Der Wind nahm zu. Weiße Wasserschleier fielen herab und stiegen empor, und Regenbogenfarben schillerten auf ihnen und umhüllten mich und verbargen mich vor meinen Verfolgern. Ich fühlte mich leicht wie ein Hauch.

Die Westinsel

Ich sah sie von fern über das Wasser kommen, hohe dünne Gestalten mit langen zitternden Beinen. Ich war fast blind vor Sonne und Schmerzen und schloß die Augen und bereitete mich auf eine andere, seltsame Welt vor.

Dann hörte ich ihre Stimmen.

Das erste Gesicht, das ich über mir sah, war das von Otto Schmidt aus Halberstadt.

»Nee«, sagte er. »Nee. Euer Gnaden. Diese Freude. Sie sind es doch?«

Die Tränen liefen ihm über das Gesicht, er wischte sie mit dem Handrücken fort: »Ruhig, ruhig, jetzt sind wir ja da.«

Der Offiziersanwärter war ein kleiner flinker Mann und sprach deutsch mit mir. Er war mit drei Freunden in der flachen Bucht auf Stelzen unterwegs, sie hatten auf winzigen Inselchen nach Vogeleiern gesucht, als sie mein Boot entdeckten. Es dauerte eine Weile, bis ich alles begriff.

Ich wollte etwas sagen, brachte aber kein Wort heraus.

»Bleiben Sie bloß liegen, wir machen das schon. Tut's Ihnen wo weh? Hier? Nee, nich, nur grün und blau, das vergeht wieder. Und hier? Schlimm. Das olle Blut, das waschen wir ab. Cornelis, Dicker, haste nich was zu futtern dabei? Sie müssen schon entschuldigen,

Euer Gnaden, ich freue mich so, daß Sie bloß halbtot geprügelt sind, ich dachte, Sie wär'n auch schon verscharrt von dieser Mörderbande, und ich seh Sie nie wieder.«

Er fiel ins Holländische, ins Französische, wieder ins Deutsche. Cornelis, der dicke Trompeter, holte aus einer Tasche, die ihm um den Hals hing, ein Stück gebratenes Fleisch und gab es Otto Schmidt. Der biß ein Stückchen ab, nahm es sich mit der Hand von der Lippe und fütterte mich wie ein kleines Kind.

Cornelis holte seine Trompete aus der Tasche, die aus geflochtenem Gras war, und blies ein lustiges Signal.

Von der Insel kam eine Antwort über die glitzernden kleinen Wellen.

»Nu holen sie uns«, sagte Otto Schmidt und legte seine Stelzen geräuschvoll in das Boot.

Die beiden französischen Soldaten, deren Namen mir nicht einfielen, was mich quälte, und der dicke Trompeter Cornelis kletterten ins Boot und setzten sich auf die Bänke. Die Franzosen hielten mir ihre Wasserflaschen hin, Otto Schmidt half mir, und ich durfte trinken, soviel ich wollte. Das Wasser lief mir aus den Mundwinkeln.

»Wir können das Boot nicht über die Bucht zerren, die ist zu flach dazu«, sagte Otto, »und durch die Fahrrinne segeln können wir das auch nicht, wir sind ja keine sailors, aber da haben wir unsere Leute zu, sehen Sie mal, die Spinnen, die da drüben angejachtert kommen, die sind das, die sehen das schöne Boot, da laufen sie so schnell sie können auf ihren Stelzen.«

Meine Gedanken verwirrten sich, ich schlief immer wieder kurz ein.

»Marie Fluchar?« krächzte ich schließlich.

»Die Mademoiselle Flüscher? Die ist munter wie ein Fisch, die springt wie ein Hase und singt wie eine Lerche ...«. Ich warf ihm einen Blick zu. »Na ja«, sagte er, »uns kommt das so vor.«

Bei Sonnenuntergang lief mein Boot knirschend auf den Strand der Hohen Insel.

Wiebe Hayes kam als erster heran und hielt mir seine Hand

hin. Er war kräftig wie damals, als wir uns beim Schiffbruch der *Batavia* gemeinsam zum Laderaum und zurück durchgeprügelt hatten, und seine Haare und sein Bart waren noch genauso weißblond.

Otto Schmidt und einer der französischen Soldaten hoben mich aus dem Boot. Vierzig Männer drängten sich heran und wollten mir die Hand schütteln – »Nicht doch, nicht doch«, sagte Otto immer wieder, »da ist er doch zu schwach zu.«

Ich erkannte Männer, die Salomon und ich für tot gehalten hatten: Ihnen war beim Blutbad auf der Seehundinsel die Flucht geglückt.

Meine Zunge war geschwollen, meine Lippen waren geplatzt, ich konnte nur flüstern: »Jeronimus und seine Leute wollen das Rettungsschiff erobern und die Geldkisten heben und mit dem Geld und den Juwelen wegsegeln, an die Barbarenküste oder nach Spanien. Aber vorher wollen sie euch umbringen, damit ihr das Rettungsschiff nicht warnt.«

Keiner verstand mich, und ich mußte meine Worte wiederholen, und schließlich wiederholte Otto Schmidt sie laut.

»Welche Juwelen?« fragte Allert Jans aus Elsen.

Ich war überrascht, daß mir sein Name einfiel, er war Offiziersanwärter, und plötzlich wußte ich auch, wie die beiden französischen Soldaten hießen, die mich stützten: Jean Renou und Jean Boniver.

Sie hätten sich schon gedacht, daß die Leute von Batavias Friedhof noch einmal angreifen würden, sagte Jan Karstens aus Tönning, der Ehemann von Anneken Kanonier, und deshalb einen Wachdienst auf ihrer Insel eingerichtet.

»Morgen besprechen wir alles, Jan«, sagte Wiebe Hayes mit gedehnten friesischen Vokalen und harten Konsonanten. »Heute werden sie ja wohl nicht mehr kommen.«

Wiebe Hayes trug eine Hose aus dem Fell eines kurzhaarigen braunen Tieres. Andere Männer trugen ebenfalls Hosen und Westen aus Fell. Alle hatten Holzschuhe an.

Ein Mann drängelte sich durch die Umstehenden, griff meine

Hand und küßte sie, was mir unangenehm war, ich zog sie heftig weg. Ich kannte den Mann nicht.

»Das ist Aris, der Barbier«, sagte Wiebe Hayes und legte ihm eine Hand auf die Schulter. »Er ist wieder ganz gesund.«

Und dann sah ich Marie. Die Männer machten ihr Platz. Sie kam auf mich zu und legte mir leicht beide Arme um den Hals und küßte mich.

Die Männer pfiffen.

»So ist das also«, sagte Otto Schmidt bedeutungsvoll.

Marie fuhr herum: »Na und?«

Sie schob ihren Arm unter meinen und wollte mich fortführen, aber nach zwei, drei Schritten sackte ich zusammen. Im Fallen hörte ich noch Wiebe Hayes: »Schnell, Otto!«

Ich schlief schlecht in der ersten Nacht nach meiner Ankunft auf der Hohen Insel, ich hatte Schmerzen und böse Träume. Wenn ich aufwachte, erschrak ich, weil mir nicht gleich einfiel, wo ich war. Ich hörte das Rauschen der Brandung nicht mehr, ich war eingewickelt in die Finsternis eines Hauses und glaubte zu ersticken.

Beim ersten grauen Morgenlicht kroch ich hinaus und lehnte mich mit dem Rücken gegen die Hauswand. Die Luft war kalt. Ich dachte über die Verteidigung der Hohen Insel nach, bis funkelnde Sonnenstrahlen über das Meer schossen, prachtvoll und blendend wie Waffen und Rüstungen gefährlicher Krieger.

Während die Sonne aufging, kam der kleine Offiziersanwärter Otto Schmidt. Ich musterte ihn: Er war muskulös, behende und unerschrocken – bestimmt ein guter Kämpfer.

Er brachte mir frisches Trinkwasser, besah meine Wunden und schüttelte den Kopf und half mir wieder beim Essen. Er wollte, daß Aris Jans, der Barbier, mich untersuchte, aber da Aris keine Medizintruhe und keine Mittel gegen Schmerzen hatte, fand ich das überflüssig.

»Wir müssen die Insel auf den Angriff der Erwählten vorbereiten«, sagte ich.

»Meine Worte«, sagte Otto.

Aber er redete mir zu, mich noch einmal hinzulegen: Alle Männer waren jetzt beschäftigt und verließen die Bucht wie jeden Morgen zum Jagen und Fischen. Erst gegen Mittag kehrten sie zurück.

Und so verschlief ich den ganzen Tag und wachte erst auf, als Otto mich holte.

Die Schiffbrüchigen auf der Hohen Insel versammelten sich täglich vor Sonnenuntergang. Sie hatten Wiebe Hayes zu ihrem Hauptmann gewählt. Meist besprach er mit ihnen Arbeiten, die sie untereinander aufteilen, und solche, die sie gemeinsam machen mußten, und die Männer meldeten sich für das, was sie übernehmen wollten.

An diesem Tag berichtete ich ausführlich vom Plan der Erwählten, die Hohe Insel anzugreifen, die Zeugen ihrer Morde zu töten und das Rettungsschiff zu erobern.

»Wir haben sie doch schon zweimal verhauen«, sagte Jean Renou unbekümmert, und die französischen Soldaten, die um ihn saßen, lachten auf. Thomas de Villiers und Eduward Coo begannen lärmend zu erzählen, wie sie es dem schwarzen Zevanck und seinen goldbetreßten Rotmänteln gezeigt hatten. Sie ernteten stürmische Lachsalven.

Ich konnte gut verstehen, daß Jeronimus versucht hatte, die fünf französischen Pikeniere, von denen drei Jean hießen und einer Ungar und einer Engländer war, auf seine Seite zu ziehen. Sie hatten sich auf einem der Feldzüge des großen Krieges in Europa kennengelernt und sich nach ihrer Entlassung gemeinsam als Söldner an die Vereinigte Ostindische Companie vermietet.

»Jeronimus und seine Anhänger haben hundertfünfundzwanzig Männer und Frauen und Kinder ermordet«, sagte ich und setzte der allgemeinen Heiterkeit ein Ende. »Der Galgen wartet auf sie, und das wissen sie. Sie haben keine Hemmungen mehr.«

Die Versammelten beschlossen auf Vorschlag von Wiebe Hayes, daß ich die Geographie der Insel erkunden und prüfen sollte, wie man sie für die Verteidigung nutzen konnte, ob die Männer beispielsweise Wälle oder Gräben bauen müßten. Ich sollte ihren Wachdienst und ihre Waffen begutachten.

Die zweite Nacht auf der Insel überstand ich besser als die erste. Otto Schmidt hatte mir außen an der Hauswand einen Windschutz aus belaubten Zweigen gebaut und mir gegen die Kälte zwei Seehundfelle gegeben. Das Rauschen der Brandung hörte ich nicht, aber ich konnte die Sterne sehen, und ich spürte den Wind.

Irgendwann in der Nacht kam Marie, setzte sich neben mich und hielt meine Hand, und ich schlief ein. Als es hell wurde, war sie fort.

An diesem Morgen fühlte ich mich viel besser.

Otto Schmidt brachte das Frühstück und den Barbier Aris Jans, der sich nicht abweisen ließ. Der Barbier bestätigte, was ich selbst schon wußte: Ich hatte das Schlimmste überstanden.

Wiebe Hayes, Otto Schmidt, Thomas de Villiers und Marie zeigten mir die seltsame Welt, in der sie lebten.

Die Hohe Insel, die ich von Batavias Friedhof aus gesehen hatte, bestand in Wirklichkeit aus mehreren kleinen Sandrücken und zwei großen Inseln, die ich von nun an die Ostinsel und die Westinsel nennen will. Als Wiebe Hayes und seine Freunde Batavias Friedhof mit einem Floß verließen, landeten sie zuerst auf der Ostinsel, aber dort fanden sie kein Trinkwasser, und so stakten sie weiter zur Westinsel.

Auf der Westinsel gruben sie einen kleinen Brunnen, zu dem Wiebe Hayes mich als erstes führte, denn er war ganz in der Nähe ihrer beiden Häuser: Das Brunnenloch mit dem guten Wasser lag etwa zweihundert Meter vom Strand der zweiten Bucht südlich vom östlichsten Vorsprung der Insel. Sie fanden auch zwei Wasserlöcher, aber das Wasser darin fiel und stieg mit Ebbe und Flut. Sie dachten, es müsse salzig sein, und fürchteten, verrückt zu werden, wenn sie es tranken. Erst nach zwanzig Tagen wagten sie dieses Wasser zu kosten: Es war gutes Trinkwasser.

Die Westinsel maß von Nord nach Süd ungefähr fünftausendfünfhundert Meter und von Ost nach West zweitausend Meter – ich habe in den Tagen nach diesem ersten Rundgang versucht, die

Insel so gut es ging abzuschreiten. Aber ganz gleich, wie genau meine Schätzung war: Die Insel war zu groß, um sie mit nur vier Dutzend Männern in irgendwelchen Verteidigungssystemen halten zu wollen.

Sie bestand aus Kalkstein und hatte am Strand überhängende Felsen, unter denen das Meer schwappte und schmatzte. Im Süden gab es im Kalkstein Löcher, durch die das Meerwasser bei Sturm und Seegang hochgepreßt wurde und senkrecht in die Luft schoß und sich in wehenden Gischtfontänen ergoß.

Auf der Insel wuchsen dichte fremdartige Büsche, von denen einige dicke Stämme hatten, die aber niedrig waren, so daß Wachposten sich leicht optische Signale geben konnten. Die Büsche standen manchmal so dicht, daß wir nur auf schmalen Tierpfaden vorankamen und oft mit Gewalt durch einen Busch brechen mußten, der uns den Weg versperrte. Kleine Singvögel huschten durch die Zweige und ließen schrille Warnlaute hören. Sie sahen aus wie Zaunkönige und waren leuchtend blau.

Wir kamen immer wieder zum Strand. Es war Ebbe, schwarzweiße Austernfischer gingen auf dem trockengefallenen Meeresboden spazieren und stießen sich ihre roten Schnäbel senkrecht vor die Füße auf der Suche nach Würmern. Kormorane saßen auf Korallensteinen und ließen ihre ausgebreiteten Flügel im Wind trocknen, und draußen glitten Pelikane über die langen trägen Wellen.

Der Berg der Insel lag im Süden und war etwa fünfzehn Meter hoch. Wir konnten von oben zahlreiche kleine Inseln und Sandbänke und eine weitere große, hohe Insel sehen, fern im Norden. Dort sei noch niemand gewesen, sagte Wiebe Hayes, denn die Leute hier auf der Westinsel hätten lange keine Boote gehabt, und die Flüchtlinge brachten nur Flöße und kleine grobgezimmerte Ruderboote mit.

Von hier oben konnte ein Wachposten die Westinsel nicht vollständig überblicken. Aber im Westen, Norden und Osten war das Meer um die Westinsel flach, erfuhr ich, so daß Boote nur mühselig und langsam und nur bei Tageslicht näherkommen konnten, wir sie also sehen würden. Nur hier im Süden war das Wasser tief, doch hier war es oft wild und gefährlich, selbst bei ruhigem Wetter.

»Wenn wir diese Insel erobern wollten – wo würden wir landen?«

»Im Süden«, sagte Thomas de Villiers sofort.

»Im Osten«, sagte Wiebe Hayes bedächtig. »Das Wasser um die Hohe Ostinsel ist tief, und von dort führte eine Fahrrinne genau zu unserer Bucht.«

Wir kamen zu dem Ergebnis, daß Jeronimus für eine Landung im Süden zu wenig erfahrene Seeleute hatte und seine selbstgebauten Boote auch zu schlecht waren. Im Süden der Insel genügten zwei Wachposten – zwei Männer, die fischten und jagten und von denen einer bei Gefahr zur Wohnbucht lief, während der andere die Angreifer beobachtete. Wiebe Hayes war mit dieser Lösung besonders zufrieden, weil sie niemanden von der Arbeit abhielt.

»Hier muß keiner hungern«, sagte er, »aber wir müssen uns ranhalten.«

Die Männer auf der Westinsel waren körperlich noch in recht gutem Zustand. Aber siebenundvierzig Männer, dazu Wiebe Hayes, Daniel Cornelissen – der Offiziersanwärter, der für Jeronimus den Brief an die französischen Soldaten überbracht hatte und seitdem als ihr Gefangener in einem Dornenverhau lebte –, Marie und jetzt auch ich waren sehr viele Menschen für die Nahrungsquellen auf einer so kargen Insel.

Während ich Wiebe Hayes zuhörte, fing Otto Schmidt eine bunte Schlange mit der Hand, und kurz darauf bückte Hayes sich und hielt eine zweite hoch. Ich zuckte zurück, und Thomas de Villiers lachte schallend.

»Sie sind nicht giftig«, sagte Marie.

»Entschuldigung, mon colonel«, sagte er rasch, »aber es war so komisch: ein so berühmter Offizier und eine so kleine Schlange.«

Ich wußte nicht, ob ich das als Entschuldigung gelten lassen konnte. Aber Villiers machte schon gutgelaunt Feuer, und Otto röstete die Schlangen. Sie schmeckten wie Hühnchen, und ich genoß sie sehr.

Das fiel mir in den ersten Tagen auf der Westinsel besonders auf: Die Männer legten größten Wert auf gutes Essen. Ein paarmal hörte ich den sonst eher wortkargen Wiebe Hayes zu jemandem sagen: »Du mußt mehr essen. Man muß sich zum Essen zwingen, gut kauen, nicht schlingen, auch nicht gierig sein. Vor allem mußt du gut kochen, alles appetitlich und nett anrichten. Du sollst mal sehen, wieviel besser du dich dann gleich fühlst.«

Einige Soldaten hielten Enten. Sie hatten ihnen die Flügel gestutzt und die Füße zusammengebunden. Man konnte Enteneier eintauschen gegen etwas, was die Besitzer brauchten. Wir aßen viele wohlschmeckende Fische, es gab Rochen und Haifische, die Villiers und seine Freunde fingen, und auf den kleinen Inseln lagen Seehunde. Wir sammelten Austern, Herzmuscheln und Schnekken, und die französischen Soldaten warfen sie in kochendes Wasser. Sie servierten eine seltsame Sauce dazu, aus Algen und zerstampften Krebsschalen, die mir gut schmeckte. Aber die Hauptnahrung auf der Westinsel war Fleisch von Säugetieren.

»In der Dämmerung tauchen Herden von seltsamen Tieren auf«, sagte Wiebe Hayes, als wir die Schlangen geteilt hatten und noch um das Feuerchen saßen. »Sie sehen aus wie Katzen oder große Hasen mit langen Hinterbeinen, aber ihre Schwänze sind auch lang und ihre Ohren sind kurz. Manchmal stellen sie sich auf die Hinterbeine, und dann sieht man, daß ihre Vorderbeine nur kleine Stummel sind.«

»Sie nehmen das Futter mit den Vorderklauen und fressen genau wie Eichhörnchen«, sagte Marie. »Das wunderbarste ist ihre Fortpflanzung. Die Weibchen haben einen Beutel auf dem Bauch, in den man eine Hand stecken kann, und darin haben sie Brustwarzen, und in dem Beutel liegen ihre Jungen und saugen Milch, und manche sind so klein wie Bohnen und andere so groß, daß die Köpfe rausgucken. Selbst wenn die Jungen sehr groß sind, können sie noch in den Beutel kriechen, wenn sie gejagt werden, und die Mutter rennt mit ihnen weg.«

Ich fragte nach den Jagdwaffen auf der Westinsel. Die Männer bauten Fallen, hörte ich, und sie jagten mit Steinschleudern und einer Art Saufeder, einem Speer mit einer Spitze aus scharfgeschliffenem Holz; einige wenige besaßen noch gute Messer. Schwerter, Lanzen und Musketen waren im Schiff *Batavia* oder auf der Insel Batavias Friedhof zurückgeblieben, und wie auf Batavias Friedhof waren die meisten Messer verrostet und zerbrochen.

Wir kämpften uns mühselig durch den Busch zurück zur Wohnbucht, und Wiebe Hayes zeigte mir, was die Männer herstellen konnten.

Ihr auffälligstes Werk waren die beiden Häuser. Auf der Westinsel besaßen nur Soldaten Zelte, also hatten die Männer für die kalten Sturmnächte aus Kalkstein zwei Häuser errichtet, deren eine Längswand fehlte, Schutzbauten also nur, aber mit geraden Mauern und sauberen Kanten, eine schöne Arbeit.

Die Männer flochten Taschen aus Gras und Hummerkörbe aus Zweigen, schnitzten aus Holz Daubenschälchen und Löffel und Trinkbecher, die sie schön verzierten, und Schuhe, sie nähten Lederhosen und Wämse und knüpften Netze und Angelschnüre. Sie mußten sich mit dem begnügen, was die Insel bot, besaßen weder Bretter, Taue, Segel noch Eisen, Werkzeug, Nägel aus dem Wrack wie die Schiffbrüchigen auf Batavias Friedhof.

Aber viele waren Leute vom Land, Bauernjungen von armen Höfen, auf denen man selbst herstellen mußte, was man haben wollte, oder Hollandgänger, die auch nicht wußten, wie Geld aussieht. In jedem Frühjahr zogen in Norddeutschland und Westfalen die Hollandgänger nach Westen, zweite, dritte Söhne und Töchter von Bauern, Knechte und Mägde, auch Leibeigene. Sie arbeiteten in der Landwirtschaft und auf holländischen Schiffen, und manche wurden Soldaten bei der Vereinigten Ostindischen Companie. Diese Leute dachten von sich, daß sie sich überall zu behelfen wüßten, und so behalfen sie sich.

Am späten Nachmittag, ehe die Luft kalt und feucht wurde, kamen die Männer wieder zusammen. Sie stimmten meinem Vorschlag zu, von nun an jeden Morgen nach Fischfang und Jagd Kriegswaffen anzufertigen und sich an den Nachmittagen in ihrem Gebrauch zu üben. Wiebe Hayes ernannte den Kanonier Jan Karstens aus Tönning, Annekens Ehemann, zum Rüstmeister und den Kanonier Jan Dircks aus Emden zu seinem Stellvertreter.

Unsere Rüstkammer wuchs schnell. Die Männer lieferten täglich neue Waffen ab. Sie stellten lange Piken her und nahmen als Spitzen scharfkantige Splitter von dicken Muschelschalen oder angeschliffene Hasenknochen. Sie machten Morgensterne, Kettenkugeln und Kriegsflegel aus Holzstangen, Leder, Stein, Seeigeln, Korallen und Knochen. Allert Jans aus Elsen spickte einen Streitkolben mit Haifischzähnen, und Otto Schmidt ließ Haifischzähne in die Schneide eines Stoßschwertes aus Holz ein. Jean Renou und Jean Hongaar bauten einen Menschenfänger, mit dem man in den Städten Nachtschwärmer, Trunkenbolde und Unsittliche fängt, um sie in die Schandtonne zu bringen, eine Art großer Aalgabel an einer langen Stange mit Widerhaken in der Gabel, die den Hals umklammern. Die beiden Jean suchten sorgfältig nach den besten zähen Astgabeln für die Widerhaken.

Ein großes Problem für uns waren Schilde und Harnische. Die Erwählten hatten Musketen, und das machte mir Sorge. Wir versuchten es mit Schildkrötenpanzern, aber die Arbeit war aufwendig und versprach wenig Schutz. Nur die französischen Pikeniere hatten ihre eisernen Harnische und Sturmhauben aus dem Schiffbruch gerettet.

Unter den Kaufleuten und Handwerkern waren einige, die geschickt Vögel mit Steinen treffen konnten. Ich ließ sie das Steineschleudern mit Schlingen aus Seehundfell üben: Sie sollten weit und schnell schleudern wie David in der Bibel.

Die Männer trauten ihren selbstgemachten Waffen mehr zu als ich und waren guter Laune. Sie wollten die Erwählten daran hindern, das Rettungsschiff zu erobern, und dieses Vorhaben stärkte ihre Gewißheit, daß tatsächlich ein Rettungsschiff kommen würde.

Ich erholte mich schnell. Ich konnte Wasser trinken, soviel ich wollte, ich ging auf die Jagd und ich fischte, und ich konnte Leute zum Essen einladen und wurde selbst eingeladen. Ich arbeitete mehr als auf der Insel Batavias Friedhof, denn wenn ich einen Claas oder

Henrik bat, mir ein paar Holzschuhe zu schnitzen oder eine Lederhose zu nähen, mußte ich für ihn jagen und für ihn sorgen, solange er für mich arbeitete. Aber niemand bedrohte mein Leben oder das Leben von Marie, und in den Nächten schlief ich sicher und tief.

Die Westinsel war keineswegs ein Paradies, selbst nicht für uns Flüchtlinge, die aus der Hölle kamen. Auch hier gab es Reibereien und Streit, und manchem Schiffbrüchigen schien, er könne vieles besser regeln als Wiebe Hayes, Otto Schmidt, Allert Jans und die französischen Soldaten.

Wiebe Hayes sprach selten über sich, und ich wurde mir nie klar über die Lebensumstände, aus denen er kam.

Ich glaube, er war aus Westfriesland. Ich weiß noch, wie er einmal nachmittags über den Uferstreifen an unserer Bucht sah und sagte: »So sehr viel anders ist es bei uns auch nicht. Da hören wir auch den Ruf des Brachvogels.«

Der Mann blieb mir immer fremd. Einerseits war er nüchtern und farblos, dann wieder voll abgründiger Phantasie. Er war mißtrauisch, wenn weitgereiste Männer abends von Abenteuern in fernen Ländern berichteten, und hatte sich doch selbst bei der Companie gemeldet, weil er die Wunder Asiens sehen wollte. Wenn die Abenteuer am Feuer immer bunter wurden, begann er von Bauern zu erzählen, die mit ihren Kühen und Pferden zum Viehmarkt nach Leeuwarden oder nach Groningen zogen.

Eines der vielen großen Rätsel in dieser unerhörten Geschichte, die ich erlebt habe und erzähle, ist das ruhige Leben auf der Wiebe Hayes Insel. Ich nenne die Insel manchmal so in Gedenken an diesen Mann. Seit damals fragen Leute: Wie konnten die Greuel auf Batavias Friedhof geschehen? Sie sollten auch fragen: Wie konnten sie auf Wiebe Hayes' Insel nicht geschehen? Wieso haben die Menschen dort friedlich miteinander auf Rettung gewartet, wieso konnten sie Angst und Ohnmacht ertragen, ohne andere umzubringen?

Jeronimus Cornelisz sagte: Der Mensch ist von Natur aus gut. Wiebe Hayes sagte: Der Mensch ist gut und böse zugleich, und deshalb halten wir die Gesetze. Denn wenn wir das nicht tun, ist er mehr böse als gut. Wiebe Hayes glaubte: Der Mensch ist gut, wenn er sich entscheidet, gut zu sein. Staunenswert für ihn war, daß alle Menschen, und mochten sie sich voneinander noch so sehr unterscheiden, wußten, was gut und böse ist. Anfangs ist es leichter, böse zu sein als gut, meinte er, aber später sind die Folgen schlimmer und wenden sich gegen dich.

Gespräche dieser Art hatten wir selten, und mehr weiß ich über Wiebe Hayes nicht zu sagen. Ich glaube, er war mein Freund.

Jeden Nachmittag bereitete ich die Männer auf den Angriff der Erwählten vor. Ich ließ sie laufen und springen, was viele anfangs ablehnten, weil sie den Sinn nicht einsahen.

»Ich bin sowieso kein Kämpfer«, sagte der blasse Aris, der wie üblich hinter Marie stand und aufpaßte, daß keiner ihr zu nahe trat.

»Und was machst du«, sagte Thomas de Villiers langsam und breitete die Arme aus, »wenn dich einer fangen will?« Er brüllte und sprang auf Aris zu, der sich erschrocken umdrehte, doch da standen schon Jean Boniver und Jean Renou. Aris rannte zur Seite, Boniver machte einen Satz und stellte ihm ein Bein, Aris fiel hin. »Armer kleiner Barbier«, heulte Thomas, »nun ist er tot.«

Aris stand wütend auf und ging auf Thomas los wie ein Terrier, aber Marie hielt ihn am Ärmel fest und sagte: »Ich laufe auch«, und von da an liefen und sprangen alle, auch die Trompeter und die Seeleute.

Die Soldaten bildete ich für den Nahkampf in Gruppen aus, die jeweils ein französischer Pikenier leitete. Kraft und Wendigkeit der Männer und vor allem ihre Entschlossenheit im Kampf nahmen von Tag zu Tag zu. Am Ende eines Nachmittags kämpften die Pikeniere manchmal gegeneinander – unter meiner Anleitung: Ich mußte verhindern, daß sie übertrieben. In den ersten Tagen war ich zu schwach, um es mit ihnen aufzunehmen, aber sie bestanden darauf, daß ich mich auch im Kampf übte. Sie lachten, wenn ich sie nicht bezwingen konnte, und schlugen mir auf die Schulter, wenn sie mir beim Aufstehen halfen, was mich ärgerte.

Aber allmählich wuchs meine Zuversicht, und ich begann zu glauben, daß wir unser Leben gegen Jeronimus und seine Listen verteidigen konnten.

Ich benahm mich in den ersten Tagen sehr fremd vor Marie. Ihr stürmisches Heiratsversprechen beim Abschied erschien mir nun voreilig. Ich hatte nach ihrer Flucht vier Wochen unter Todesdrohungen auf Batavias Friedhof gelebt, und ich war ausgelaugt und fühlte nichts, als ich auf der Westinsel ankam.

Aber dann, als ein Tag dem anderen zu gleichen begann, kam eine große Ruhe über mich. Ich mußte mich nicht mehr entscheiden zwischen Möglichkeiten, die alle schlecht waren. Ich lief einfach mit in dem Leben, das Wiebe Hayes und seine Leute sich eingerichtet hatten, und versuchte nützlich zu sein: morgens jagte oder fischte ich, am Vormittag half ich beim Waffenbau und beim Aushub eines Laufgrabens mit Schutzwall am Landeplatz, am Nachmittag beaufsichtigte ich die Kampfübungen, und abends jagte oder fischte ich wieder. Ich baute mir ein Laubhaus, ein wenig abseits von den Schlafplätzen der Männer.

Manchmal begleitete ich Marie auf ihren Rundgängen zu bestimmten Sträuchern und hielt ihre Grastasche mit duftenden Blättern, während sie weitere Blätter auswählte, zwischen den Fingern zerrieb und beroch. Sie räucherte Fische und Fleisch, damit sie den Jägern etwas zum Tausch für ihre Beute anbieten konnte, und versuchte, verschiedene Geschmacksrichtungen herzustellen.

Ich beobachtete Marie Fluchar und ihre Anmut und dachte an Maria Schepens und die ersten grauen Haare an ihrer Schläfe, an Hiltche und ihre kleine Hand, und ich dachte an Männer, die ermordet waren. Ich sah sie sterben, wieder und wieder.

Ich legte mich auf den rauhen Boden und starrte durch die fremden Äste in den Himmel. Seltsame pralle Knospen bildeten sich an den Zweigen, und ich überlegte, ob wirklich Blätter und Blüten darin steckten oder ob nicht doch Tiere schlüpfen würden oder kleine Menschen oder abgeschlagene Köpfe.

Marie Fluchar streichelte mein Gesicht und meine Hände, und manchmal schlief ich dabei ein.

Eines Tages erzählte ich Marie von meinem Vater, der ein alter Mann gewesen war, als ich auf die Welt kam, und von meinem älteren Bruder, der mich erzog und mir das Erbe meiner Mutter bewahrte, die nicht seine Mutter war, bis ich es selbst übernehmen konnte. Ich erzählte ihr von meiner zarten Frau Marie und von meiner kleinen Tochter, die ich nicht beschützt hatte, und vom großen Krieg.

Danach fühlte ich mich weniger fremd.

Ich konnte in Augenblicken glücklich sein – wenn ich das Sonnenlicht auf den Wellen funkeln sah, wenn ich die Freundschaft von Wiebe Hayes und der französischen Soldaten spürte und wenn Marie Fluchar auf mich zukam, ich ihre Gestalt sah, ihr störrisches Haar und ihr strahlendes Lächeln. Marie liebte das Leben, und ich liebte Marie.

Sie begleitete mich abends auf die Jagd, und wir durchstreiften die Insel. Der blasse Aris, ihr Wächter, ließ sie nur zögernd mit mir gehen. Immer beobachtete irgend jemand uns, wie es nicht anders sein konnte, wenn nur eine Frau zwischen vielen Männern lebte.

Einmal fragte sie, wie ich mich wohl fühlen würde, wenn ich mit fünfzig Frauen auf einer Insel lebte und wüßte, daß jede Frau sich vorstellte, mit mir zu schlafen.

Ich wollte auch mit Marie schlafen.

Wir lagen in den Dünen und hörten Rascheln und Tritte.

»Sie denken sowieso, daß wir es tun«, sagte ich.

»Wenn ich anders bin als sie glauben, halte ich sie von mir fern«, sagte sie.

Die Tatsache, daß sie verlobt war, schien sie nicht zu stören.

»Das regle ich schon«, sagte sie. »Meine Passage mußt du aber bezahlen. Hast du Geld?«

Ich hatte reichlich, und wenn es nicht genug sein sollte, würde der Generalgouverneur mir borgen, was ich brauchte.

»Ich mußte mich für die Passage nach Batavia als Ehefrau an einen Mann verkaufen, den ich noch nie gesehen habe, und nun verkaufe ich mich weiter an dich«, sagte sie.

Ich war verletzt. Sie legte ihren Kopf auf meine Schulter und schlief ein.

Ein anderes Mal, als wir bestimmt allein waren, sagte sie, das sei ihre einzige Freiheit – es nicht zu tun. Ich verstand sie nicht. Sie sagte, es widere sie an zu wissen, was auf Batavias Friedhof mit den Frauen geschehen sei und noch geschah – deshalb könne sie nicht mit mir schlafen.

»Jede Frau auf diesen Inseln muß es tun, unter Zwang. Hier ist so viel Gewalt. Die Gewalt zerdrückt mich.«

Sie nahm meine Hand und legte sie an ihre Wange, die nun wieder runder war und zart.

Ich erfuhr etwas aus ihrem Leben, nicht viel, wir liebten beide die Vergangenheit nicht. Marie Françoise Fluchar war Anfang oder Mitte Zwanzig, genau wußte sie es nicht. Sie stammte aus der Provinz Lüttich, aus Kapellen bei Aachen, und war als kleines Mädchen nach dem Tod der Mutter mit ihrem Vater nach Amsterdam gegangen, einem Maler von Stilleben, der bald nach der Ankunft von einer Kutsche überfahren wurde und starb. Marie kam in ein Waisenhaus. Die Vorsteherinnen des Waisenhauses, ernste, gewichtige Bürgerinnen mit gestärkten Hauben, erlaubten ihr, bei einem Kupferstecher Zeichenunterricht zu nehmen. Später zog sie zu ihm und lebte bei ihm, bis er starb. Als er begraben war und seine entfernten Verwandten sein Häuschen verkauft hatten, wußte sie nicht, wohin. Marie sprach französisch, holländisch und deutsch mit gleicher Leichtigkeit.

»Marie Françoise Fluchar«, sprach sie mir ihren Namen auf Französisch vor, »oder Maria Franziska Flüscher.«

Sie hatte ihren Bräutigam über eine Agentur gefunden, er war Kaufmannsassistent in Batavia. Es war Zufall, daß sie ihn nicht schon in Amsterdam durch einen Stellvertreter geheiratet hatte: An dem Morgen, an dem die anderen Frauen heirateten, die mit der *Batavia* ausreisten, hatte sie verschlafen.

Diese jungen Frauen und ihre Kinder wären in Batavia willkommen gewesen: Generalgouverneur Jan Pieterszoon Coen wollte holländische Kolonien in Asien gründen. Er hatte einmal fünfhundert Mädchen über zehn, zwölf Jahren von allen Waisenhäusern und Arbeitshäusern der sieben Generalstaaten angefordert – wie viele wirklich in Batavia ankamen, wußte niemand, aber er verheiratete alle Mädchen ehrenhaft, seine Sittenstrenge war bekannt.

Marie und ich waren sicher, daß der Generalgouverneur und der unbekannte Bräutigam nach allem, was wir erlebt hatten, unserer Heirat zustimmen würden.

Die Sonne stand jetzt mittags höher im Norden, und die Luft wurde wärmer.

Doch dann kamen wieder zwei Tage mit hartem Wetter, es regnete, und nachts hörte ich die Wellen auf den Strand rollen und den Wind in den Büschen wühlen. Am nächsten Tag war das Wetter sehr ruhig, und am Morgen darauf wehte ein leichter Wind aus verschiedenen Richtungen.

An diesem Tag kamen Jeronimus und die Erwählten zur Westinsel.

Sie kamen mit zwei Booten, Flachbooten mit Seitenschwertern, wie die Holländer sie haben. Sie segelten aus der Morgensonne in unsere Wohnbucht. Otto Schmidt sah sie als erster.

Cornelis, der fette Trompeter, blies Alarm, und von allen Seiten rannten die Männer herbei und griffen nach den Waffen, die Jan Karstens aus Tönning und Jan Dircks aus Emden ihnen hinhielten, und stellten sich am Strand auf.

Die Steinewerfer schleuderten den Angreifern einen Hagel kleiner Steine entgegen, die vor den Booten auf das Wasser prasselten, das hoch aufspritzte. Otto Schmidt schlug auf die Kesselpauke, den umgedrehten Suppenkessel der Soldaten. Die französischen Pikeniere ließen ihre polierten Harnische in der Sonne blitzen und versuchten die Angreifer zu blenden.

Aber die Boote drehten nicht bei.

Ich ließ die Männer ins Wasser vorrücken, bis es uns an die Knie reichte. Die Männer schrien und schüttelten ihre Morgensterne, Kriegsflegel und Menschenfänger, und Marie und Aris drehten die Pechschleuder, einen über zwei Meter großen Löffel, der senkrecht zwischen zwei Holmen stand und in den Aris ölgetränkte Kugeln aus Zweigen und Gras legte, die Marie anzündete – eine leere Drohung nur, denn die brennenden Kugeln flogen kaum über unsere eigenen Köpfe hinweg. Doch gemeinsam mit dem Anblick unserer Waffen, den herausgeputzten Pikenieren und unserem wütenden Geschrei wirkte sie: Die Boote drehten ab und segelten schwerfällig zu dem Inselchen vor unserem Strand, einem Sandrücken nur. Die Erwählten holten die Segel ein und gingen an Land.

Wiebe Hayes gab Otto Schmidt ein Zeichen, und die Kesselpauke verstummte.

Es war sehr still.

Jeronimus, in gelber und violetter Seide, sah prachtvoll aus wie immer, und die Erwählten trugen ihre langen roten Mäntel mit den goldenen Spitzen, Fransen und Bändern. Ich entdeckte den großen dünnen Soldaten mit den Messern, den sie Bohne nannten, und Jan van Bemmels goldenes Haar. Der Prediger Geisbert Bastians kroch in seinem dürftigen schwarzen Mäntelchen mit rundem Rücken unsicher und langsam über die Bordkante, bis der bullige Jan Hendrich und Jacop Pieters, der Fensterrahmen, ihn an den Oberarmen packten und aus dem Boot zerrten.

»Ist es schon soweit, daß der Prediger, der gute Mann, mitkommen muß?« schrie Thomas de Villiers.

Die französischen Soldaten brachen in brüllendes Gelächter aus und krümmten sich, als ob sie vor Lachen kaum Luft kriegten, und unsere Männer schrien und verspotteten die Angreifer, bis Wiebe Hayes die Hand hob.

»Was wollt ihr?« rief er zu den Erwählten hinüber.

Drüben stiegen ein paar Männer in eins der Boote. Sie stakten langsam auf uns zu. Im Heck stand Gisbert van Welderen, der Mann, der mich halbtot geschlagen hatte.

»Das ist nah genug!« rief Wiebe Hayes.

»Der Kaufmann will mit euch sprechen und sich mit euch einigen«, sagte Gisbert van Welderen ruhig. »Er bietet euch Frieden und Freundschaft an.«

Wiebe Hayes sagte etwas zu Otto, und Otto rief durch seine Hände über das Wasser: »Wir wollen mit eurem Friedensangebot nichts zu tun haben, denn wir wissen sehr gut, daß ihr nur versucht, uns zu betrügen.«

Das Boot glitt zur Insel zurück.

Drüben rammten Jan Hendrich und Mattis Bär Musketengabeln in den Boden. Sie legten die Musketen auf, und Helfer hantierten mit Zündkraut, Pulverflaschen und Feuer. Unsere Männer wurden unruhig und sahen zu mir.

»Setzt euch ins Wasser, aber haltet eure Waffen hoch«, sagte ich.

Die Musketen gingen jedoch nicht los.

Die Männer im Wasser standen auf und schrien und verspotteten die Erwählten ärger als zuvor und hörten auch nicht auf, als ich sie an den Strand zurückwaten ließ, denn das Wasser war kalt.

Nach einer Weile kam das Boot wieder zu uns. Diesmal stand auch der Prediger darin. Das Boot hielt in gehöriger Entfernung vom Strand an. Gisbert van Welderen half dem Domini über Bord, und der Domini watete schwankend auf uns zu.

»Schnell, Otto! Helft ihm«, sagte Wiebe Hayes, und Thomas de Villiers und Eduward Coo gingen dem Domini entgegen. Thomas trug ihn an Land und setzte ihn vor uns ab.

»Der wiegt fast nichts mehr«, sagte er.

Die Augen des Domini schwammen, und ein tiefes Schluchzen erschütterte von Zeit zu Zeit seinen mageren Körper. Die Männer drängten sich vor, berührten scheu seinen Arm und machten dem nächsten Platz. Der Domini hob die zitternden Hände und sprach einen Segen und wiederholte Gottes Wort wieder und wieder.

»Ich war verachtet«, sagte er, als alle sich endlich etwas beruhigten, »doch nun bin ich wieder ein Diener des Herrn. Ich bin auch ein Bote des Friedens, denn Jeronimus Cornelisz hat etwas auf dieses Papier geschrieben. Der Kaufmann bietet euch Frieden an.«

Er gab Thomas de Villiers ein Papier, der es Wiebe Hayes weiterreichte. Wiebe Hayes faltete es auseinander, las und sah mich an.

»Na?« drängte ich.

»Nix na«, sagte Wiebe Hayes. »Da steht bloß, daß er mit uns über Freundschaft sprechen will.«

»Wir behalten den Domini hier«, sagte Otto Schmidt, und die Männer murmelten zustimmend.

Wiebe Hayes drehte sich zum Boot und rief: »Der Domini bleibt hier.«

»Sieh mal da hin, Hayes!« rief Gisbert van Welderen und zeigte zu dem Inselchen.

Drüben lagen die Musketen wieder auf ihren Gabeln, und Jan Hendrich und Mattis Bär zielten auf uns.

»Trag den Prediger zum Boot zurück«, sagte Wiebe Hayes zu Thomas de Villiers. »Domini, sagen Sie dem Kaufmann, wir erwarten seine Vorschläge.«

Die Sonne stieg, und es wurde heiß. Die Männer wollten sich auf den Strand setzen, aber ich erlaubte es nicht. So stützten sie sich auf ihre Piken und Kriegsflegel, und ich ließ ihnen Trinkwasser bringen.

Schließlich kam das Boot mit Gisbert van Welderen und dem Prediger wieder vor unseren Strand.

Der Domini sagte, Jeronimus verlange das kleine Boot, in dem Aris Jans auf die Hohe Insel gekommen war. Jeronimus wollte uns dafür feinen Wollstoff bringen, aus dem wir uns Kleider machen könnten.

Als ich das hörte, kam mir zum ersten Mal der Gedanke, Jeronimus auf die Westinsel zu locken und gefangen zu nehmen.

»Was wollen deine Männer denn wirklich haben von ihrem Zeug?« sagte ich zu Wiebe Hayes.

»Wein und Weiber«, sagte er geringschätzig.

»Dann verlange Wein und Weiber. Die drüben sollen mal zeigen, ob sie noch was anderes können als große Sprüche machen.«

Wiebe Hayes sah mich zweifelnd an.

»Wir locken Jeronimus auf die Insel und nehmen ihn gefangen«, sagte ich leise, damit kein anderer mich hörte.

Wiebe Hayes kratzte sich plötzlich aufgeregt mit beiden Händen das Kinn unter dem weißblonden Bart und grinste.

»Ich verlange nur den Wein«, sagte er und dehnte die Vokale mehr als sonst und kaute die Konsonanten. »Ich bin ein frommer Mann, und Jeronimus Cornelisz weiß das.«

Unsere Männer wollten den Domini bis zum nächsten Tag bei uns behalten, aber die Männer im Boot riefen, sie müßten ihn wieder mitnehmen. Der Domini sagte, wir sollten verlangen, daß er einen oder zwei Monate bei uns bliebe, weil er auch unser Prediger wäre.

Das Boot kam noch zweimal, erst dann war alles abgemacht: Der Kaufmann würde am nächsten Tag allein unsere Insel betreten und Wollstoff und Wein bringen und mit uns über den Frieden sprechen, und der Prediger durfte bis dahin bei uns bleiben.

Als die Erwählten die Segel setzten, grüßte der schwarze Zevanck mit einer Hand zu uns herüber und grinste. Aber ich kannte ihn: Er war wütend und wollte kämpfen.

Otto Schmidt und Marie brachten dem Domini gebratenes Fleisch und frisches Brunnenwasser. Der Prediger aß gierig und erbrach das Essen, aber das Wasser, sagte er, schmecke ihm süß wie Milch. Später schlief er, und als er wieder wach wurde, behielt er etwas gedämpften Fisch. Marie fragt ihn nach Judith, und die Männer fragten nach Freunden. Aber der Domini fing an zu weinen und konnte sich an niemanden erinnern.

Jan Karstens aus Tönning, der Ehemann von Anneken Kanonier, und Obertrompeter Claas Jansz, der mit Trinchen Fredricks verheiratet war, fragten nichts.

Sie kamen gegen Mittag, wieder in zwei Booten. Sie segelten zu dem Inselchen, das in unserer Bucht lag, und stiegen aus. Sie waren zahlreicher als am Vortag.

Wir entdeckten Lucretia Jansz und Judith Bastians zwischen den Erwählten, sogar Anneken, Sussi und Trinchen, ich erkannte Rainder Hendricks, meinen Bergungspartner, und Salomon Deschamps, meinen stillen Freund; sogar Gillis Phillipsen war da, der Schmied, der mein Schwert geschärft hatte, mit dem Mattis Bär einem Schiffsjungen zum Spaß den Kopf abschlug, als ich gefesselt und geknebelt im Zelt lag: Jeronimus hatte alle Schiffbrüchigen von Batavias Friedhof mitgebracht.

Marie winkte aufgeregt zur Insel, und Lucretia Jansz und Judith winkten zurück und auch einige der Männer, und von unseren Männern begannen ebenfalls einige zu winken.

Drüben stießen sie ein Boot ab. Fässer und Kisten waren darin und fünf Männer – Jeronimus, der schwarze Zevanck, der schöne Conrad van Heussen, Gisbert van Welderen und ein Mann, den ich nicht gleich erkannte: der Soldat Cornelis Pieters aus Utrecht. Ihm hatten einige unserer Leute zugewinkt, seine Freunde offenbar, die jetzt laut Hallo riefen.

Wiebe Hayes war beunruhigt, weil Jeronimus nicht allein kam.

»Wir fangen alle«, sagte ich, und wieder fuhr Wiebe Hayes sich ganz plötzlich mit beiden Händen in den Bart. Aber diesmal grinste er nicht.

Ich winkte die Offiziersanwärter Otto Schmidt und Allert Jans, den Pikenier Thomas de Villiers und Jan Dircks, Kanonier, zu mir: »Sagt euren Männern: ganz ruhig bleiben. Laßt die anderen machen. Sie wollen uns überrumpeln, und sie sollen glauben, sie schaffen das. Stellt euch blöd, laßt euch bequatschen, bestaunt sie, faßt sie an – ihre Mäntel, ihre Goldketten – ihr beneidet sie.«

»Diese Typen?« sagte Otto Schmidt.

»Du bist ein blöder Bauer in Hasenfell und Holzschuhen, Otto, ist das klar? Thomas, du hast es satt, mit uns zusammenzusein. Geh auf sie ein, sie müssen sich sicher fühlen. Umringt sie mit euren Leuten, laßt euch was schenken, ich will immer drei, vier von euch und einen von ihnen sehen. Wiebe Hayes redet mit Jeronimus, und wenn ich *Batavia* brülle und alles mich anglotzt, legt ihr los und nehmt sie gefangen.«

Das Boot lag jetzt im seichten Wasser vor unserem Strand. Jeronimus begrüßte Wiebe Hayes mit Handschlag und lud unsere Leute mit einer großartigen Handbewegung ein, Waren und Fässer auszuladen.

Widerwille und Furcht erfaßten mich, als Jeronimus und seine Räte an Land wateten.

Die Räte öffneten die Kisten, verteilten Tuch und andere Dinge und schenkten Wein aus. Nach einer Weile bildeten sich Gruppen und Grüppchen, und ich schlenderte näher heran und tat so, als wäre ich ein Soldat, der sich etwas Wein geben lassen wollte. Der fette Cornelis schenkte nun am Faß aus. Ich trug auch Lederhosen und Holzschuhe, und wenn einer der Erwählten mich nicht genau musterte, würde er mich nicht sofort erkennen. Trotzdem mußte ich aufpassen.

Jeronimus überschüttete Wiebe Hayes und die Umstehenden mit Lügen. Er sagte, daß er ihnen keinen Schaden zufügen wolle und daß er nur wegen des Trinkwassers aus dem Brunnen gegen sie gekämpft habe. Es gebe keinen Grund, ihm zu mißtrauen, nur weil einige Männer auf Batavias Friedhof getötet wurden, denn diese Männer seien Meuterer und Schurken gewesen, die die Todesstrafe verdient hatten. Dann sagte er noch, er habe die meisten Schiffbrüchigen auf Batavias Friedhof zurücklassen müssen, weil er sie in zwei Booten nicht transportieren konnte, sonst hätte Wiebe Hayes alle selbst sprechen und befragen können: »Laßt uns Frieden schließen unter Eid und uns nicht mehr an das erinnern, was gewesen ist.«

Ich schlenderte mit meinem Holzbecher Wein weiter.

David Zevanck sprach mit Thomas de Villiers und Eduward Coo, und Conrad van Heussen sprach mit Otto Schmidt und Allert Jans, und Gisbert van Welderen sprach mit Jean Renou und Jean Boniver. Um den Soldaten Cornelis Pieters scharten sich die zahlreichen Freunde, die er unter unseren Leuten hatte. Diese Gruppe gefiel mir am wenigsten.

Nach einer Weile veränderten die Gruppen sich. Der schwarze Zevanck sprach nun mit Allert Jans, Otto Schmidt und Jan Dircks und van Heussen sprach mit Jean Renou, Jean Boniver und Jean Hongaar. Bei der nächsten Veränderung begriff ich, daß die Erwählten gezielt Gespräche führten.

Otto Schmidt kam zu mir und sagte, daß Zevanck und van Heussen dabei waren, die französischen Söldner zum Verrat zu überreden. Sie boten jedem sechstausend Gulden an, wenn er auf ihre Seite überging, und versprachen ihm einen Anteil an den Juwelen und am künftigen Profit. Die sechstausend Gulden und Schmuck sollten sie morgen bekommen, wenn die Erwählten als Freunde wiederkämen und die Franzosen ihnen geholfen hatten, uns übrige zu ermorden.

Ich brüllte: »Batavia! Batavia!«

Jeronimus' Getreue sahen überrascht zu mir und waren gefangen, ehe sie zu ihren Dolchen greifen konnten. Jeronimus wurde blaß. Pikeniere und Offiziersanwärter fesselten die Mörder mit Lederriemen.

Der Soldat Cornelis Pieters entkam im Boot der Erwählten, und das konnte nur geschehen, weil seine Freunde unter uns ihn absichtlich entkommen ließen.

Die Erwählten auf der Sandinsel vor unserem Strand sahen, daß Jeronimus und seine Räte gefangen waren, und begannen, sich zum Angriff auf uns fertig zu machen, um sie zu retten.

Wiebe Hayes und ich töteten die Gefangenen, weithin sichtbar am Strand, einen nach dem anderen.

Der schwarze David Zevanck, Conrad van Heussen und Gisbert van Welderen lagen schon tot, und noch immer wollten die Erwählten uns angreifen. Erst als Wiebe Hayes den Kaufmann Jeronimus Cornelisz vorführte und ihm das Messer an die Kehle setzte, brachen sie ihren Angriff ab.

Otto Schmidt rief hinüber: »Kommt zu uns, alle, die ihr keine Mörder seid.«

Und Allert Jans rief: »Judick, komm zu deinem Vater.«

Aber einer von den Angreifern sagte zu Judith: »Wenn du gehst, schneiden wir dich in Stücke.«

Und ein anderer sagte: »Dein Vater hat schuld, daß diese Leute getötet wurden.« Aber dieses erfuhren wir erst später.

Die Mörder kehrten mit den Frauen und den Männern, die keine Mörder waren, auf die Insel Batavias Friedhof zurück.

Jeronimus Cornelisz blieb auf der Westinsel, und wir hielten ihn schwer gefesselt. Die französischen Pikeniere bewachten ihn, und niemand durfte ohne die Erlaubnis von Wiebe Hayes mit ihm sprechen.

Fünfzehn Tage lang geschah nichts.

Wir reparierten unsere Waffen und erfanden neue Waffen aus Faßreifen, die wir zu federnden Eisenruten banden und durch die wir Nägel schlugen, so daß die Nagelspitzen gefährlich herausschauten.

Der Domini hatte Angst um seine Tochter, nun, da Conrad van Heussen sie nicht mehr beschützte.

Otto Schmidt hatte die Toten an einer abgelegenen Stelle begraben lassen.

Ich ging zur Jagd, setzte Hummerkästen aus und fertigte Angelschnüre aus Seehundhäuten und wurde ebenfalls ein Spezialist für geräucherten Fisch auf der Insel und auch für geräucherten Hasenschinken. Marie und Aris nahmen die Fische aus, und wir räucherten sie und tauschten sie gegen Vogeleier oder Schuhe oder was immer einer von uns brauchte, und so lebten wir ruhig dahin, und wenn Jeronimus nicht gewesen wäre, hätte man glauben können, die Zeit stünde still.

Aber wir konnten ihn nie vergessen.

Jeronimus Cornelisz war wie ein gefangener Panther. Pieter Lamberts, ein Seemann, der in der gleichen Nacht wie Marie und Aris von Batavias Friedhof geflohen war, hatte einmal in den Bergen von Siam einen schwarzen Panther in einer tiefen Grube gesehen. Der Panther war schön und stark, erzählte Lamberts uns wieder und wieder, und sein Fell glänzte wie dicke Seide. Er war ruhelos und richtete sich an den Wänden der Grube auf und drehte sich um sich selbst. Sein Anblick erfüllte den Betrachter am Grubenrand mit Furcht und Verzweiflung.

Ich sah Jeronimus nur zweimal. Ich wollte nichts mit ihm zu tun haben, doch zweimal wollte Wiebe Hayes mich mitnehmen, und ich mochte es ihm nicht abschlagen. Viele Männer standen bei den Wachposten und konnten ihre Augen nicht von Jeronimus wenden.

Als ich ihn das erste Mal sah, sprach er noch zu den Leuten in seiner eleganten und wendigen Art. Beim zweiten Mal sah Jeronimus mich. Sein Blick war hell und wild, und als er mich ansprach, glaubte ich, das Fauchen des Panthers zu hören. Er erinnerte mich an die Freundschaft, die er mir gezeigt hatte, aber ich dachte an Hiltche und an Maria Schepens und antwortete nicht. Danach war ich zwei Tage krank.

Ich liege auf der harten fremden Erde am Rande der Welt, und es ist Frühling.

Marie sitzt neben mir und lächelt und erzählt. Sie hat Blumen gepflückt, die noch nie ein weißer Mensch gesehen hat. Sie kitzelt mich mit ihnen im Gesicht, ganz zart, und zeigt mir seltsame rot-weiße Glocken und dreieckige Blüten, die mit lilafarbenen Fransen besetzt sind, und feurigrote wuchernde Gebilde, die kein Maler sich ausdenken könnte, und schwarze Blumen, die wie Finger aussehen und deren Inneres gelb ist. Manche Blumen sind pelzig und hart, andere haben eine weiche Lieblichkeit, die mich tröstet.

Eines Nachts kommt Marie in mein Laubhaus, und wir kosten die Süße der Liebe.

An einem Morgen, von dem Salomon Deschamps mir später sagte, es sei der 17. September gewesen, griffen die Erwählten wieder an.

Die Retter

Ich stand am 17. September 1629 früh auf, es war noch dunkel, und ging durch den Busch zur Südseite der Insel, zum tiefen Wasser, über das die Pelikane glitten. Ich schwamm in der roten Morgensonne hinter langen Wogen, die mich hochhoben und hinabsenkten und sich träge rauschend vor dem Strand brachen. Das Meerwasser floß kühl und köstlich an meiner Haut entlang.

Dann hörte ich von fern die Signale der Trompeter.

Ich tauchte durch die Brandung, griff meine Kleider und rannte los. Als ich in unsere Bucht kam, hatten die Erwählten ihre Boote schon auf das Sandinselchen vor unserem Strand gezogen, und der bullige Jan Hendrich rammte eine Musketengabel in den Korallensand.

»Die Mörder sind wiedergekommen«, sagte der Domini mit dünner Stimme. Er taumelte vor Schwäche und Aufregung.

Cornelis, der fette Trompeter, blies und blies, und Claas Jansz, der Obertrompeter, der im Innern der Insel auf Hasenjagd war, gab die Signale mit seiner Trompete weiter, und überall brachen Männer die Morgenjagd ab und kamen keuchend aus dem Busch zurück.

»Ich habe ihnen in einem Brief geschrieben, daß sie Frieden machen und die Männer hier auf der Insel nicht verletzen sollen«, sagte der Domini.

Wiebe Hayes riß ihm das Schreiben aus der Hand und gab es Jan Dircks, dem Kanonier aus Emden, der neben ihm stand: »Nimm das und laß dich von Lamberts rüberrudern. Sprich mit ihnen, du mußt Zeit gewinnen, von unsern Leuten sind noch nicht alle da.«

Der kleine Otto Schmidt brüllte Befehle. Drei französische Pikeniere halfen sich in ihre Harnische, zwei hielten bei Jeronimus Wache. Marie und der blasse Aris stellten die Pechschleuder auf.

Drüben auf der Sandbank rissen sie den Brief des Predigers in Stücke und johlten. Einer ging mit erhobenem Schwert auf Jan Dircks los. Der rannte ins Wasser, das aufspritzte, und während Pieter Lamberts die Ruder schon durchzog, warf Jan Dircks sich bäuchlings auf die Reling des Bootes, das heftig schwankte.

»Wouter Loos ist jetzt ihr Anführer!« schrie er uns zu.

Die Muskete knallte, und Jan Dircks sackte zurück ins Wasser.

Wir hatten ihn noch nicht am Strand, als die Boote landeten und die Erwählten über uns kamen.

Hans Fredricks aus Bremen, der im Zelt der Offiziersanwärter so lange krank gelegen hatte, tat sich gegen uns hervor, und auch Jan van Bemmel, der Junge mit dem Goldhaar, war eifrig und grausam. Er brüllte dabei ununterbrochen. Er wich unseren stärksten Soldaten aus und schlug auf Handwerker und Seeleute ein, bis ich ihm das Schwert mit meinem hölzernen Streitkolben wegschleuderte. Doch Andries Jonas, der Mann, dessen Blick die Frauen fürchteten, sprang zwischen uns und focht mit mir, wild und zäh, bis Wouter Loos zum Rückzug blasen ließ und die Erwählten in ihre Boote gingen.

Ich war sehr müde. Die Sonne hatte ihre Mittagshöhe noch nicht erreicht, und es sah nicht gut aus für uns.

Den zweiten Angriff wehrten wir ab, bis sie ihre Boote wieder zurückzogen, was uns verleitete, ihnen zu weit ins Wasser zu folgen. Plötzlich schwamm jedes Boot zu einer Seite, und wir standen frei im Schußfeld. Mattis Bär auf der Sandinsel hielt die brennende Lunte an die Muskete, und Jan Hendrich gab Schuß auf Schuß ab. Sein offener roter Mantel mit den silbernen und goldenen Spitzen und Bändern schwang mit jeder seiner Bewegungen. Eine Möwenfeder steckte an seiner Hutkrempe, und Knieschleifen zierten seine Pumphosen, die dicken Waden waren nackt, und er ging barfuß.

Wir wateten geduckt zu den Booten und zogen einige der Angreifer über Bord. Das Wasser färbte sich rot. Die Muskete knallte nicht mehr.

Der zweite Angriff war vorüber. Die Erwählten standen auf ihrer Sandbank, eins ihrer beiden Boote drehte ab und verließ die Bucht. Aber sie würden wiederkommen mit ihren Waffen aus Eisen und Stahl.

Bei uns sah es schlecht aus. Zahlreiche Männer waren verwundet, vier sehr schwer durch Musketenschüsse.

Die Haut von Kanonier Jan Dircks war weiß und kalt und feucht.

»Der Atem geht flach«, sagte Marie. »Sein Herz schlägt schnell, sein Puls ist kaum zu spüren. Ich habe Angst, daß er stirbt.«

Aris, der Barbier, und Marie verbanden unsere Wunden so gut es ging mit Gras, Fischhaut und Lederschnüren. Wir saßen auf dem Strand und waren sehr müde, und selbst Thomas de Villiers und seine Freunde schwiegen.

»Da ist das Rettungsschiff«, sagte Otto Schmidt matt.

Ich drehte mich zu ihm, denn ich wünschte diese Art von Späßen in Kampfpausen nicht.

Die Männer sprangen auf und schrien und umarmten sich und liefen durcheinander und schrien wieder und sprangen vor Freude, und auch ich schrie und lief zu Marie: Vor der Hohen Ostinsel sahen wir ganz deutlich die Masten und Rahen eines Schiffes.

Wiebe Hayes packte meine Schulter und schüttelte mich.

»Die Mörder sehen das Schiff auch!« brüllte er. »Die Mörder sehen es doch auch!«

Ich rannte mit ihm los. Er brüllte über die Schulter zurück: »Schnell, Otto! Zwei Mann zum Rudern zu mir!«

Wir holten unser größeres Boot aus seinem Versteck zwischen Dornenbüschen, und Pieter Lamberts, der Seemann, und sein Freund, der schielende Henrich, griffen tüchtig mit zu. Wir ruderten zu viert in großer Hast zur Ostinsel, um den Kapitän des Schiffes, wer immer er sein mochte, vor den Erwählten zu warnen.

Zehn, zwölf Erwählte auf der Sandinsel sprangen in ihr Boot und ruderten hinter uns her.

Bis zum Schiff waren es etwa zwei Seemeilen. Der Wind wehte uns entgegen, aber das war für uns ein Vorteil: Er war schwach, doch die Erwählten konnten ihr Segel nicht setzen.

Ich saß mit dem Rücken zur Fahrtrichtung. Ich ruderte mit aller Kraft nach Wiebes Taktschlag und sah vor mir nur das Boot der Erwählten, das immer mehr aufholte. Wasser spritzte um mich und schillerte in den Farben des Regenbogens und fiel von den Ruderblättern.

Wir kamen um die Nase einer Sandbank und hatten Sicht auf das Schiff. Das Schiff ankerte vor der Ostinsel, seine Schaluppe schwang aus. Es war ein Schiff der Companie.

Die Mannschaft der Schaluppe setzte die Segel und richtete den Bug auf die Insel. Ein Mann stand allein im Bug.

Wir ruderten dem Mann nach.

Kommandeur Francisco Pelzert erwartete uns am Ufer der Hohen Ostinsel. Er trug einen eleganten schwarzen Seidenanzug mit großem weißen Spitzenkragen und hohen Spitzenmanschetten, sein halblanges dunkles Haar war geschnitten, sein Bart gestutzt. Einen Augenblick lang dachte ich, der Mann sei nicht aus Fleisch und Blut.

Wiebe Hayes sprang an Land, rannte barfuß wie ein Wilder auf ihn zu und schrie: »Willkommen, Seigneur, gehen Sie sofort wieder an Bord! Da ist eine Bande von Schurken auf der Insel am Wrack! Sie wollen das Rettungsschiff erobern!«

Der Kommandeur verstand ihn offenbar nicht, denn als ich näherkam, hörte ich, wie Wiebe Hayes mit verzweifeltem Unterton in der Stimme erklärte:

»Ich bin Hauptmann über siebenundvierzig Seelen, die sich seit heute morgen zum dritten Mal auf dieser Insel dort drüben verteidigen, um ihr Leben zu retten, denn die Schurken haben hundertfünfundzwanzig Männer, Frauen und Kinder ermordet. Vor zwei

Wochen haben wir Jeronimus Cornelisz gefangen, den Unterkaufmann, er war der Anführer der Schurken, und wir haben drei von seinen Haupträten getötet, weil sie uns in böser Absicht angegriffen haben, aber wir haben sie zurückgeschlagen.«

»Und was soll das, Christoph von Eck«, fragte der Kommandeur mich, »halten Sie das für humorvoll?«

»Ich verdanke Wiebe Hayes mein Leben«, sagte ich außer Atem. »Sie müssen sich wirklich beeilen und auf Ihr Schiff zurückgehen. Diese Meuterer wollen es erobern. Ihr Anführer ist der Soldat Wouter Loos.«

Meuterer – das Wort begriff er. Auf allen Schiffen der Companie lebten die Kaufleute in ständiger Angst vor Meuterern.

»Hayes, Sie kehren auf Ihre Insel zurück und bringen Jeronimus Cornelisz gefesselt zu mir, wenn ich Ihnen vom Schiff aus ein Signal gebe. Und Sie, Eck, kommen mit mir.«

Pelzert befahl einem Mann aus seiner Schaluppe, meinen Platz im Ruderboot von Wiebe Hayes einzunehmen.

Die Mittagsflaute war vorbei, der Wind frischte auf, und die Schaluppe segelte scharf zum Schiff zurück. Auf ihrem Boden lagen ein Wasserfaß, ein Faß Brot und ein Fäßchen Wein. Ich überlegte, ob Pelzert sie uns armen Schiffbrüchigen zugedacht hatte, als Geste der Barmherzigkeit, und mit wie vielen Überlebenden er gerechnet hatte. Die Fässer wirkten wie Spielzeug.

Wir waren noch nicht beim Schiff, als das Boot der Erwählten um die Südspitze der Ostinsel kam.

Der Bootsmann steuerte die Schaluppe unter dem Heck des Schiffs durch – *Sardam* hieß es – und stieß beim Anlegen mit dem Bug hart an die Schiffsseite. Pelzert kletterte hastig die Leiter hinauf.

Ich folgte ihm langsam und steifbeinig. Männer rannten über das Hauptdeck und verschwanden nach unten. Ich stand allein auf dem leeren Deck.

Die *Sardam* war eine Jacht und leichter gebaut als die *Batavia*. Eine Jacht bleibt meist jahrelang in Asien und macht dort kürzere Reisen als ein Ostindienfahrer. Sie hat vorne und hinten weniger Decks und fährt meist nur mit sechsundzwanzig Mann Besatzung und Soldaten. Aber auch eine Jacht ist schwer bewaffnet. Die *Sardam* hatte an beiden Seiten Kanonenpforten, hinter denen die Lafetten mit den gußeisernen oder bronzenen Kanonen auslaufbereit standen.

Aus einem Niedergang krabbelten vier Männer mit Musketen nach oben. Sie trampelten an die Luv-Reling und stellten sich nebeneinander auf. Kommandeur Pelzert kam an Deck und als letzter Obersteuermann Gerrits – Claas Gerrits, der beim Schiffbruch mit Pelzert und mir oben auf der Hütte gewesen war. Er warf im Vorbeigehen einen flüchtigen Blick auf mich, blieb stehen und kam mit breitem Grinsen in seiner schaukelnden Gangart auf mich zu.

»Schön, Sie zu sehen«, sagte er, »schön Sie zu sehen.« Er schüttelte mir beide Hände, ließ sie los, faßte meine Schultern, als ob er mich umarmen wollte, und tastete dann doch nur meine Oberarme ab und vergewisserte sich bewegt, daß ich unversehrt war.

Ich habe ihm diesen Empfang nie vergessen.

»Obersteuermann!« brüllte einer der Männer an der Reling.

Die Erwählten waren nun so nahe, daß die Männer an Deck der *Sardam* die langen roten Mäntel mit dem französischen Besatz aus Gold- und Silberspitzen erkennen konnten. Die Männer pfiffen durch die Zähne.

Die Erwählten ruderten unter dem Heck der Jacht durch auf ihre Lee-Seite, wo die Leiter hing. Die Männer an Deck liefen zur Lee-Seite hinüber und schauten dort über die Reling. Lanzenkorporal Jacop Pieters war im Boot, Jan Hendrich, dann Rutger Fredrichs, der Grobschmied aus Groningen, Hans Jacob Heilweg, der Soldat aus Basel mit dem Morgenstern, Kanonier Hans Hardens – zehn, elf Soldaten insgesamt und Jan Willems Seleins, der Oberküper, der mir kein Holz gegeben und mich verraten hatte.

Die Schaluppe lag zwanzig, dreißig Meter von der Jacht entfernt, ihre Mannschaft schien etwas zu reparieren.

Pelzert rief nach unten: »Warum kommen Sie bewaffnet an Bord?«

»Diese Frage wollen wir beantworten, wenn wir auf dem Schiff sind«, rief Jan Hendrich.

Jacop Pieters fing an, die Leiter hochzuklettern. Ein Pistolenschuß knallte. Pieters griff nach seinem Arm.

An Deck hielt ein Mann neben Pelzert eine rauchende Pistole in der linken Hand und eine zweite, schußbereite in der Rechten. Er war kleiner als Pelzert und hatte ein hageres, gebräuntes Gesicht mit tiefen Falten von der Nase zu den Mundwinkeln und sehr hellblaue Augen mit zusammengezogenen scharfen Pupillen.

Plötzlich klappten Kanonenpforten hoch, das Deck zitterte unter meinen Füßen, und rumpelnd fuhren auf dem Deck unter uns zwei Lafetten vor – ich konnte von oben die blanken Läufe der beiden Kanonen sehen und entdeckte in vier weiteren Pforten Musketenläufe.

Die Männer in der Schaluppe, die unbemerkt herangetrieben war, hielten jetzt Lanzen in den Händen.

»Ich habe noch mehr Kanonen«, sagte mit heller durchdringender Stimme der Skipper neben Pelzert. »Wenn ihr flieht, versenke ich euch. Ihr kommt hier nicht mehr weg.«

»Werfen Sie Ihre Waffen in die See«, befahl Pelzert.

Die Erwählten rührten sich nicht.

»Werfen Sie die Waffen ins Wasser!« wiederholte Pelzert.

»Du, Dicker« – der Skipper senkte den Pistolenlauf – »ja, du« – Jan Hendrich sah hoch – »dich treff ich als nächsten.«

Jan Hendrich hielt mit beiden Händen seine Muskete über Bord und ließ sie fallen. Der Morgenstern von Hans Heilweg plumpste ins Wasser, und danach warfen alle ihre Waffen weg.

Die Gesichter der Mörder waren mit Furcht erfüllt, als sie sahen, daß ihr Plan gescheitert war.

Sie kletterten die Leiter hoch, als letzter Lanzenkorporal Jacop Pieters. Der Skipper ließ ihnen die Hände auf den Rücken binden und die Füße fesseln.

Der Kommandeur ging von einem zum anderen und sah jedem lange ins Gesicht. Das tat er zweimal. Beim dritten Mal blieb er vor Jan Hendrich stehen.

»Jan Hendrich aus Bremen, Soldat«, meldete der militärisch.

»Siebzehn Leute getötet, auf Befehl von Jeronimus Cornelisz, Generalkapitän auf den Inseln vor dem Unbekannten Land.«

Pelzert runzelte die Stirn.

»Vielleicht waren es zwanzig«, sagte Jan Hendrich.

»Warum?« Pelzerts Stimme war ganz leise. »Warum diese Gewalt und Grausamkeit?«

Jan Hendrich beugte sich vor. »Das war so, Euer Gnaden«, begann er auf seine alte kumpelhafte Art.

»Ich warne dich«, fuhr der Skipper dazwischen, »mit einem wie dir bin ich im Handumdrehen fertig.«

Jan Hendrich duckte sich.

»Und nun beantworte dem Herrn die Frage«, sagte der Skipper.

Jan Hendrich sagte höflich, er wünsche auch zu erklären, wie es am Anfang gewesen sei: daß der Skipper Arian Jacobs, Jeronimus Cornelisz und Bootsmann Jan Everts und noch andere im Sinn hatten, das Schiff *Batavia* in ihre Gewalt zu bringen, ehe es aufs Riff lief, und daß sie den Kommandeur und alle Leute bis auf hundertzwanzig töten und mit der *Batavia* auf Seeraub gehen wollten.

»Meuterei?« flüsterte der Kommandeur.

Jan Hendrich wurde lebhafter: Jeronimus habe nach einem Monat auf der Insel gemeint, daß man alle Leute bis auf vierzig ermorden oder auf eine andere Insel bringen sollte, damit sie das Rettungsschiff erobern könnten.

»Lassen Sie die Gefangenen unten anketten«, sagte Pelzert zum Skipper der *Sardam*. »Und rufen Sie den Schiffsrat in die Messe.«

Die Offiziersmesse der *Sardam* war kleiner und niedriger als die Große Kabine der *Batavia*. Die Schiffsräte setzten sich ohne Umstände in der Reihenfolge, in der sie hereinpolterten, zu Pelzert und mir an den schwarzen Eichentisch. Dem Schiffsrat gehörten an: Kommandeur Francisco Pelzert; der Skipper der *Sardam*, der Jacop Jansz hieß; dann Obersteuermann Claas Gerrits, früher *Batavia*. jetzt *Sardam;* Untersteuermann Jacop Jansz, ebenfalls früher *Batavia* und jetzt *Sardam* und wegen Namensgleichheit mit dem Skipper Hollert genannt; außerdem der Oberbootsmann Simon

Jopson und der Schiffszimmermann Jan Willem Visch, der nicht schreiben konnte und unter alle Protokolle nur sein Zeichen setzte.

Alle kamen mir so besonders jung und gesund vor mit ihren wohlgenährten glatten Gesichtern und den wenigen Zahnlücken.

Wir saßen in qualvoller Enge.

»Meuterei.« Pelzert ließ beide Handflächen flach auf die Tischplatte fallen. »Wir haben es mit Meuterei zu tun.«

»Oder mit etwas Schlimmerem«, sagte der Skipper. Seine helle Stimme und der abschließende Befehlston gaben allem, was er sagte, besonderen Nachdruck.

»Kapitän Arian Jacobs hintergeht die Companie nicht«, sagte Obersteuermann Gerrits bedächtig.

»Arian fährt nie als Pirat«, befand der Skipper.

»Womit haben wir es also Ihrer Meinung nach zu tun?« fragte Pelzert.

Alle sahen mich an.

»Stimmt das denn, was der Mann erzählt hat?« fragte Oberbootsmann Jopson schließlich.

»Ja«, sagte ich.

»Zwanzig Menschen hat der umgebracht?« Der Oberbootsmann wollte es nicht glauben, und ich mußte zugeben, daß ich es so genau nicht wußte.

»Und wieso haben Sie das nicht verhindert?«

Die Schiffsräte wollten Jan Hendrich verhören. Pelzert bat mich, das Verhör zu protokollieren, entschuldigte sich für seine Bitte und schob mir Papier und Tintenfaß zu.

»Der Gefangene Hendrich!« bellte der Skipper Richtung Tür.

Ich schrieb mit steifen Fingern: »Heute, 17. September 1629, am Nachmittag, auf dem Schiff *Sardam*, wurde von Kommandeur Francisco Pelzert und dem Schiffsrat beschlossen, Jan Hendrich aus Bremen wegen der Morde zu verhören, die er, wie man verstanden hat, beging, und ihn, falls nötig, der Folter zu unterwerfen.«

Krachend schlug die Kabinentür auf.

»Jan Hendrich aus Bremen, Soldat, ungefähr 24 Jahre alt, wird hereingebracht«, schrieb ich.

»Der Kommandeur fragt ihn, warum er das Rettungsschiff kapern wollte.

Er antwortet, frei und ohne Folter, daß vor über sechs Wochen Jeronimus Cornelisz, Unterkaufmann, und seine Räte geschworen hätten, sich zu Herren des ersten Rettungsschiffs zu machen, das kommen sollte. Aber daß er, Jan Hendrich, unschuldig sei: Ich bin unschuldig, ich habe nicht zugestimmt, obwohl ich mehrere Male dazu gedrängt wurde.

Er wird, um zur Wahrheit zu kommen, der Tortur unterworfen.«

Diesen letzten Satz mußte ich nach einigem Wortwechsel am Tisch wieder durchstreichen:

»Hendrich verspricht, freiwillig zu sagen, was er weiß. Er sagt, daß er zum Töten überredet wurde, wie alle anderen Personen auf der Insel.

Kommandeur: Aber warum?

Hendrich: Das weiß ich nicht.

K: Wieviele Leute haben Sie getötet?

H: Ich habe achtzehn oder zwanzig getötet, auf Befehl von Jeronimus.

K: Wen haben Sie getötet?

H: Ich weiß die Namen nicht mehr.

K: Sie sollten um eine Frist bis morgen bitten, damit Sie über sich nachdenken können und darüber, wie und wann Sie das alles getan haben und wie die Menschen hießen, die Sie umgebracht haben.

H: Ich bitte den Schiffsrat um eine Frist bis morgen.«

»Was erlaubt wird«, schloß ich und schob das Protokoll Pelzert hin, der unterschrieb.

»Ich habe den Schiffbruch noch nicht überstanden«, sagte er.

Gegen Abend brachte Wiebe den Unterkaufmann Jeronimus Cornelisz an Bord der *Sardam*, gefesselt, und den Prediger Bastians. Die Männer, die Hayes ruderten, wollten aufgeregt auch an Deck und mit den Seeleuten und Soldaten der Rettungsjacht reden.

»Hier freut sich keiner, uns zu sehen«, sagte ich.

Aber sie hörten mich nicht, weil sie mich nicht verstanden.

Wiebe hatte Marie auf der Westinsel gelassen, er meinte, sie sei bei Otto Schmidt und Aris, dem Barbier und Chirurg, sicherer als auf einem Schiff, dessen Mannschaft wir nicht kannten: »In zwei, drei Tagen geht's doch sowieso ab nach Batavia.« Er grinste mich freundschaftlich durch seinen weißblonden Bart an.

Er entdeckte Untersteuermann Hollert und winkte ihm. Hollert winkte zurück, als hätten sie sich gestern erst gesehen, und verschwand geschäftig in einem Niedergang.

Wiebe Hayes und seine Leute standen noch eine Weile auf dem Deck, und als Pelzert mich in die Große Kabine rufen ließ, kehrten sie auf unsere Insel zurück. Das Herz war mir schwer über ihre Enttäuschung, und ich winkte ihnen nach, bis Pelzerts Diener zum zweiten Mal kam, um mich zu holen.

Der Prediger Bastians erzählte dem Schiffsrat, wie es uns ergangen war, nachdem der Kommandeur und die Schiffsoffiziere mit dem offenen Boot absegelten, wie wir unseren eigenen Urin trinken mußten und viele vor Durst starben, bis Gott nach vier oder fünf Tagen Regen schickte, wie wir soviel Wasser sammelten, daß es eine lange Zeit für alle gereicht hätte, und wie wir Wein und Brot aus dem Wrack bekamen.

Danach brachten zwei Soldaten der *Sardam* Jeronimus Cornelisz herein.

Ich konnte die Enge und den Geruch in der niedrigen Kabine kaum noch ertragen.

Pelzert sah Jeronimus mit großer Sorge an, musterte lange den kotigen roten Mantel, die zerfetzten Seidenhosen: »Warum haben Sie dem Teufel erlaubt, Sie so weit weg zu führen von allem menschlichen Fühlen? Sie hatten weder wirklichen Hunger noch wirklichen Durst. Sie wollten nur aus Blutdurst Ihre bösen Ziele erreichen.«

»Ich verstehe Sie nicht, Seigneur«, sagte Jeronimus mit seiner alten Liebenswürdigkeit, »wirklich nicht.«

Der Kommandeur warf einen Seitenblick auf die Räte und räusperte sich: »Warum haben Sie so viele Leute ermorden lassen und warum wollten Sie uns töten?«

Jeronimus antwortete, daß man ihm keine Schuld an dem, was geschehen war, geben sollte: »Schuld haben David Zevanck und Conrad van Heussen und andere, die jetzt tot sind. Sie haben mich zum Töten gezwungen, und wenn ich mich gewehrt hätte, hätte ich auch sterben müssen.« Man müsse oft viel tun, um sich selbst zu retten.

Der Kommandeur befahl ihm, von Anfang an zu erzählen, und Jeronimus begann mit der Nacht des Schiffbruchs. Ich hörte bald auf, mitzuschreiben.

Die scharfe Stimme des Skippers unterbrach den Redefluß: »Es geht nur um zwei Fragen: Wollten Sie die *Batavia* erobern und wollten Sie das Rettungsschiff angreifen?«

»Ich hatte nie die Absicht, mich an der Eroberung der *Batavia* zu beteiligen«, sagte Jeronimus zuvorkommend, »und was den Plan angeht, das Rettungsschiff anzugreifen, so hat David Zevanck ihn vorgeschlagen. Ich habe nur zugestimmt, um mich selbst zu retten, denn ich glaubte damals, niemand würde kommen, und wir müßten immer auf diesen Inseln bleiben.«

Der Kommandeur fragte, wann der Anschlag gegen die *Batavia* geplant worden sei.

»Ich habe erst hier an Land von Rickert Woutersz erfahren, daß Kapitän Jacobs die *Batavia* an sich bringen und den Herrn Kommandeur über Bord werfen wollte. Ich dachte, daß der Kapitän deshalb die Schaluppe nie nach Batavia bringt, sondern daß er nach Malakka geht. Wenn aber doch eine Jacht der Companie kommen sollte, um uns zu retten, dann hätte ich sie gewarnt.«

»Seine Zunge ist glatt«, sagte der Skipper. »Er will sich sauber reden.«

Der Kommandeur schlug vor, Jeronimus zu foltern, damit man von ihm die Wahrheit erfahre, da er versuche, sich mit blumigen Worten zu entlasten, indem er Schmutz auf Leute schaufle, die tot seien und nicht für sich sprechen könnten.

»Das halten wir Schiffsräte für sehr notwendig«, diktierte der Skipper mir.

Doch sie ließen die Sache bei diesem Stand der Dinge, und Jeronimus wurde wieder eingekerkert, ganz unten im Schiff, wo die Ratten pfeifen und nie ein Lichtstrahl hinfällt.

Pelzert bestellte nach dem Abendessen beim Steward Tonpfeifen und Bier und befragte mich über die zwölf Geldkisten, die mit der *Batavia* untergegangen waren. Er wollte wissen, ob ich nach dem Schiffbruch am Wrack gewesen war und wo genau die Kisten unter Wasser lagen. Er hatte zwei niederländische Bergungsexperten und ihr schweres Gerät mitgebracht, Companie-Angestellte, die in Batavia lebten und sofort abreisen konnten, wenn Nachricht von einem Schiffsuntergang eintraf. Vier Taucher aus Guajarat in Indien gehörten zu ihnen, zarte braune Männer, die lange weiße Gewänder trugen und auf dem Vordeck der *Sardam* hockten.

Der Kommandeur stellte viele Fragen, und ich dachte, er wollte nur nichts mehr von den Morden hören, die nach seiner überraschenden Abreise mit der Schaluppe der *Batavia* geschehen waren. Jedesmal, wenn der Domini anfing, von ihnen zu sprechen, legte Pelzert ihm die Hand auf den Arm und stellte mir die nächste Frage.

Er rauchte heftig, auch der Skipper und die Steuerleute rauchten. Ich war nicht mehr an Tabak gewöhnt und mußte oft husten. Das Schiffsessen – Pökelfleisch und Linsen – lag mir schwer im Magen, und in der niedrigen Kabine kam ich mir eingeschlossen und verwundbar vor. Pelzert schien das zu merken. Nach einer Weile bat er den Skipper, zwei Stühle an Deck bringen zu lassen, und entschuldigte sich und mich höflich.

Wir saßen allein unter dem weiten Sternenhimmel, es war Neumond – eine windstille, selten klare Nacht. Die Sterne strahlten und blinkten in trügerischer Nähe, und Pelzert erzählte, wie es ihm und den Seeleuten auf der Reise nach Batavia ergangen war.

Sie fanden kein Trinkwasser auf dem Unbekannten Land. Die Brandung war stark, die Küste steil, dahinter lag eine felsige Ebene ohne Bäume und Gras: »Es ist ein trockenes, verfluchtes Land.«

Sie segelten die Küste entlang nach Norden.

»Einmal sahen wir etwas Rauch im Land. Wir dachten, wo Leute sind, da ist auch Trinkwasser. Sechs unserer Männer schwammen an Land, das Boot blieb außerhalb der Brecher. Die sechs suchten überall nach Wasser, bis es dunkel wurde, aber sie fanden keines. Vier schwarze Männer krochen auf Händen und Füßen zu unseren Männern. Als unsere Männer sich ihnen näherten, sprangen sie auf und liefen weg. Sie waren schwarze Wilde, vollkommen nackt. Und so segelten wir weiter.«

Am nächsten Tag fanden sie an Land einige Löcher mit Regenwasser, aber es war zu wenig für die Schiffbrüchigen auf der Insel: »So gaben wir die Hoffnung auf und beschlossen, nach Java zu segeln.«

Zwölf Tage später, am Abend des 27. Juni, sahen sie Java. Am nächsten Morgen landeten sie und fanden einen Wasserfall.

In einer Wasserstraße zwischen den Inseln trafen sie vier holländische Schiffe. Pelzert ging auf das Schiff *Frederick Hendrick* und segelte mit ihm nach Batavia. Er kam dort am 7. Juli, einem Sonnabend, an.

Am Sonntag ließ Generalgouverneur Coen den Kommandeur vor und hörte seinen Bericht, und am Montag beschlossen Coen und der Rat von Indien, Pelzert mit der *Sardam* zurückzuschicken, um die Schiffbrüchigen zu retten.

Jan Pieterszoon Coen war ein äußerst energischer Mann. Er hatte das alte Jakarta erobert und Batavia gegründet, 1619, die neue Stadt der Holländer: Regierungssitz der Companie, Handelsdrehscheibe und Reparaturhafen. Er durfte im Namen der Sieben Generalstaaten der Vereinigten Niederlande für die Companie in ganz Asien Verträge mit Fürsten abschließen, Festungen bauen, Kriege führen. Ein Rat von Indien, dem neun Männer angehörten, stand ihm zur Seite.

Generalgouverneur und Rat ließen am Dienstag den Oberbootsmann der *Batavia* hängen, Jan Everts, weil er der Anführer war, als Lucretia Jansz an den Beinen über das Schiffsdeck gezogen und ihr Körper mißhandelt wurde.

»Lebt sie noch?« fragte Pelzert leise. »Ihr Mann ist in Burma gestorben.«

Generalgouverneur und Rat befahlen, Kapitän Arian Jacobs zu verhaften und wegen Unachtsamkeit, Sorglosigkeit und Nachlässigkeit in der Festung gefangenzuhalten: Er habe die Distanz, die er täglich seit dem Kap der Guten Hoffnung nach Osten versegelte, ungenügend berechnet und daher die *Batavia* auf das Riff gesetzt.

Jacobs hatte gegen eine elf Jahre alte Segelanweisung der Companie verstoßen. Die Kaufleute hatten sie erlassen, um den Portugiesen das Monopol des Gewürzhandels in Asien endlich abzujagen. Hundert Jahre hatten portugiesische Kaufleute das Monopol halten können – bis niederländische und englische Kapitäne die geheimen Seewege der Portugiesen in den Fernen Osten entdeckten. Niederländische Kaufleute gründeten daraufhin die ›Vereenigde Oostindische Compagnie‹, 1602, und die Schiffe der VOC segelten nun im Kielwasser der Portugiesen zum Kap der Guten Hoffnung und an der afrikanischen Ostküste entlang nach Norden, etwa bis Sansibar, und weiter quer über den Indischen Ozean nach Indien oder ins Malaiische Archipel. Aber hinter dem Kap war die Route langsam und gefährlich. Die Schiffe lagen oft wochenlang in stiller heißer Luft, Essen und Trinkwasser verdarben. Seeleute und Kaufleute starben an Skorbut oder bei Angriffen chinesischer Piraten.

Der Companie-Kapitän Hendrick Brouwer fand eine schnellere und sicherere Route, und die Companie gab die geheime Segelanweisung an ihre Kapitäne: Sie sollten vom Kap der Guten Hoffnung statt nach Norden nach Süden segeln, bis in die Zone der westlichen Winde, dann tausend holländische Meilen ostwärts und dann erst nach Norden halten, nach Batavia. Die Kapitäne mußten täglich mehrfach ihre Geschwindigkeit messen und das Etmal ausrechnen und ins Logbuch eintragen – die Anzahl der Meilen, die sie von Mittag zu Mittag zurücklegten, damit sie nicht zu weit nach Osten segelten und zwischen die Untiefen vor dem Unbekannten Land gerieten.

Die Reise auf der neuen geheimen Route durch die kühle Zone dauerte nur sieben, acht Monate, und Hendrick Brouwer – der

Schwager von Francisco Pelzert: Brouwer war mit Pelzerts Schwester Agnete verheiratet – stieg zu einem der mächtigen Siebzehn Herren auf und hatte, wie ich von meinem Onkel wußte, beste Aussichten, als Nachfolger von Coen Generalgouverneur von Batavia und damit von ganz Asien zu werden.

Ich hatte auf der *Batavia* beim Loggen oft zugeguckt. Das Log ist ein dreieckiges Brettchen an einer Leine, auf der sich in regelmäßigen Abständen Knoten befinden. Das Brettchen wurde über Bord geworfen. Es stellte sich im Wasser auf, und die Leine lief aus. Eine Sanduhr gab die Zeit an. Alles wurde mit viel Geschrei, mit Aussingen und Gerufe gemacht. Die Anzahl von Knoten, die in einer bestimmten Zeit auslaufen, zeigt die Geschwindigkeit des Schiffes an, und der Kapitän kann danach die in einer Stunde gesegelten Meilen ausrechnen.

Kapitän Jacops hatte das Log zu selten auslaufen lassen. Als die *Batavia* auf das Riff lief, glaubte er, wir seien noch 600 Meilen vom Unbekannten Land entfernt.

Pelzert erzählte mir auf dem Deck der *Sardam* auch, daß die verlorenen Inseln, die die Nacht jetzt vor unseren Augen verbarg, einen Namen hatten: die Houtman Untiefen. Der Companie-Kapitän Frederick Houtman hatte sie auf einer Reise mit der *Dordrecht* vor zehn Jahren, 1619, gesehen – westlich vom Land der Eintracht: Dirk Hartog, Kapitän des Ostindienfahrers *Eendracht*, war schon an der Küste des Unbekannten Landes gelandet.

Kommandeur Pelzert hatte von Generalgouverneur Coen den Auftrag bekommen, ein genaues Journal über alle Entdeckungen auf der Reise mit der *Sardam* zu führen, neue Inseln und Länder, Pflanzen und Tiere zu beschreiben und Untiefen, Riffe, Buchten und Kaps mit korrekter geographischer Länge und Breite einzutragen.

Coen gab Pelzert am Sonntag, den 15. Juli, den Befehl, am nächsten Tag in aller Frühe zu segeln. Aber Pelzert segelte noch am selben Tag vor Mittag. Er war krank und elend in Batavia angekommen, und krank und elend segelte er wieder ab.

Dreißig Tage war er im offenen Boot nach Batavia gesegelt,

zweiundsechzig Tage brauchte er, bis er uns wiederfand: Am 22. August erreichte die *Sardam* die Houtman Untiefen, und dreieinhalb Wochen suchten er und die Steuerleute der *Batavia* nach der Insel mit den Schiffbrüchigen. Erst am Abend des 16. September war er überzeugt, endlich die richtige Hohe Insel zu sehen.

Coen hatte Pelzert alle Vollmachten verliehen, die der Generalgouverneur selbst an Bord eines Schiffes besaß, und ihn zum Herrn über Leben und Tod der Schiffbrüchigen und der Besatzung der *Sardam* gemacht.

Außerdem hatte der Generalgouverneur Pelzert zwei schriftliche Aufträge gegeben. Der erste: Pelzert sollte die Schiffbrüchigen retten. Der zweite: Er sollte mit den Bergern und ihren indischen Tauchern die Geldkisten und die Juwelen aus dem Wrack retten.

»Die Sonne kommt in den Süden«, las Pelzert mir im Schein einer Öllampe vor, »der Sommer ist nahe und damit ruhiges und schönes Wetter Tag für Tag. Also warten Sie schlechtes Wetter ab und retten Sie die Silberkisten, selbst wenn das drei, vier oder mehr Monate dauert. An der Rettung des Geldes hängt Ihre Ehre.«

Pelzert ließ das Blatt sinken: »Sie müssen mir helfen. Bitte.«

»Das Wetter hier ist meistens schlecht«, sagte ich. »Man kann manchmal zwei, drei Tage hintereinander tauchen und dann wochenlang nicht mehr.«

Marie und ich und alle Schiffbrüchigen würden noch sehr lange hierbleiben.

Fackeln erhellten das Deck. Untersteuermann Hollert beaufsichtigte die Männer, die Musketen, Schwerter und Lanzen in das Kapitänsboot und die Schaluppe luden: Kommandeur Pelzert ging mit Skipper Jacob Jansz, der seine langen Pistolen im Gürtel trug, zur Insel Batavias Friedhof.

Ich half in der Schaluppe beim Rudern, und auch der Skipper und die beiden Bergungsexperten ruderten. Die kleine Besatzung der *Sardam* konnte nicht gleichzeitig die Jacht mit zwölf Gefangenen an Bord bewachen und beide Boote bemannen, um Wouter Loos und die übrigen Erwählten zu fangen und zu fesseln.

Wir ruderten zur Westinsel und nahmen Wiebe Hayes mit zehn Soldaten an Bord. Es blieb keine Zeit, um mit Marie zu sprechen. Gegen Morgen frischte der Wind auf. Wir setzten die Segel und erreichten die Insel Batavias Friedhof mit dem ersten Tageslicht.

Als die Erwählten uns kommen sahen, verloren sie ihren Mut, und einer sagte zum anderen: »Nun sind unsere Hälse in der Schlinge.«

Das weiß ich von Judith Geisberts, die damals neben Wouter Loos stand. Er glaubte, daß alle sofort getötet würden.

Wiebe Hayes und die Männer von der Westinsel überwältigten die Erwählten und fesselten sie an Händen und Füßen.

Die Soldaten der *Sardam* schienen enttäuscht zu sein, daß es auf der Mörderinsel weiter nichts zu sehen gab als ein paar ordentliche Zelte. Ich konnte sie kaum davon abbringen, auch Salomon Deschamps zu fesseln. Ich umarmte Salomon, der heftig weinte und seine Brille abnahm, und schüttelte Rainder Hendricks die Hand, dem Chefsteward der *Batavia*, mit dem ich so viele Stunden unter Lebensgefahr am Wrack nach Eßbarem und Nützlichem gesucht hatte.

»Wir leben. Wir leben.« Rainder sagte es immer wieder, als ob er tot gewesen sei: »Wir leben.«

Trinchen, ihre Schwester Sussi und Anneken Kanonier schoben sich schüchtern nach vorn und sahen stumm den Kommandeur an. Trinchen streckte ihre Hand aus und berührte mit dem Mittelfinger seinen Ellbogen und streichelte selbstvergessen über die schwere, weiche Seide. Pelzert zuckte zurück und gab einen empörten Laut von sich. Plötzlich sah ich Trinchen mit seinen Augen: eine zottelige, halbverhungerte Schlampe, die nur noch stottern konnte, im Gesicht rote Triefaugen, schwarze Zahnlücken, ihre Kleider zerrissen, die ganze Gestalt eingehüllt in Gestank, Hoffnungslosigkeit und Wahnsinn. Der grotesk abgemagerte Salomon, Rainder, dessen Haut ein blasiger roter Ausschlag bedeckte, selbst Wiebe Hayes mit seinem überlangen Haar und Bart und den ungegerbten Fellhosen verwandelten sich in gierige Wilde, die jeden Mann der *Sardam* beim kleinsten Anzeichen von Schwäche niederschlagen und ausplündern würden. Da haßte ich Pelzert zum ersten Mal.

Pelzert wollte die Juwelen sehen. Der Skipper sollte mit einigen seiner Männern alle Zelte nach Schmuckstücken durchsuchen, die Jeronimus und seine Anhänger den Verschwundenen weggenommen hatten.

Ich führte Pelzert zum Zelt von Jeronimus. Drinnen saß Lucretia Jansz zusammengesunken auf dem Bett. Sie sah Pelzert und bedeckte ihr Gesicht mit den Händen. Ihr goldenes Haar stand wie eine Wolke um ihren Kopf, aber als sie stumm hinausging, sah ich, daß sie ein Affengesicht hatte, klein und faltig vor Wassermangel.

Ich ließ zwei Männer von der Westinsel das Bett hinaustragen und grub mit den Händen vorsichtig nach den Juwelen. Ich fand zuerst den Weinkrug, der dem Maler Rubens gehörte, und Pelzert seufzte tief auf, während die Männer gelassen blieben. Doch als sie den goldenen Rahmen mit den Edelsteinen sahen, der die Kamee mit Kaiser Konstantin im Triumphwagen schmückte, pfiffen sie durch die Zähne wie Wochen zuvor die Erwählten. Pelzert riß eine Decke vom Bett und warf sie über die Juwelen. Ich suchte den Juwelenkoffer, und beim Schimmer der goldenen Konfektteller und des kleines goldenen Kruges staunten die Männer laut. Als ich den Weinkrug verpackte, blinzelten die Dämonenköpfe.

Jacops und seine Leute brachten den Schmuck. Die aquamarinfarbenen Augen des Skippers schillerten und funkelten. Später stellte sich heraus, daß sie alles gefunden hatten außer einer goldenen Kette und einem Ring, der sich aber nach ein paar Tagen noch anfand.

Wir segelten am späten Nachmittag zum Wrack und nahmen auf mein Drängen Rainder Hendricks mit.

Die See hatte das Schiff weiter zerschlagen und zerbrochen. Nur ein Stück des Schanzkleids guckte noch aus dem Wasser. Große und kleine Schiffsteile waren weggewaschen, einige auf Sandbänken und Korallenriffen festgekommen. Pelzert und die beiden Bergungsexperten, rotblonde Holländer mit dicken Handgelenken, staunten über ein Teil des Vorschiffs, das abgebrochen und auf einer Untiefe gestrandet war. Dort lagen auch zwei Kanonen, eine aus Bronze und eine aus Eisen.

»Es sieht nicht aus, als ob wir viel vom Geld oder den Gütern retten können«, sagte Pelzert.

»Das kann man so nicht sagen«, sagte Rainder – er lispelte, weil ihm in den letzten Wochen Zähne ausgefallen waren. Er berichtete umständlich, wie er vor einem Monat – ich war schon von Batavias Friedhof geflohen – an einem Tag, als das Meer sehr ruhig war, was hier kaum oder ziemlich selten vorkomme, zum Wrack gefahren war, um Güter aufzufischen – wofür die Mörder ihn am Leben gelassen hätten – und wie er mit seiner Pike einige Silberkisten traf und daß er annehme, sie seien seitdem nicht weggetrieben – dieselben Geldkisten übrigens, die er zuvor schon einmal mit mir gesehen habe.

Rainder übertrieb: Er versuchte, sich und mich dem Kommandeur unentbehrlich zu machen. So hatten wir Batavias Friedhof überlebt, und so würden wir auch Pelzert überleben.

Der kleinere der Berger sagte geringschätzig: »Wenn was da ist, kommen wir damit schon selbst klar.«

Pelzert wollte wissen, wie lange das Schiff nach dem Auflaufen ganz geblieben war, und Rainder erzählte, wie nach acht Tagen die Brandung die höheren Teile weggewaschen hatte und das Wrack sich danach schnell und leicht auflöste: »Zu verschiedenen Zeiten trieben fünf 600-Liter-Fässer Wasser an Land, eins mit französischem Wein, fünf mit spanischem Wein und eins mit Essig. Aber vorher hatte Gott schon harten Regen geschickt, und nachdem wir die Fässer aufgefischt hatten, hätten sicherlich alle Leute mit drei mutsjen Wasser und zwei mutsjen Wein am Tag sehr lange Zeit überleben können.«

Die Holländer sagen »mutsje«, eine Mütze Wind, eine Mütze Schlaf, ein mutsje Genever – damit meinen sie einen halben Becher voll. Fünf mutsje Flüssigkeit bekommen die Reisenden an Bord von Schiffen, wenn die Kapitäne das Wasser zum ersten Mal rationieren. Man leidet, aber man überlebt.

»Alle Schiffbrüchigen hätten bis heute überleben können«, trompetete Skipper Jacobs.

»Wenn der Teufel diese Männer nicht versucht hätte«, sagte Pelzert.

Ich wandte mich um, damit er den Abscheu in meinen Augen nicht sehen konnte.

Gegen Abend ließ er die Erwählten und ihre Anhänger – die Meuterer, sagte er – zu unserer Sicherheit von der Insel Batavias Friedhof auf die Seehundinsel hinüberbringen. Sie waren mit schweren Ketten aneinander gefesselt, und Wiebe Hayes und die Soldaten von der Westinsel übernahmen die Wache auf der Seehundinsel.

Die *Sardam* war zu klein und zu unbequem, um alle Schiffbrüchigen bis zur Abreise an Bord wohnen zu lassen, und so mußten die Frauen und die anderen Überlebenden weiter auf Batavias Friedhof bleiben. Ich hätte am liebsten bei ihnen übernachtet, denn die *Sardam* hatte mir schon Flöhe, Wanzen und Läuse beschert.

Es war schon dunkel, als wir die Jacht erreichten. Noch ehe wir uns zum Abendessen setzen konnten, berichtete Obersteuermann Gerrits, der Seemann Jan Willems habe dem Schiffsrat Wichtiges zu melden. Pelzert ließ Willems sofort in die Offiziersmesse rufen.

Der Seemann war sauber gewaschen und hatte sich mit Wasser gekämmt. Er erzählte respektvoll und doch lebhaft und nach Art des Volkes:

Jeronimus Cornelisz saß am Nachmittag gefesselt auf dem Vordeck der *Sardam*, und der Soldat Jan Hendrich saß, ebenfalls gefesselt, nicht weit von ihm entfernt. Ein Deck höher lag Jan Willems und ruhte sich aus. Er hörte, wie der Unterkaufmann den Soldaten fragte, warum sie gestern morgen nicht das kleine Ruderboot bekommen hatten, als sie gegen die Leute auf der Westinsel kämpften. Und weshalb die Muskete nicht gleich zu Anfang losging und sie erst Jan Dircks herankommen ließen, ob das Pulver naß gewesen wäre.

Und Jan Hendrich antwortete: »Hätten wir sofort mit der Muskete geschossen, hätten wir sie mit Sicherheit überwältigt, aber das Pulver brannte drei- oder viermal von der Pfanne.«

Worauf Jeronimus sagte: »Wenn du deinen Verstand gebraucht hättest, hättest du alles auf dem Wasser vorbereitet, und dann wären wir kampfbereit gewesen.«

»Diese Geschichte beweist, daß Jeronimus keineswegs so unschuldig war, wie er gestern vor dem Schiffsrat behauptet hat«, sagte Pelzert. Er ließ Jeronimus holen und befragte ihn, und Jeronimus redete herum. Aber Jan Hendrich gab alles zu, was der Seemann erzählt hatte.

Wir waren sehr hungrig, doch auch als der Kommandeur Jeronimus Cornelisz und Jan Hendrich in ihr Gefängnis zurückbringen ließ, mußte der Steward mit seinen Schüsseln noch warten. Pelzert teilte dem Schiffsrat geschäftsmäßig mit, daß Generalgouverneur Coen ihn beauftragt hatte, die Geldkisten aus dem Wrack zu heben, selbst wenn das drei, vier Monate oder noch länger dauern sollte.

Er sprach weiter, ohne die Reaktion der Schiffsräte und des Predigers zu beachten:

»Wir sind in großer Gefahr. Da sind – erstens – die fünfzig Männer auf der Wiebe Hayes Insel, die sich gegen Jeronimus und seine Anhänger zur Wehr gesetzt haben. Warum haben sie das getan? Weil sie dachten, die anderen wollten sie töten. Aber einige von ihnen haben Freunde unter den Gefangenen. Vielleicht denken einige morgen oder nächste Woche: Da sind die Geldkisten, die goldenen Teller, die Juwelen, und da ist die Jacht *Sardam* – wir brauchen nur zuzugreifen. Was ist, wenn sie sich mit den Anhängern von Jeronimus gegen uns verbünden?

Da sind – zweitens – die dreißig, vierzig Leute von der Insel Batavias Friedhof, Mörder und Mitläufer. Wer ist was? Wir können nicht alle monatelang gefangenhalten und bewachen und ernähren und nebenbei auch noch die Geldkisten heben, dazu sind wir zu wenige. Aber die Mörder wissen, daß nur eins sie vor dem Galgen retten kann: Wenn sie sich mit ihren Wachen verbünden und die Jacht doch noch überwältigen.

Dann sind da – drittens – die sechsundzwanzig Mann Besatzung der *Sardam,* brave Leute bislang, doch wer weiß, ob Silber und Gold nicht diesen und jenen auf sonderbare Gedanken bringen.«

»Für meine Leute lege ich die Hand ins Feuer«, sagte der Skipper scharf.

»Für mich auch? Überlegen Sie mal: Ich war Kommandeur der Herbstflotte, und mein Schiff ist durch Sorglosigkeit verlorengegangen. Meuterer haben sich unter meinen Augen verabredet – daß ich wochenlang im Fieber lag, haben die hohen Herren der Companie schnell vergessen. Mein weiterer Aufstieg in der Companie ist äußerst gefährdet. Und nun hole ich elf Geldkisten vom Meeresgrund, den Gegenwert der *Batavia* – mehr, als ich je verdienen kann. Wie wollen Sie da garantieren, daß ich mich nicht mit Jeronimus Cornelisz, meinem Kollegen und alten Freund, zusammentue?«

»Nun ja«, sagte der Skipper, zum ersten Mal zögernd.

Pelzert fuhr fort: »Uns bleibt nur eins übrig, wenn wir lebend wieder nach Batavia kommen wollen: Wir müssen Jeronimus und seine Anhänger vor Gericht stellen. Hier auf diesen Inseln.«

Die Schiffsräte atmeten hörbar ein und aus und rutschten auf ihren Sitzen umher. Nur Obersteuermann Gerrits rührte sich nicht.

Die Augen des Predigers füllten sich langsam mit Tränen.

Pelzert sagt freundlich: »Weinen Sie nicht, Ihnen kann nun nichts mehr passieren.«

»Ich weine nicht um mich«, sagte der Domini. »Ich weine um den Mann, der Sie sein werden.«

DER KOMMANDEUR

Kommandeur Pelzert verhörte die Gefangenen zehn Tage lang. Am ersten Tag regte er sich noch über Nebensächlichkeiten auf wie den Mißbrauch seiner Kleider durch Jeronimus. Nach vier, fünf Tagen begann er sich zu verändern, wie der Prediger vorausgesagt hatte, der doch sonst kein kluger Mann war.

Skipper Jacob Jansz hatte am Morgen des ersten Gerichtstags auch die zwölf Gefangenen von der *Sardam* auf die Seehundinsel gebracht, von der man sie wie die übrigen Erwählten zu ihren Verhören holte. Der Kommandeur kehrte am ersten Abend noch auf die *Sardam* zurück, aber das Meer war wild, und die Überfahrt mit dem Kapitänsboot dauerte lange. Deshalb richtete Pelzert sich auf der Insel Batavias Friedhof ein und lebte von nun an dort. Die Jacht blieb mehrere Meilen von Batavias Friedhof entfernt neben der Hohen Ostinsel im tiefen Wasser liegen – das war der einzige sichere Ankerplatz, den wir kannten. Generalgouverneur Coen würde kein weiteres Rettungsschiff nach uns aussenden.

Das Gericht tagte in einem neuen Zelt auf Batavias Friedhof. Richter neben dem Kommandeur waren die Schiffsräte: der Skipper Jacob Jansz, Obersteuermann Gerrits, Untersteuermann Hollert, Oberbootsmann Jopson und Jan Willem Visch, der Schiffszimmermann, der nicht schreiben konnte und unter die Protokolle sein Namenszeichen setzte.

Salomon Deschamps führte das Protokoll. Er hatte dem Kommandeur schon in Agra geholfen, als Pelzert einen Bericht über das Leben am Hof des Moguls und über Wirtschaft und Handel in Indien schrieb, der ihm großes Lob bei den Direktoren der Companie eintrug und seine Karriere erheblich beschleunigte. Der Kommandeur machte sich während der Verhöre auch selbst Notizen.

Ich war wieder wie vor dem Schiffbruch Pelzerts Leibwächter und mußte immer bei ihm sein. Ich sehnte mich nach Marie. Nach den Begriffen meines Vaters und meines Bruders schuldete ein Ritter seinem Herrn, der ihn in der Not verlassen hatte, keine Treue mehr. Aber dies war eine neue Zeit. Pelzert war Kaufmann, und ich war sein bezahlter Söldner.

Am ersten Tag – es war der 19. September 1629 – führten zwei stämmige Soldaten von der *Sardam* Jeronimus Cornelisz in das Gerichtszelt.

Eiserne Ketten klirrten an seinen Füßen. Sein Gesicht war sehr weiß. Er hatte das Folterzelt gesehen, und die Soldaten hatten seine Hände schon für die Folter gebunden.

Er werde wahrheitsgemäß aussagen, sagte er. Er versuchte, seiner brüchigen Stimme den alten Ton hilfsbereiter Liebenswürdigkeit zu geben.

»Warum haben Sie Kapitän Arian Jacops befohlen, das Schiff *Batavia* in seine Gewalt zu bringen?« fragte der Kommandeur.

Das habe er nicht getan, sagte Jeronimus. Er wolle alles von Anfang an berichten – für das Protokoll und für die Berichte des Kommandeurs an den Generalgouverneur und den Rat von Indien in Batavia und an die Siebzehn Herren in Amsterdam.

Jeronimus versuchte, Pelzert einzuschüchtern. Er begann mit dem zügellosen Leben auf der *Batavia*, das der Kommandeur nicht unterbunden hatte. Er sprach langsam, damit Salomon mitschreiben konnte, diktierte manchmal fast.

Er erzählte, wie der Kapitän Lucretia Jansz den Hof machte und wie er sich, als sie ihn abwies, mit Zwaantje einließ, ihrer Jungfer. Er, Jeronimus, sei einmal in die Große Kabine gekommen, und als er die Tür zum Abort in der Galerie öffnete, fand er den Kapitän und Zwaantje im Akt fleischlicher Erkennung, daher schloß er die Tür und ging wieder weg.

Jeronimus breitete die ganze alte Geschichte aus, legte sie aus wie einen Köder für Pelzert und seine Vorgesetzten: Wie der Kapitän auf den Kommandeur wütend wurde, weil der ihn am Kap der Guten Hoffnung zurechtwies, als er Zwaantje auf andere Schiffe mitnahm, wie der Kapitän den Kommandeur deswegen so verdreschen wollte, daß Pelzert zwei Wochen lang nicht aus seiner Koje kommen könnte, und wie der Kapitän von den anderen Schiffen der Herbstflotte wegsegeln wollte, um sein eigener Herr zu sein. Kurz: wie der Kommandeur sich an Bord nicht durchgesetzt hatte.

»Wann wurde die Entscheidung, das Schiff zu erobern, getroffen?« fragte Pelzert.

»Davon weiß ich nichts«, sagte Jeronimus.

»Foltert ihn«, sagte Pelzert zu den Soldaten, und die Schiffsräte nickten bedächtig.

Das Gericht hatte sich für die Wasserfolter entschieden, weil sie keine Instrumente erfordert und einfach ist. Für die Wasserfolter binden die Wachen den Angeklagten zwischen Pfählen fest. Sie wickeln ein Stück Segeltuch wie einen Trichter um seinen Hals, damit kein Wasser vorbeilaufen kann. Dann gießen sie langsam Wasser auf seinen Kopf, bis Mund und Nasenlöcher voll sind, warten und gießen weiter, bis der Körper des Opfers anschwillt – zu zwei- bis dreifacher Größe. Die Wangen werden zu großen Blasen, und die Augen quellen aus dem Kopf.

Aber soweit ließ Jeronimus es nie kommen. Er fürchtete sich vor Schmerzen. Nachdem ein bißchen Wasser in ihn hineingegossen worden war, sagte er, er wolle alles sagen, was er wüßte.

Die Soldaten brachten ihn in das Gerichtszelt zurück, und er sagte aus, er habe zum ersten Mal von Rickert Woutersz von dem Plan, das Schiff zu erobern, gehört. Das war an dem Tag, an dem die *Batavia* auf das Riff lief.

Pelzert befahl, Jeronimus weiter zu foltern. Jeronimus protestierte und verlangte, der Schiffsrat solle einige seiner Ankläger verhören. Das mußte Pelzert erlauben.

Die Wachen führten Jan Hendrich herein.

Jan Hendrich verbeugte sich vor dem Gericht. Ich wunderte mich, wie schmal er ohne den roten Mantel und die goldenen Achselklappen war. Er wirkte äußerst beflissen, und wenn seine Hände und Füße nicht gebunden gewesen wären, hätte man ihn für einen bemühten Zeugen und Kleinbürger halten können.

»Ich habe nicht zu den Verschwörern gehört, die das Schiff an sich bringen wollten, um mit ihm auf Seeraub zu gehen«, sagte er, »aber ich habe nach dem Auflaufen von diesem Plan erfahren.«

Er schwieg ehrerbietig.

»Weiter«, sagte der Kommandeur. »Die Namen der Verschwörer.«

»Männer, die jetzt tot sind, haben mir die Namen genannt: Kapitän Arian Jacobs, Unterkaufmann Jeronimus Cornelisz, Oberbootsmann Everts, Rickert Woutersz, Allert Janszen, Gisbert van Welderen, Conrad van Heussen und zehn, zwölf andere.«

»Sehr geschickt«, sagte der Kommandeur. »Kapitän Jacobs ist im Gefängnis in Batavia, und die anderen sind tot. Bis auf Allert Janszen.«

Das Gericht rief Allert Janszen, den rüden Kanonier aus Assendelft. Auch er kam ohne seinen langen roten Mantel. Er hatte keine Ketten an den Füßen und keine Handfesseln.

Das Gericht fragte ihn, wer die *Batavia* erobern wollte.

»Keine Ahnung«, sagte Allert Janszen leichthin. »Ich habe von der ganzen Sache erst hier auf der Insel gehört. Kann sein von Jeronimus Cornelisz. Ich weiß das nicht mehr so genau.«

Das Gericht ließ Allert Janszen foltern.

Die Soldaten gossen ihm Wasser in Mund und Nase, und der Kanonier bat, freigelassen zu werden, er wolle jetzt die Wahrheit sagen.

Als er wieder vor dem Schiffsrat stand, naß, halb ertrunken, verprügelt und erbittert, sagte er: »Jeronimus hat mich auf dem Schiff gefragt, ob ich mitmache. Bei der Eroberung der *Batavia*.«

Er starrte den Kommandeur an: »Ich habe aber nicht ja und nicht nein gesagt.«

Die Soldaten gossen ihm wieder Wasser in Mund und Nase. Wieder bat er, freigelassen zu werden. Diesmal gab er zu, daß Oberbootsmann Everts und Jacop Pieters, der Fensterrahmen, in ihren Hängematten Schwerter versteckt hatten.

Das Gericht ließ Allert Janszen zum dritten Mal foltern, und danach sagte er – er war kaum noch zu verstehen –, der Kapitän sei der Anführer einer Verschwörung gewesen, aber zu den Verschwörern hätten nur zehn, zwölf Männer gehört, jedenfalls soweit er wüßte.

Die Soldaten schleiften ihn hinaus und kamen mit Jeronimus zurück. Der Kommandeur ließ Jeronimus gleich für die Folter binden, weil man von ihm die Wahrheit nicht erfahren konnte.

Nach der Folter fragte der Kommandeur ihn, ob er versucht habe, Allert Janszen für die Meuterei zu gewinnen.

»Der Kapitän hat es mir befohlen«, flüsterte Jeronimus erschöpft. »Er hat mich verführt.«

So verlief jedes Verhör des Unterkaufmanns. Immer wieder schrieb Salomon in das Protokoll: »Er verneint, etwas davon zu wissen. Deshalb wird er wieder fertig gemacht für die Folter. Und nachdem ein bißchen Wasser ausgegossen ist, schreit er, daß er aussagen wolle.«

Unter der Folter gab er alles zu, was der Kommandeur ihm vorhielt, aber wenn die Folter vorbei war und die Schmerzen nachließen, wiederrief er, was er gesagt hatte, und beteuerte seine Unschuld. Er kannte sich vor Gericht aus: Ein Angeklagter muß gefoltert werden, aber sein Geständnis zählt nach holländischem Recht erst, wenn er es aus eigenem freien Willen wiederholt, nachdem mindestens vierundzwanzig Stunden seit der letzten Folter vergangen sind.

Jeronimus hatte noch immer Macht über andere Menschen und wußte, was er sagen mußte, um sich in ihren Gedanken einzunisten. Er verwirrte den Kommandeur immer wieder. Pelzert schluckte auch den Köder, den der Menschenfänger am Morgen des ersten Tages für ihn ausgelegt hatte, und fragte ihn am Nachmittag: »Warum war der Kapitän so erbittert gegen den Kommandeur?«

»Das weiß ich nicht«, antwortete Jeronimus. »Ich habe mich oft gewundert, daß der Kommandeur ihn so gerne mochte und so eng mit ihm bekannt war. Aber der Kapitän hat mir erzählt, daß er anfing, den Kommandeur zu hassen, als sie beide in Surat waren.«

Pelzert dachte eine Weile nach: »Und warum hat er mich nicht heimlich über Bord geworfen?«

Jeronimus zuckte mit den Schultern: »Er wollte eben auch Reichtum erlangen. Wie wir alle. Mit der *Batavia*.«

»Und warum haben Sie auf dieser Insel verbreitet, ich hätte befohlen, die Anzahl der Leute auf vierzig zu verringern?«

»Das habe ich nicht gesagt. Das haben Sie auch nie zu mir gesagt. Aber David Zevanck dachte, es sei gut, das unter die Männer zu bringen.«

Gegen Abend des ersten Tages ließ der Kommandeur noch einmal Jan Hendrich vor den Schiffsrat rufen und fragte ihn, ob er sich jetzt genau erinnere, wie viele Menschen er ermordet hatte.

Jan Hendrich leierte sein Geständnis herunter wie ein mittelmäßiger Schüler, der einen Text auswendig gelernt hat, atemlos und gedankenlos, und jetzt erfuhr ich, wo viele Menschen geblieben waren, die ich vermißt und lange gesucht hatte. Er hatte die kleine Hiltche erwürgt. Er hatte mit sechs anderen Erwählten Männer und Frauen von der Seehundinsel ertränkt. Er hatte Jan Pinten, Soldat aus England, die Kehle durchgeschnitten. Er hatte Wybrecht Claasen erstochen, das stumme Dienstmädchen von Maria Schepens. Er hatte Anneken Hardens erwürgt – Gisbert van Welderen hatte aus ihrem Haarband eine Schlinge gemacht, und Jan Hendrich hatte die Schlinge um ihren Hals gelegt.

Er bekannte, daß er Sussi Fredricks als seine Konkubine hielt, zwei Monate lang, und gegen ihren Willen geschlechtlichen Verkehr mit ihr hatte.

»Langsam begreife ich, was für ein gottloses Leben hier gelebt wurde«, sagte Pelzert, als wir dem Boot nachsahen, das die Gefangenen zur Seehundinsel zurückbrachte.

Es dauerte eine Weile, bis ich verstand, woran er bei diesen Worten dachte: Er entrüstete sich darüber, daß Jeronimus und seine Anhänger das Eigentum der Companie, den roten Wollstoff, mißbraucht hatten – schamlos mißbraucht, sagte Pelzert –, als sie sich Mäntel nähten und sie mit silbernen Borten, ebenfalls Eigentum der Companie, schmückten. Besonders empörte ihn, daß Jeronimus die Truhen des Kommandeurs erbrochen und seine seidenen Strümpfe getragen hatte und seine Hosenbänder mit Goldspitze: »Alle meine Kleider – und mein gesamtes Eigentum hat er zu seinem eigenen gemacht – alles –, als wäre es ihm testamentarisch vererbt worden –, wobei er seinem Stolz freie Zügel ließ und seiner teuflischen Arroganz – auf diesen armen erbärmlichen Inseln.«

Ich glaube, Pelzert fühlte sich von Jeronimus bloßgestellt. Die Kaufleute der Companie trugen meist schwarz, und er hatte sich bunte, glänzende Kleider für den lebensfrohen Hof des Moguls machen lassen. Pelzert war nach außen auf konformes Geschäftsbetragen bedacht. Er sagte noch, er fände es gottlos, daß Jeronimus die Kleider täglich mehrfach wechselte.

Die Taktik des Unterkaufmanns, dem Kommandeur die eigenen Verstrickungen vorzuführen, griff schon am ersten Tag. Vielleicht kam Pelzerts eigenartige Empörung über ein so geringes Übel wie den roten Wollstoff und die seidenen Strümpfe auch daher, daß sein Verstand nicht begreifen wollte, was tatsächlich auf den Inseln geschehen war.

Wir fischten nicht mehr, und wir sammelten keine Schnecken und Muscheln auf dem Riff. Wir starrten gebannt auf das Gericht und warteten, daß unsere Verstörtheit wich.

Weder Schiffbrüchige noch Retter wagten, frei über Alltägliches zu reden, schon gar nicht zu lachen. Der Umgangston auf der Insel war höflich und gefaßt. Es gab nichts Alltägliches mehr in unserem

Leben. Selbst kleinste Bemerkungen schienen einen tiefen symbolischen Sinn zu tragen.

Als der Kommandeur den Skipper mit der Schaluppe der *Sardam* zur Hohen Westinsel schickte, um Trinkwasser zu holen, wollten alle Schiffbrüchigen mit. Aber nur Wiebe Hayes und die französischen Pikeniere, die Pelzert von ihrem Wachdienst auf der Seehundinsel für ein paar Tage ablösen ließ, Anneken Kanonier und Trinchen Fredricks durften fort. Die Frauen wollten nach ihren Ehemännern auf der Westinsel sehen.

Die Schaluppe segelte mit flatternden Wimpeln an beiden Mastspitzen davon und bot einen munteren Anblick, wie wir ihn lange nicht gesehen hatten. Ich wünschte verzweifelt, ich hätte mit zu Marie und dem kleinen Otto Schmidt segeln können und zu den Pelikanen, die über die langen Wogen dahinglitten, aber Pelzert ließ mich nicht mehr los. Ich mußte Tag für Tag bewaffnet hinter ihm im Zelt der Richter sitzen.

Kommandeur und Schiffsrat verhörten den Grobschmied Rutger Fredricks aus Groningen.

»Haben Sie sonst noch jemanden getötet?« fragte Pelzert.

»Nein, weder verwundet noch getötet.«

Der Schiffsrat glaubte ihm nicht und ließ ihn foltern, und sein Stöhnen ging uns durch Mark und Bein. Danach war er geständig. Jeronimus war auch im Gerichtszelt und hörte seinen Ankläger.

Rutger sagte, gewöhnlich habe Jan van Bemmel ihn und andere zu Jeronimus gerufen, der ihnen dann befahl, den und den zu töten, und jedem ein Schwert dafür gab und einen Becher Wein eingoß.

Der Kommandeur fragte Jeronimus, ob das wahr sei, ob er Rutger Morde befohlen habe, und Jeronimus antwortete: »Ja, wenn ich und der Inselrat so entschieden hatten. Aber ich bin mir ganz sicher, daß Rutger damals mehr getan hat, als er jetzt zugibt, denn er war immer sehr bereit, seine Dienste anzubieten, wenn irgend jemand aus dem Weg geschafft werden mußte.«

Und so versuchten Jeronimus und die Erwählten sich reinzuwaschen, und sie beschuldigten sich gegenseitig, denn was der eine nicht gestand, gab der andere zu.

Manchmal war mir zum Weinen zumute, zum hemmungslosen Weinen über die Natur des Menschen, aber ich dachte, wenn ich erst damit anfange, kann ich nie wieder aufhören. Ich verhärtete mich und begann, über furchtbare Verbrechen zu reden wie über das Angeln oder die Jagd – wie über etwas Alltägliches. Die Schiffsräte redeten bald genauso roh wie ich.

Nur Obersteuermann Claas Gerrits veränderte seine Sprache nicht. Er seufzte manchmal tief und herzzerreißend.

Salomon Deschamps war sichtbar glücklich. In den Verhandlungspausen ordnete er geschäftig Papiere, beschied Fragesteller, schob, wenn er den Kopf hob, mit dem linken Zeigefinger die Brille auf die Nase – die Brille wirkte nun, bei seiner gestrafften Körperhaltung, nicht mehr klein und lächerlich, sondern gab ihm einen durchdringenden Blick. Er war wieder ein tüchtiger Mann in einem Beruf, den er liebte. Man konnte über nichts mehr mit ihm reden. »Ich habe mich verpflichtet, über alle mir bekanntgewordenen Angelegenheiten Stillschweigen zu bewahren«, sagte er wichtig oder nur kurz: »Geheimhaltung« – was Unsinn war, denn jeder, der wollte, konnte sich an den Zelteingang setzen und zuhören.

Der Kommandeur suchte in den Verhören nach Mustern, nach Beweggründen, aber die Mörder wußten auf seine Fragen nichts zu antworten. Er fragte Jeronimus aus, immer wieder, und sein ehemaliger Stellvertreter antwortete ihm wortreich, sagte kluge und weniger kluge Dinge im raschen Wechsel, schien Erklärungen anzubieten und zog sie doch sofort wieder zurück – wie eine lustige Person auf dem Jahrmarkt, nur daß er mit seinen Worttricks und Gedankenspielereien nicht Leute zu unterhalten, sondern sein Leben zu retten versuchte. Jeronimus war doppeldeutig in seiner ganzen Existenz.

Der Kommandeur trug in den Verhören immer makellose weiße Spitzenkragen und Spitzenmanschetten, die sein Kabinendiener von der *Sardam* auch auf Batavias Friedhof mühselig wusch und glättete. Seine schwarzen Seidenanzüge waren fleckenlos und frisch gepreßt. Aber er selbst sah täglich elender aus.

Ihn erschütterte, daß die Schiffbrüchigen ihm zutrauten, er habe befohlen, sie alle bis auf vierzig zu ermorden. Das ließ Jeronimus immer wieder durchblicken, was nur einer von seinen Tricks war, und jeder, der Jeronimus kannte, tat diesen Trick mit einem Achselzucken ab. Der Kommandeur kaute darauf herum. Er hörte Jeronimus zu und begegnete seinem eigenen Zerrbild. Aber dies war erst der Anfang.

Gegen Abend erhob sich ein Wind aus Ost-Süd-Ost und erreichte schnell Sturmstärke. Die Schaluppe kam nicht von der Westinsel zurück. Der Sturm zerrte die ganze Nacht an den Zelten. Ich bewohnte mit Salomon und Rainder wieder das Zelt, in dem wir viele Wochen in Schrecken verbracht hatten, und hatte auch den Schiffsjungen Abraham bei mir aufgenommen – denselben, der einmal in Todesangst nachts unter der Zeltplane zu mir gekrochen war.

Der Sturm ließ auch am nächsten Morgen nicht nach. Dicke Wolken zogen über den Himmel, und die Brandung lärmte am Riff.

Die Verhöre gingen weiter.

Am Nachmittag flaute der Wind ab, der Himmel war blankgefegt und blau, und Pelzert ließ sich mit den Bergern, die auf Batavias Friedhof auffallend still geworden waren, den indischen Tauchern und mir zum Wrack rudern. Doch dort waren die Brecher noch so hoch, daß die Taucher nicht hindurchschwimmen konnten.

Erst am Abend des dritten Tages kam die Schaluppe wieder, schwerbeladen lief sie an den Strand. Marie stand an der Reling und winkte. Der Skipper drängte sich durch die Menschen zu ihr, stieß Aris zur Seite und hob sie über Bord. Seine helle durchdringende Stimme klang wie eine Trompete, die zum Angriff blies.

Sie sah gesund aus, viel besser als die anderen Frauen, die nie von Batavias Friedhof weggekommen waren, und bewegte sich leicht und lebhaft. Sie trug ihren alten zerschlissenen Rock, der nach vier Monaten auf diesen Inseln keine Farbe mehr hatte, ein weites weißes Leinenhemd, das ich nicht kannte, darüber eine Weste aus Hasenleder und an den Füßen Holzschuhe. Sie war dünn, doch ihr dichtes dunkles Haar – sie hatte ihre Haube verloren – gab ihr einen Ausdruck von Kraft und Wärme. Ihre graublauen Augen glänzten, als sie von mir zu Lucretia, zu Judith, zum Domini, zu Obersteuermann Gerrits, zu Salomon, zu Pelzert lief, lachte und weinte und uns alle umarmte. Das Leben selbst kam zu mir zurück – so fühlte ich mich.

Aris, der blasse Barbier, stand schon wieder hinter ihr und paßte wie früher argwöhnisch auf, daß kein Mann ihre Freude ausnutzte und sie anfaßte, wie es sich nicht gehörte.

Ich sah ihr zu, wie sie nun jedem die Hände schüttelte und sich die Tränen aus dem Gesicht wischte, und ich spürte, wie eine furchtbare Anspannung mich verließ. Ich merkte, wie tief und stumpf die Traurigkeit gewesen war, aus der ich jetzt wieder auftauchte. Auch andere sahen Marie zu und lächelten. Niemand hatte ihr bis jetzt Böses zugefügt, und viele hatten aufgepaßt, daß ihr nichts geschah.

Sie schob ihren Arm unter meinen, und der Skipper funkelte mich mit seinen hellen Vogelaugen eifersüchtig an.

»Er hat mir das Hemd geschenkt, damit ich anständig reisen konnte«, sagte Marie zu mir. Sie wandte sich dem Skipper zu: »Aber ihn werde ich heiraten.« Dann griff sie hinter sich, ohne sich dabei umzudrehen, und zog Aris, den Barbier, nach vorn: »Und er ist mein Bruder.«

»Und ich bin ihr Freund, nich«, mischte Otto Schmidt sich ein, »und am Ende nimmt sie mich. Also Obacht, Euer Gnaden.«

Ich freute mich, Otto zu sehen. Wiebe und Thomas de Villiers waren wieder zurückgekommen und hatte noch zwei Dutzend Männer von der Westinsel mitgebracht. Sie luden große Trinkwasserfässer aus, Tragen mit Hasenfleisch, Brennholz und Zelte. Anneken und Trinchen waren auch wieder da, aber ihre Ehemänner entdeckte ich nicht.

»Deine Leute sind guter Dinge«, sagte ich zu Wiebe.

»Noch«, sagte er, »noch«, und strich sich besorgt den weißblonden Bart. »Sie glauben, heute wird das Wetter besser, morgen heben wir schwupps die Geldkisten, und übermorgen sind wir nach Batavia unterwegs. Ich kann ihnen das nicht ausreden.«

Ich bot Wiebe und Otto für die Nächte, die sie nicht auf der Seehundinsel bei den Gefangenen verbringen mußten, mein Zelt an.

Wir saßen noch beim Abendessen, als Salomon aus dem Gerichtszelt kam und mich beiseite rief: Der Kommandeur könne nicht länger damit einverstanden sein, daß in meinem Zelt auch einfache Leute lebten. Bislang habe der Kommandeur wegen der alten Anhänglichkeit, die ein Mann wie Rainder Hendricks mir zeigte, über Rangunterschiede hinweggesehen, zumal der Steward mir mit seinen Diensten nützlich sein könne. Aber daß ich jetzt außer dem Offiziersanwärter Otto Schmidt auch Wiebe Hayes eingeladen hätte, einen einfachen Soldaten aus dem Zwischendeck der *Batavia*, sei ihm nicht recht, und er bitte mich nachdrücklich, künftig auf Ranggleichheit in meinem Umgang zu achten.

»Das hast du schön gesagt, Salomon. Willst du denn unter diesen Umständen noch bei mir wohnen?«

»Das heißt, du schickst diesen Soldaten nicht weg?«

»Er ist mein Freund. Wie du. Obwohl ich da Zweifel bekomme.«

»Das brauchst du nicht«, sagte Salomon. »Aber jetzt gilt wieder die alte Ordnung.«

Salomon Deschamps blieb in meinem Zelt, und Wiebe Hayes erfuhr nichts von Pelzerts Befehl. Doch als es darum ging, Marie bei mir im Zelt zu behalten, konnte ich mich nicht durchsetzen.

Pelzert erschien am nächsten Morgen persönlich, vor Beginn der Verhöre. Ich sagte, Marie habe während der Jeronimus-Zeit wochenlang bei mir und meinen Freunden in Sicherheit gelebt. Er sagte, Unschicklichkeiten würde Generalgouverneur Coen jetzt nicht mehr verzeihen. Ich wurde wütend. Für die sechs Frauen unter hundert Männern war die Gefahr noch keineswegs vorbei.

Pelzert blieb uneinsichtig, und der Wortwechsel zwischen uns wurde so laut, daß andere die Köpfe nach uns drehten. Danach lenkte er im Ton ein, blieb aber in der Sache fest. Er erzählte, wie

Generalgouverneur Coen in Batavia den sechzehn Jahre alten Offiziersanwärter Cortenhoef von einem Exekutionskommando erschießen ließ, weil er es gewagt hatte, eine Liebesaffäre mit Sara zu haben. Sara war die natürliche Tochter von General Specx, sie war zwölf Jahre alt und lebte während eines Feldzugs ihres Vaters in Coens Obhut. Coen ließ Sara öffentlich auspeitschen.

»Die Todesstrafe schreckt Sie vielleicht nicht«, sagte Pelzert, »aber wollen Sie, daß Marie Fluchar in Batavia öffentlich ausgepeitscht wird?«

Sara Specx hatte das Auspeitschen überlebt, aber jetzt war sie ein Krüppel.

»Ich stelle die sichere Ordnung der Companie wieder her«, sagte Pelzert.

Ich verstand gut, wieso mancher sich auf der *Batavia* gegen diese Ordnung aufgelehnt hatte und sie, wenigstens in seinen Gedanken, nicht länger ertragen wollte. Die Frage, ob Marie Fluchar bei mir wohnte oder nicht, spielte nur eine kleine Rolle. Viel empörender war der Ton, in dem Pelzert, der Skipper und die Steuerleute mit Wiebe Hayes sprachen. Auf der Westinsel hatte es keine Offiziere gegeben und keine Angst vor Meuterern – die Unterschiede zwischen den Männern waren nicht so groß gewesen wie auf der *Batavia* und jetzt wieder auf Batavias Friedhof: Wer Befehle gab, verspürte weniger Angst, und wer Befehlen folgte, weniger Empörung als unter der guten alten Ordnung der Companie.

Marie zog also zu Lucretia Jansz und Judith Geisberts, der Predigertochter.

»Nicht böse sein, Christoph, mir ist es so auch lieber«, sagte sie. »Bei den Frauen kann ich mich viel freier bewegen als in einem Männerzelt.«

Das Wetter blieb rauh. Die Brecher überschlugen sich am Riff, lange Wellen liefen auf unseren Strand, die Korallensteine klirrten. Die Luft war wieder kalt. Die Männer von der Westinsel sahen nicht ein, weshalb die Geldkisten jetzt gehoben werden mußten und sie deshalb noch eine lange und unbestimmte Zeit weiter in Gefahr bleiben sollten.

»Kann dieser Kommandeur uns nicht nach Batavia bringen und die Kisten später holen?« sagten sie.

»Hätte dieser Gouverneur nicht zwei Schiffe schicken können?«

»Haben wir soviel durchgestanden, damit jetzt Habgier uns ums Leben bringt?«

Sogar Marie sagte einmal: »Ich möchte Kleider haben, keine Lumpen mehr, ein warmes Bad, lockere Haare, gutes Essen, ein richtiges Bett. Ein grauer wilder Himmel über einem gleichgültigen Meer – das ist nach so vielen Monaten hier nicht länger zu ertragen – für ein paar Kisten mit Silbermünzen, die uns nichts angehen.«

Jeden Tag trieben sich mehr Zuhörer vor dem Eingang des Gerichtszelts herum. Eine andere Unterhaltung gab es nicht auf Batavias Friedhof.

»Sie wollen den Mann sehen, der über die Zeugen seiner eigenen Schande zu Gericht sitzt«, sagte einmal Jeronimus, als die Wachen ihn hereinführten, und wieder war er ein Menschenfänger, denn jeder wußte, wen er meinte: den Kommandeur, der uns im Stich gelassen hatte.

Der wurde weiß, und ehe er etwas sagen konnte, sagte Jeronimus: »Wir haben nichts anderes getan als andere hier auch, die uns nach dem Schiffbruch verraten haben – wir haben zuerst für uns gesorgt.«

Der 23. September war ein Sonntag, und Schiffbrüchige und Retter versammelten sich morgens vor dem Gerichtszelt zum Gottesdienst. Der Prediger trug den neuen schwarzen Seidenmantel, den der Kommandeur ihm gegeben hatte, und erhob Arme und Gesicht zu Gott. Der Wind blies immer noch aus Ost-Süd-Ost und nahm die Worte mit hinaus auf das ewig bewegte Meer.

Der Kommandeur beugte sich beim Gebet tief in Demut und Verzweiflung. Der Richter hielt sich selbst für schuldig. Ich dachte: Jetzt stellt er die Verhöre ein und bringt die Erwählten nach Batavia vor das Gericht des Gouverneurs.

Nach dem Gottesdienst schickte Pelzert Obersteuermann Claas

Gerrits mit den beiden holländischen Bergern und den indischen Tauchern zum Wrack, aber wieder kam die Schaluppe zurück und Gerrits sagte, daß es unmöglich sei, an das Wrack heranzukommen, weil die Brecher zu hoch wären.

Und so gingen die Verhöre vor dem Schiffsrat weiter.

An diesem Tag verhörte Pelzert den Offiziersanwärter Lennert Michels über seine großen Mordtaten, ferner den Soldaten Mattis Bär und den Kabinendiener Jan Pelgrom de Bye aus Bemmel, den wir alle Jan van Bemmel nannten, den Jungen mit dem Goldhaar. Pelzert befragte zu allem, was sie aussagten, Jeronimus Cornelisz als Zeugen. Das Gericht wollte klären, wer Befehle gegeben und wer Befehle ausgeführt hatte.

Das Geständnis von Lennert Michels war ebenso lang und schrecklich wie das von Jan Hendrich, denn auch er gehörte zu den fünf, sechs Erwählten, die die größten Mordtaten gemeinsam begangen hatten. Er hatte Andries de Vries, Kaufmannsassistent, zu Tode gehackt – auf Befehl von Jeronimus, sagte er. Er hatte Maria Schepens mit einer Axt den Kopf abgeschlagen.

Als er dies zugab, griff ich nach meinem Dolch und sprang auf, aber Pelzerts scharfe Stimme rief mich zurück. Es fiel mir schwer, die Rache dem Gericht zu überlassen, und es gab mir keine Genugtuung, als ich Lennert Michels während seiner Folter würgen und röcheln hörte.

Die Wachen führten Mattis Bär ins Zelt, und er bekannte, daß er Jeronimus gebeten hatte, Hans Radder und den Trompeter Groenewaldt umbringen zu dürfen, weil sie ihn verspotteten. Aber als David Zevanck ihm befahl, die Frauen auf der Seehundinsel zu töten, habe er sich geweigert. Dann berichtete er von dem Jungen, dem er den Kopf abschlug, um die Schärfe eines Schwertes zu prüfen.

Nach seinem Verhör und seiner Folter brachten die Soldaten Jan van Bemmel herein, ungefähr achtzehn Jahre alt, genau wußte er es nicht, Diener des Kommandeurs auf der *Batavia* und hier auf der Insel Diener von Jeronimus Cornelisz.

Pelzert fragte ihn, wie viele Leute er getötet oder bei welchen

Morden er geholfen habe, und Jan van Bemmel sagte mit seiner weichen, rauhen Stimme: »Ich habe niemanden verletzt oder getötet, denn es gab immer genügend andere, die nur allzu bereit dazu waren.«

Nach der Folter gab er zu, einen Schiffsjungen getötet zu haben. Er hatte auf den Beinen von Anneken Hardens gesessen, als Jan Hendrich sie mit der Schlinge erwürgte, die Gisbert van Welderen aus ihrem Haarband geknüpft hatte.

Pelzert wurde weiß. Jan van Bemmel mit dem goldenen Haar sah aus wie ein Engel auf einem alten Gemälde der Verkündigung.

Am Abend dieses Sonntags arbeitete der Kommandeur zum ersten Mal allein im Gerichtszelt. Bis jetzt hatte er die Protokolle für die Siebzehn Herren mit Salomon nach den Verhandlungsnotizen geschrieben – meist bis der Steward der *Sardam* sie zum Essen mit den Schiffsräten und dem Prediger rief. Von nun an schrieb Pelzert allein. Der Steward brachte ihm sein Essen unter einem Tuch und räumte den unberührten Teller am nächsten Morgen vor Beginn der Verhöre wieder ab. Spätabends, wenn ich Marie nach einem Gang um die Insel zu ihrem Zelt brachte, flackerte der Lichtschein von Pelzerts Öllampe an den Wänden des Gerichtszeltes, und wenn ich nachts aufstand und hinausging in die Dunkelheit, um den Wind zu prüfen, brannte seine Lampe immer noch.

Er schrieb und schrieb: die Protokolle, ein Journal, Berichte für seine Vorgesetzten. Zum ersten Mal war der kommende Mann der Companie an seine Grenzen gestoßen.

Francisco Pelzert aus Antwerpen war stolz auf die niederländische Verwaltung und Gerechtigkeit. Er liebte das Leben in Indien, liebte schöne, anmutige Frauen, Feste in Pracht und Glanz – Salomon hatte mir von Palästen am Fluß erzählt, deren Fenster vergoldet waren, und von Elefantenkämpfen, denen der Mogul und der Hof zusahen. Nun saß Pelzert jede Nacht länger über den Protokollen. Er schrieb um, schrieb ins Reine, schrieb sich rein.

In diesen dunklen windigen Nächten hörte ich ihn wieder rufen »Springen Sie!«, und ich sah mich über Bord springen und ihn nicht, und meine geheime Anklage gegen ihn wurde mir klar: Ich fühlte mich von ihm betrogen, in meinem tief verborgenen Innern und vielleicht gegen die Vernunft. Auch ich dachte: Wie kann er Leute beurteilen, die er im Stich gelassen hat.

Aber in manchen Nächten hatte ich auch Mitleid mit dem Mann, der in unserer großen Einsamkeit am Rande der Welt ganz allein war, denn es kann schnell geschehen, daß man etwas getan hat, was man niemals wollte.

In den letzten Tagen der Verhöre versuchte der Kommandeur herauszufinden, ob ein Gefangener die Befehle, die Jeronimus und seine Räte gaben, willig ausgeführt oder ob er sich widersetzt hatte.

Die Erwählten hatten nun Haarstoppeln auf ihren Glatzen, und auch ihre Bärte wuchsen nach. Ihre Unterlippen waren blutig und geschwollen, denn die Soldaten hatten die Goldringe bei der Folter herausgerissen. Einige Gefangene trugen noch die furchterregenden roten Mäntel, weil sie nichts anderes besaßen; Litzen und Fransen waren abgerissen. Es kostete mich Kraft, mit diesen Männern im Gerichtszelt zu sein.

Der Kommandeur las jedem Gefangenen am Ende eines Verhörs das Protokoll seiner Aussage vor. Da Pelzert immer mehr Gefangene verhörte, die immer mehr verrieten, so daß er Zeugen wieder aufrief und Gefangene wieder vorführen ließ, die ihrerseits neue Beschuldigungen vorbrachten, weshalb er weitere Zeugen aufrief, dauerte das Vorlesen immer länger.

Und so hörten wir dieselben Geschichten wieder und wieder. Immer wieder wurde Maria Schepens der Kopf abgeschlagen, und Pieters Jansz, der Provoß, seine Frau, sein Kind und zwölf andere Menschen wurden erschlagen und ertränkt, und immer wieder befiehlt Jeronimus und gibt Zevanck das Zeichen, und wieder segeln sie zur Seehundinsel, und wieder fragt Zevanck den Soldaten Andries Jonas in der Nacht, in der Maria Schepens starb: »Hast du ein scharfes Messer bei dir?« Und Andries sagt: »Natürlich habe ich ein Messer, aber es ist nicht sehr scharf.« Zevanck gibt ihm sein eigenes Messer und sagt zu ihm: »Schneide damit den Frauen die Kehle durch.« Und Andries geht wieder zu Mayken Soers, die hochschwanger ist, und nimmt sie bei der Hand, führt sie ein wenig zur Seite und sagt zu ihr: »Mayken, Liebste, du mußt sterben.« Und er wirft sie auf die Erde und schneidet ihre Kehle durch, und dann sagt Mayken Cardoes: »Andries, willst du mir Böses tun?« An dieser Stelle machten die Männer von der Westinsel jedesmal ihrem Entsetzen und ihrem Unglauben durch Racheschreie Luft.

Andries Jonas, Soldat, vierzig Jahre alt, stand vor dem Kommandeur und dem Schiffsrat, und bei jedem Mord, den er zugab, fragte Pelzert: »Haben Sie das ohne Widerspruch getan?«, und Andries Jonas verstand die Frage nicht.

Rogier Decker, früher Kabinendiener auf der *Batavia*, fünfzehn Jahre alt, erzählte dem Gericht: Jeronimus habe ihn aus seinem Zelt gerufen, wo er Fisch briet. Jeronimus goß ihm einen Becher Wein ein, und der Junge trank, und Jeronimus gab ihm einen Dolch und sagte: »Nun muß der Zimmermann Hendrik Jans auch den Sprung machen.«

»Den Sprung machen«, unterbrach Pelzert, »was soll das heißen?«

Der Junge wurde rot, sein Adamsapfel ruckte auf und nieder, und mit seiner Kinderstimme sagte er: »Den Sprung machen – na eben – den Sprung.« Er starrte Pelzert an. »Ich sollte ihn töten«, sagte er leise.

»Und das hast du getan?«

Der Junge nickte.

»Du hast den Zimmermann ins Herz gestochen, weil Jeronimus Cornelisz es dir befohlen hat?«

»Ja«, sagte Rogier Decker, und selbst bei diesem kurzen Wort merkte man, wie erleichtert er war. »Ich habe es getan, weil er es mir befohlen hat. Sonst hätte ich es nicht getan.«

Die Wachen brachten Wouter Loos, Soldat aus Maastricht und gewählter Hauptmann der Mörder, zum Verhör über seine Morde und das viehische Leben, das er hier auf den Inseln geführt hatte. Pelzert befragte ihn auch zum Angriff auf die Hohe Westinsel. Den vier verletzten Verteidigern, die eine Musketenkugel getroffen hatte, ging es schlecht, der Kanonier Jan Dircks wurde von Tag zu Tag schwächer. Die Zuhörer drängelten jetzt am Zelteingang, und Pelzert ließ die Zeltplanen auf der windabgewandten Seite anheben, damit alle den biederen Wouter Loos sehen und hören konnten.

»Mit welcher Absicht haben Sie gegen diese Leute gekämpft?« wollte Pelzert wissen.

»Weil meine Männer murrten und das Trinkwasser nicht mehr rationieren wollten. Sie wollten entweder sterben oder Herren über die Hohe Insel werden. Ich habe mich von ihnen überzeugen lassen. Heute tut es mir sehr leid, daß ich diesen Angriff geführt habe. Aber das Schicksal hatte uns vor große Aufgaben gestellt.«

»So? Und vor welche?«

»Leben retten. Wir mußten unser Leben retten, sonst wären wir alle gestorben. Nur die Stärksten konnten durchkommen, sie brauchten Essen und Wasser, wir wußten ja nicht, wann Retter kommen würden. Die, die ausgewählt waren zum Sterben, sahen das meist auch selbst ein.«

Pelzerts Stimme wurde ganz ruhig: »Sie wollen damit sagen, daß die Opfer einverstanden waren mit dem, was sie erwartete?«

Wouter Loos zuckte die Achseln: »Das war so bei denen, Seigneur. Denen galt eben ein Menschenleben nichts. Sie erkannten ihren inneren Wert nicht.«

»Anders gesagt: Sie gingen ganz glücklich in den Tod?«

Die Zuhörer rührten sich nicht.

»Ob sie glücklich waren, das weiß ich nicht, Seigneur«, sagte Wouter Loos. »Aber die meisten haben sich in ihr Schicksal gefügt. Das ist ihre Eigentümlichkeit, die unterschieden sich von uns. Von den Starken.«

»Alles ging ganz schnell und ruhig? Ohne Widerstand?«

»Ich muß sagen, daß unsere Männer, die ihnen fortgeholfen haben, mehr im Gemüt litten als die, die erstochen werden mußten.«

»Sie hatten mehr Mitleid für Ihre Männer, die die Opfer erwürgen mußten, als für die Opfer selbst?«

»Unsere Männer mußten betreut werden. Moralisch, meine ich. Besonders moralisch.«

»Mit anderen Worten: Die Mörder taten Ihnen leid?«

Die Zuhörer sprangen auf und brüllten wütend durcheinander. Wouter Loos hielt die Arme schützend vors Gesicht. Der Skipper schrie Befehle, aber niemand hörte auf ihn.

Ich schleuderte Wouter Loos zur Seite. Die aufgebrachten Männer wichen vor mir zurück, denn keiner wollte mich schlagen. Wiebe Hayes und Thomas de Villiers stellten sich neben mich, und nach einer Weile beruhigten unsere Männer sich.

Pelzert stand auf.

»Ich kann Sie gut verstehen«, sagte er leise und streng, »aber Sie dürfen das Gericht nicht mißachten. Wenn ich noch einmal einen solchen Tumult erlebe, werde ich schärfste Strafen verhängen. Vergessen Sie niemals: Ich bin der oberste Richter über Leben und Tod.«

Kälte ging von ihm aus, und als er nun zum Zeltausgang schritt, wie in einem einstudierten Tanz verbeugten sich einige Männer, und andere versuchten, seine Hand zu küssen.

Als das Gericht am späten Nachmittag wieder zusammentrat – diesmal ohne Zuhörer –, fragte Pelzert Wouter Loos nur noch, was er alle Erwählten fragte: Wie viele Frauen er fleischlich gekannt habe hier auf dieser Insel. Wouter Loos sagte, daß er einige Male mit Trinchen Fredricks und Anneken Kanonier geschlafen hätte. Das Gericht wußte, daß er seltsame sexuelle Wünsche hatte, die verheirateten Frauen hatten davon berichtet. Pelzert fragte ihn auch, ob er mit Lucretia Jansz allein im Zelt gewesen sei, nachdem er Hauptmann geworden war. Er wolle den Tod erleiden, sagte er entrüstet, wenn er sie unehrenhaft berührt oder sie verführt habe.

Wouter Loos war ein Mann, der sich jetzt selbst nicht mehr verstand.

»Als wäre ein Wahn über mich gekommen«, sagte er.

Das Wetter besserte sich über Nacht, der Wind schlief ein, und die Brandung beruhigte sich.

Der Kommandeur schickte den Skipper und Obersteuermann Gerrits mit der Schaluppe zum Wrack, um zu sehen, ob man endlich mit der Arbeit beginnen könne. Der Skipper nahm die Berger und die indischen Taucher mit. Die Berger waren froh, von Batavias Friedhof wegzukommen. Ich glaube, sie fürchteten um ihr Leben. Was die Taucher dachten, wußte man nicht, denn niemand verstand ihre Sprache.

Der Kommandeur blieb allein im Gerichtszelt und schrieb.

Der Himmel war noch bezogen, aber die Luft war klar, und mein alter Bergungspartner Rainder und ich beobachteten von Batavias Friedhof aus, wie die Männer am Wrack etwas hochzogen – mit Ausleger und Flaschenzügen vermutlich. Ich rief Pelzert, und der schickte das schnelle Kapitänsboot mit einigen Seeleuten hinaus, um dem Skipper und den Bergern zu helfen. Er selbst ließ sich in einem Ruderboot, das auf Batavias Friedhof gebaut worden war, mit Rainder und mir zum Wrack rudern.

Wir sahen zu, wie die Berger, die ihre Großspurigkeit und ihre lärmenden Stimmen wiedergefunden hatten, die Seeleute eine Kiste hochhieven ließen, unter der die indischen Taucher Seile durchgezogen hatten – Goldstoff war darin, vermutete Pelzert. Dann hoben sie auf die gleiche Art eine schwere Kiste mit Silbermünzen, die sie im Wasser hängen ließen und zu einer Untiefe in einiger Entfernung vom Wrack brachten. Sie hoben auch mehrere Fäßchen mit Cochenille, das sind Millionen kleiner Schildläuse, die wie die Silbermünzen aus Mexiko stammten und aus denen man eine rote Farbe gewinnt, die bei Chinesen und Indern sehr beliebt ist.

Der Kommandeur kletterte an Bord der Schaluppe und mischte sich in die Anordnungen der Berger ein. Die beiden dicknackigen rotblonden Männer gaben patzige Widerworte, duckten sich dann aber unter seinen scharfen Befehlen. Sie wurden freundlicher, als sie merkten, daß Pelzert einen Blick fürs Wesentliche hatte und seine Ideen ihnen Arbeit sparten.

Die Taucher waren zart gebaut und froren, wenn sie aus dem Wasser kamen. Einer der Berger erzählte uns, sie könnten unglaublich tief tauchen. Er selbst hatte in Schweden mit einer Tauchglocke gearbeitet, die wie eine Kirchenglocke aussah. Unter ihr hing ein Brett, auf dem er stand, den Kopf in der Glocke. So kam er dreißig und mehr Meter hinab, aber die Taucher aus Gujarat konnten das auch ohne Glocke, mußten allerdings zum Atmen immer wieder auftauchen. Am Wrack der *Batavia* war nicht die Wassertiefe, sondern der starke Schwell das Problem, und sogar diese geschickten Taucher banden sich fest, so wie Rainder mich festgebunden hatte.

Es gelang ihnen, Taue an einer zweiten Geldkiste zu befestigen. Pelzert ließ diese Geldkiste auch ins flache Wasser setzen. Die Taucher bereiteten eine weitere Geldkiste so vor, daß der Skipper sie direkt in die Schaluppe hieven konnte.

»Wenn das so weitergeht, segeln wir übermorgen nach Batavia«, sagte Rainder.

Der Berger, der von der Tauchglocke erzählt hatte, sagte: »Die Taucher haben noch sechs Kisten gesehen, die sie heben können.«

»Je mehr Geld ich auffische, umso gefährlicher wird unsere Lage«, sagte Pelzert düster. »Coen hat nicht gewußt, daß ich hier von Mördern umgeben arbeiten muß.«

Am Nachmittag fing es an, sehr hart zu blasen, und Brandung kam auf, so daß wir das Wrack verlassen mußten. Wir nahmen die Geldkisten von den Untiefen an Bord und brachten sie zur Insel Batavias Friedhof.

Am nächsten Morgen war das Wetter noch rauh, der Wind blies hart aus Südwest, und wir konnten nicht am Wrack arbeiten. Pelzert schickte den Skipper mit dem Kapitänsboot zu den kleinen Sandinseln auf unserem Riff, er sollte sie nach Schiffstrümmern und Strandgut absuchen. Die Schaluppe unter Obersteuermann Gerrits schickte Pelzert zur Westinsel mit dem Auftrag, Trinkwasser und einige Männer zu holen, die von Batavias Friedhof und der Seehundinsel geflohen waren, als sie getötet werden sollten, und die er als Zeugen vor dem Schiffsrat verhören wollte.

Mittags beruhigte sich das Wetter, die See wurde glatt, und Pelzert schickte den Skipper, der mit zwei leeren Ölfässern vom Riff zurückgekehrt war, nun zum Wrack, wo er die Geldkisten hochwinden sollte, die die Taucher gestern gesehen hatten. Der Skipper kam nachmittags mit drei Geldkisten und der Nachricht zurück, die Taucher hätten noch eine Kiste gefunden, die sie im Augenblick aber unmöglich heben konnten, weil eine Kanone und ein Anker auf ihr lagen. Seine blauen Augen schillerten und glitzerten, als die Seeleute die schweren Kisten mit Silber und Gold in das Gerichtszelt trugen.

Am nächsten Morgen hatten wir Sturm aus Süd, und große Brecher gingen über das Wrack. Die Schaluppe konnte noch das Trinkwasser und die Männer von der Westinsel bringen. Dann saßen wir wieder auf Batavias Friedhof fest.

Kommandeur und Schiffsrat verhörten Andries Jonas weiter. Der vierzigjährige Soldat bekannte: Er habe versucht, das Rettungsschiff zu erobern, so wie jeder andere, denn sie glaubten, daß sie reich würden für das ganze Leben. Er bekannte, daß er sehr willens war beim Morden. Dann sagte er noch leise, daß er nicht verstehe, wie er sich so weit von Gott entfernen konnte.

Am letzten Gerichtstag – es war der 28. September, ein Freitag – fielen Sturmböen über das Zelt her, und Salomon mußte mit Händen und Armen seine Papiere bedecken, damit sie nicht davonflogen. Zu Beginn der Sitzung fragte der Kommandeur die Schiffsräte: »Sollen wir alle Gefangenen, die die Todesstrafe verdienen, nach Batavia vor den Generalgouverneur bringen, oder sollen wir die Todesurteile hier auf den Inseln vollstrecken?«

Die Schiffsräte saßen auf einmal sehr aufrecht und sehr still da.

Der Kommandeur sagte: »Ihr Tod könnte ein abschreckendes Beispiel für andere Männer sein und Unglück und Katastrophen verhindern, zu denen es noch kommen kann, wenn wir das Geld und die Mörder auf der *Sardam* haben. Unsere Lage ist gefährlich, und sie kann sich leicht zuspitzen. Wir wissen nicht, wie lange unsere Reise dauern wird und welchen Einflüssen die Wachmannschaften ausgesetzt sind. Einige sind schon verdorben von dem schlechten Leben, andere haben erst ein bißchen von dem Gift genippt, aber sie könnten leicht ganz korrumpiert werden durch den Reichtum der Geldkisten, der goldenen Teller und der Juwelen.«

Der Kommandeur sah einen Schiffsrat nach dem anderen an, und einer nach dem anderen senkte die Augen. Selbst der Skipper hatte keinen Mut zu dieser Entscheidung.

Pelzert stand auf, so wütend war er darüber. Alles Gedrückte fiel von ihm ab.

Mit schneidender Stimme wiederholte er: »Die Frage ist also, ob man einen Menschen wie Jeronimus Cornelisz nach Batavia bringen soll oder ob man ihn hier bestraft – entsprechend der strengen Befehle des Generalgouverneurs, Kriminelle nicht nach Batavia zu bringen, um Schiffe und Männer keiner unnötigen Gefahr auszusetzen.«

Die Zuschauer wurden unruhig. Pelzert befahl den Wachen, sie zurückzudrängen und die Wände des Zelts herabzulassen. Mit einer Handbewegung schickte er auch mich und Salomon hinaus.

Die Schiffsräte berieten nicht lange allein. Die Wachen banden die Zeltwände wieder hoch, die Zuschauer rückten näher, und Salomon nahm seinen Platz am Tisch wieder ein.

Pelzert sagte mit erhobener Stimme: »Wir haben unsere Gedanken sorgfältig ausgetauscht. Wir fanden eine grauenhafte Sünde bei Jeronimus, eine verdammenswerte Irrlehre, denn er behauptet, daß es weder einen Teufel noch die Hölle gibt. Er hat versucht, das den Leuten hier auf der Insel einzuprägen, und auch jetzt als Gefangener verbreitet er diese Irrlehre vor seinen Richtern und vor seinen Wachen und versucht, gutmeinende Leute mit seiner Zunge zur falschen Ansicht zu bringen und wegzuführen vom geraden Pfad.«

Alle Schiffsräte nickten nun, als Pelzert wiederholte, es sei zu gefährlich für das Rettungsschiff und das Geld, mit so vielen korrupten und halbkorrupten Männern in See zu stechen. Dann beschloß der Rat einstimmig, die Hauptverbrecher zu verurteilen und die Strafen zu vollstrecken.

Alle hatten ihre Schuld zugegeben – bis auf Jeronimus. Er mußte noch einmal gehört werden.

Die Wachen brachten ihn ins Zelt.

»Jeronimus Cornelisz hat Verbrechen gegen die Menschlichkeit begangen und gibt doch keines zu«, sagte Pelzert, sein Richter. »Aber alle, die er verführt hat, haben hier vor diesem Gericht gegen ihn ausgesagt. Alle haben ausgesagt, daß er ihnen befohlen hat, Menschen zu töten. Sie haben geschworen und gesagt, wenn sie lügen, sollen ihre Seelen in ewiger Verdammnis verloren sein. Um keine Irrtümer zu begehen, will der Schiffsrat den Offiziersanwärter Lucas Gellis, den Offiziersanwärter Lennert Michels und den Soldaten Jan Hendrich noch einmal befragen.«

Die Wachen brachten die drei Gefesselten herein.

Lucas Gellis bekannte, daß Jeronimus ihm, Lennert Michels und Jan Hendrich befohlen habe, den Kanonier Paschier van den Ende und den Zimmermann Jacop Hendrich zu töten. Daraufhin beteuerten Lennert Michels und Jan Hendrich auf die Rettung ihrer Seele und willens, darauf zu sterben, daß es genau so vor sich gegangen war, wie Lucas Gellis es sagte.

»Sie lügen!« fauchte Jeronimus, und seine Fußketten schlugen aneinander. »Sie lügen!«

»Wir haben Ihre eigenen Geständnisse«, sagte Pelzert.

»Alles, was ich gesagt habe, war falsch. Ich habe gestanden, weil ich gefoltert wurde. Ich hatte keine Ahnung, daß Meuterer die *Batavia* an sich reißen wollten. »

Pelzert ließ Jeronimus noch einmal und zum letzten Mal foltern.

Als die Wachen Jeronimus wieder hereinbrachten, konnte er nicht mehr allein stehen, und sie faßten ihn unter den Achseln und hielten ihn.

Pelzert fragte ihn, warum er seine Richter täusche und verspotte, denn er habe doch schon alles mehrfach gestanden, ohne Folter und ungefesselt, wie das Gesetz es verlange, nämlich den Plan, das Schiff an sich zu bringen, und die Morde.

Und Jeronimus, aufgedunsen von der Folter, mit blutunterlaufenen Augen, halb erstickt, mit herausgerissenen Haaren, bekannte, daß alles, was er in den letzten Tagen gesagt habe, so stimme. Er bitte um einen Aufschub, damit er nach Batavia gebracht werden könne, um seine Frau noch einmal zu sprechen. Er wüßte wohl, daß alles, was er getan habe, böse sei, und er verlange keine Gnade.

»Ich schließe hiermit die Verhöre der Hauptangeklagten ab«, sagte der Kommandeur. »Ich werde die Bekenntnisse der Verhörten heute nachmittag vor allen Leuten auf der Insel verlesen und anschließend die Urteile verkünden.«

Die Zeit des Spiels war vorbei für Francisco Pelzert, den Allerweltsliebling und Aufsteiger in der Companie. Er ließ die Schiffsräte hinter sich und nahm Coens Vollmachten an. Zum ersten Mal hielt ich ihn für einen mutigen Mann.

Jeronimus

Der Trommler der *Sardam* trommelte einen letzten Wirbel, hob die Stöcke und hielt die Trommel an. Die brennenden Lunten für die Musketen hinter den Zuschauern flackerten. Die Kanoniere hatten Befehl, bei Unruhe sofort in die Menge zu schießen.

Der Kommandeur und die Schiffsräte kamen aus dem Gerichtszelt und setzten sich an den Tisch – eine Schiffsplanke, die auf zwei Fässern lag. Die Hauptangeklagten standen in Ketten vor dem Gericht, die übrigen mit Tau gefesselten Gefangenen standen etwas seitlich.

Der frühe Nachmittagshimmel über uns war sehr blau. Der Wind war frisch, die Brandung tobte am Riff. Weiße Gischtvorhänge stiegen und verwehten an Inseln und Felsen.

Pelzert las mit erhobener Stimme: »Heute, am 28. September 1629, auf der Insel, die Batavias Friedhof genannt wird und die nahe am Wrack des verlorenen Schiffes *Batavia* liegt, auf der südlichen Breite von 28,5 Grad, etwa neun holländische Meilen vom Unbekannten Land entfernt …«

Ich stand mit gespannten Pistolen schräg hinter ihm. Die Pistolen gehörten dem Skipper, der wachsam und unruhig am Richtertisch saß. Wiebe Hayes und Otto Schmidt beobachteten von ihren Posten aus Angeklagte, Soldaten und Zuschauer.

Marie Fluchar saß mit Lucretia Jansz und Judith Geisberts im Gras. Maries Gesicht war bekümmert. Neben den drei Frauen saßen die wenigen überlebenden Männer von Batavias Friedhof und neben den Männern, mit einem kleinen Abstand, die Soldatenfrauen Trinchen Fredricks, ihre Schwester Sussi und Anneken Kanonier. Alle Überlebenden hielten sich sehr still, und ihre Gesichter blieben unbewegt.

Die Männer von der Westinsel dagegen waren unruhig, fragten einander, was Pelzert vorgelesen hatte, wenn Windstöße seine Worte verwehten, und stießen laute Schreie aus, wenn sie empört waren. Die Seeleute von der *Sardam* hörten wie gebannt zu – als ob sie immer noch nicht recht begriffen, worum es ging. Nicht weit von ihnen hockten die indischen Taucher auf der Erde. Sie folgten Pelzerts Worten aufmerksam und höflich, obwohl sie nichts verstanden.

Pelzert las: »Wir erfuhren aus den Geständnissen der Angeklagten und den Zeugenaussagen der Überlebenden, daß die Angeklagten einhundertvierundzwanzig Männer, Frauen und Kinder ermordet haben. Die Hauptmörder von denen, die noch leben, sind: Lennert Michels, Mattis Bär, Jan Hendrich, Allert Janszen, Rutger Fredricks, Jan Pelgrom de Bye und Andries Jonas.«

Bewegung ging durch die Gruppe der gefesselten Gefangenen, die seitlich vom Gericht standen – ihnen würde heute nichts passieren. Sie redeten, drängelten und schubsten sich.

Wiebe Hayes schrie einen Befehl. Die französischen Pikeniere schlossen ihre Sturmhauben, traten schützend vor das Gericht und senkten die Spieße. Die Wachsoldaten schlugen mit der flachen Seite ihrer Schwerter auf die Gefangenen ein und auch auf einige Zuschauer, die zu den Gefangenen gelaufen waren und mit ihnen sprachen.

Ich zielte auf die Brust von Jeronimus Cornelisz, der inmitten der Hauptangeklagten stand und Pelzert gerade ins Gesicht sah. Jeronimus lächelte wissend und schloß die Augen halb. Pelzert drehte sich zu mir um und schüttelte den Kopf, und ich ließ die Pistolen etwas sinken.

Wiebe schrie noch einmal, und Otto Schmidt antwortete sofort. Die Gefangenen duckten sich.

»Es ist gut«, sagte Pelzert laut.

Wiebe schrie ein drittes Mal, und die Pikeniere traten zurück und öffneten ihre Sturmhauben.

Als alle still waren, auch die Wachsoldaten, ertönte wieder Pelzerts ruhige Stimme:

»Von Jeronimus Cornelisz erfuhren wir, daß – erstens – er mit dem Skipper Arian Jacobs die *Batavia* erobern und auf Seeraub gehen wollte, daß – zweitens – alle Ermordeten auf seinen Befehl umgebracht wurden, und daß – drittens – er mit seinen Räten beschlossen hatte, die Rettungsjacht in seine Gewalt zu bringen. Er erklärt, daß es weder Teufel noch Hölle gibt. Er versucht auch jetzt noch, gutherzige Leute mit seiner Zunge vom geraden Pfad wegzuführen. Er kennt weder Menschlichkeit noch brüderliche Liebe.«

Pelzert las die Protokolle aller Verhöre von Jeronimus Cornelisz vor. Die Sonne wanderte über den Himmel, und das Licht über der Insel veränderte seine Farben. Endlich war er fertig: Jeronimus Cornelisz sollte vortreten.

»War es so?« fragte der Kommandeur ihn.

»Tja«, sagte Jeronimus nachdenklich und als gehörte er selbst dem Gericht an, »da ist etwas, wo Assendelft, Jan Hendrich und andere mich falsch beschuldigen.«

Der Kommandeur sagte zu den Hauptangeklagten, die ihre Zeugenaussagen vor Gericht mit Eiden bekräftigt hatten: »Ihr habt vor Gott geschworen, und wenn ihr mich auch nur im Kleinsten belogen habt, dann müßt ihr euch dafür vor dem göttlichen Richterstuhl verantworten.«

Die Hauptangeklagten riefen alle gleichzeitig und durcheinander, sie hätten nicht gelogen. »Auf die Rettung unserer Seelen«, riefen sie und: »Darauf wollen wir sterben.«

Ich glaube, ich habe es in diesem Bericht schon kurz erwähnt: Nach holländischem Recht kann niemand zum Tode verurteilt werden, der sein Verbrechen nicht gestanden hat. Ein Angeklagter muß ohne Folter gestehen, das heißt: Die letzte Folter muß bei seinem Geständnis vierundzwanzig Stunden zurückliegen. Wer lügt, setzt seine ewige Seligkeit aufs Spiel. Doch Jeronimus glaubte nicht an die Hölle und den Teufel und vielleicht nicht einmal an Gott. Immer wieder hatte er seine Geständnisse widerrufen und das Gericht getäuscht und verspottet, so wie er es auch nun, am Tag der Urteilsfindung, noch einmal versuchte.

»Das Folterzelt steht noch«, sagte der Kommandeur.

Die Gefangenen, die Wachsoldaten und die Zuschauer waren ganz still.

»Ich log, um mein Leben zu verlängern«, sagte Jeronimus leise. »Ich habe viel Böses getan. Alles war so, wie die Männer es gesagt haben.«

Die Schiffsräte unterschrieben, daß die Protokolle die Aussagen von Jeronimus Cornelisz richtig wiedergaben und daß sie jederzeit bereit wären, nach Batavia zu kommen und das zu beschwören: Zuerst unterschrieb Francisco Pelzert, dann der Skipper, dann Salomon Deschamps, Obersteuermann Claas Gerrits, Untersteuermann Hollert, dann Simon Jopson und als letzter machte Jan Willem Visch sein Zeichen.

Nun las Pelzert eine Zusammenfassung der Verbrechen und gleichzeitige Beurteilung von Jeronimus Cornelisz vor, der sich von aller Menschlickeit entblößte und sich in einen Tiger verwandelte, ein gottloser Verführer und Mörder.

Die Sonne wanderte weiter auf ihrem Weg von Norden nach Westen, und die Schiffsräte unterschrieben auch die Zusammenfassung.

Dann las der Kommandeur, was Jan Hendrich aus Bremen, Lehrersohn und Soldat, ungefähr vierundzwanzig Jahre alt, vor dem Schiffsrat bekannt hatte. Auch diese Protokolle waren lang und schrecklich. Der Kommandeur fragte ein letztes Mal, ob das alles wahr sei.

Jan Hendrich senkte den Kopf: »So ist es geschehen.«

Die Schiffsräte unterschrieben die Protokolle, und wieder hörten wir eine Zusammenfassung der Taten und eine Beurteilung des Angeklagten: »Er hat sich grausam und unmenschlich benommen ... Er hat ohne Mitleid oder Gnade Schiffbrüchige getötet, die mit ihm ein schweres Schicksal teilten, siebzehn oder achtzehn Menschen nach seiner eigenen Zählung ... Er hat die Frauen vergewaltigt ... Er hat täglich Gott gelästert und hat verboten, zu Gott zu beten oder sein Wort zu predigen ... Er hat so schwere Verbrechen begangen, daß die Menschheit ihn nicht mehr ertragen kann.«

Und so ging es weiter, den ganzen Nachmittag lang. Der Kommandeur ließ jeden Hauptangeklagten vortreten, las die Protokolle seiner Verhöre laut vor und fragte ihn ein letztes Mal, ob das alles stimme. Dann las er die Zusammenfassung der Taten und eine Beurteilung des Täters. Immer wieder hörten wir: »Er hat sich sehr willig zu seinen Untaten benutzen lassen ... Er hat getötet ohne Mitleid und Gnade und mit sehr großer Lust. ... Er ist zu weit gegangen in seinem Gehorsam einem Vorgesetzten gegenüber und hat Jeronimus Cornelisz Eide geschworen, obwohl vollkommen klar war, daß dessen Vorgehen nicht von Gott und nicht von den Menschen geduldet werden kann.«

Der achte und letzte Hauptangeklagte war Jan van Bemmel. Pelzert las nun schon über drei Stunden und war heiser. Seevögel kreischten über uns, und das fremde Dünengras beugte sich im Wind.

Als die Wachen Jan van Bemmel wieder anketteten, zog das Gericht sich zur Urteilsfindung zurück.

Die Zuschauer standen auf und streckten sich, und einige der Wachsoldaten, die die ganze Zeit gestanden hatten, setzten sich auf den Boden. Ich blieb mit den gespannten Pistolen vor dem Gerichtszelt.

Jeronimus redete eindringlich auf den Prediger Bastians ein, und der Prediger nickte, und einmal lächelte er.

Wiebe Hayes kam zu mir und flüsterte, Jan Dircks, der Kanonier, den Jan Hendrich beim Angriff auf die Westinsel mit der Muskete verwundet hatte, sei gestorben. Ich wunderte mich, daß der Prediger nicht bei ihm gewesen war, und Wiebe wußte auch keine Erklärung und zuckte die Achseln.

Der Profoß der *Sardam* zog mit Trompeter und Trommler früher wieder auf, als wir erwartet hatten. Kommandeur und Schiffsräte kamen aus dem Gerichtszelt. Die Urteilsverkündung begann, und wieder lauschten wir Pelzerts heiserer Stimme:

»Jeronimus Cornelisz aus Haarlem, dreißig Jahre alt, Apotheker und zuletzt Unterkaufmann auf dem Schiff *Batavia*, soll morgen früh zur Seehundinsel gebracht werden. Dort sollen zuerst seine beiden Hände abgeschlagen werden, und dann soll er auf dem Galgen mit dem Strang bestraft werden, bis der Tod eintritt. Sein Eigentum wird eingezogen – Gold, Silber, ausstehende Monatsgehälter und alle Forderungen, die er hier in Asien als Gewinnbeteiligungen an die Companie haben mag.«

Es blieb still auf dem Gerichtsplatz. Jeronimus senkte den Kopf. Pelzert und die Schiffsräte unterschrieben das Urteil.

Der Wind hatte nachgelassen. Die Gischtvorhänge fielen in sich zusammen, die Sonne sank rotglühend ins Meer. Ich konnte mich an keinen schöneren Abend auf der Insel erinnern. Marie hatte einen Arm um Lucretia Jansz gelegt. Die Zuschauer standen in kleinen Gruppen beieinander und unterhielten sich leise. Pelzert und Salomon waren so eifrig und unbefangen mit ihren Papieren beschäftigt wie zwei Kaufleute, die sich Rechnungen quittieren ließen.

Der Schiffsrat verurteilte die anderen sieben Männer zum Verlust einer Hand und zum Tod durch den Strang: Jan Hendrich, der siebzehn bis achtzehn Leute ermordet und die Frauen vergewaltigt hatte, Lennert Michels, Mattis Bär, Allert Janszen aus Assendelft, der schon in Holland einen Mann getötet hatte, weshalb der Schiffsrat keine Besserung mehr erwartete, Andries Jonas, vor dem die Frauen sich fürchteten, Rutger Fredricks, der sich willig anstellen ließ, ohne zu protestieren, und Jan van Bemmel, der sich eher wie ein Biest aufführte als wie ein Mann, was ihn zum Schrecken aller machte, die ihn mehr fürchteten als irgendeinen der Hauptmörder.

Pelzert las: »Unter den Gefangenen sind einige, von denen wir noch nicht alles wissen und von denen daher noch nicht feststeht, ob sie die Todesstrafe verdienen. Sie sollen in Fesseln gehalten und nach Batavia gebracht oder unterwegs auf der Schiffsreise bestraft werden.« Pelzert nannte neun Namen: Wouter Loos, Jacop Pieters, den Fensterrahmen, Hans Jacop Heilweg, den Schweizer mit dem Morgenstern, Daniel Cornelissen, der den Brief an die französischen Soldaten überbracht hat, dann Andries Liebent, der sein Leben von den Erwählten erbettelte und einer der schlimmsten wurde, Hans Fredricks, der lange krank und blutgierig im Zelt der Offiziersanwärter lag, Cornelis Jansz, genannt die Bohne – der Soldat mit den Messern im Hut –, Rogier Decker, Schiffsjunge, und schließlich Jan Willem Selyns, der Küper, der mich angezeigt hatte.

»Alle anderen Gefangenen« – Pelzert war kaum noch zu verstehen – »sollen freigelassen werden bis zu einer späteren Entscheidung, es sei denn, etwas Gegenteiliges ergibt sich.«

Diese Gefangenen schrien auf und johlten und hielten den Wachsoldaten die gefesselten Hände hin. Die Soldaten lösten die Fesseln und schlugen den Befreiten auf den Rücken, und es dauerte eine Weile, bis alle wieder ruhig waren.

»Hiermit ernenne ich Wiebe Hayes aus Winschooten, Soldat, der siebenundvierzig Menschen treu beschützte und verteidigte, zum Unterfeldwebel mit einem Sold von achtzehn Gulden im Monat«, flüsterte der Kommandeur heiser. Der gewöhnliche Sold eines Soldaten betrug zehn Gulden im Monat. Ursprünglich wollte Pelzert – das wußte ich von Salomon – Wiebe Hayes achtundzwanzig Gulden zahlen, aber dann setzte er den Sold auf achtzehn herunter, was Salomon und ich schofel fanden. Aber Wiebe wußte nichts davon, und wir hatten nicht die Absicht, es ihm zu erzählen und seine Freude zu verderben.

»Außerdem ernenne ich Otto Schmidt aus Halberstadt und Allert Jans aus Elsen zu Unteroffizieren mit einem Sold von fünfzehn Gulden im Monat«, flüsterte Pelzert, und er war nun so leise, daß die Männer von der Westinsel ihn nicht verstanden und »Wozu?« schrien und »Wieviel?« und »Was?«, bis der Skipper mit seiner hellen durchdringenden Stimme zurückschrie: »fünfzehn Gulden! Zu Unteroffizieren! Die Sitzung ist geschlossen!«

Pelzert setzte sich erschöpft auf eine der Geldkisten im Gerichtszelt. Ich drückte ihm ein Glas Wein in die Hand. Ich spürte wieder meine alte Zuneigung für ihn.

Draußen war es jetzt dunkel. Der Himmel hatte sich bezogen.

Ich setzte mich in den offenen Zelteingang auf ein leeres Faß und sah zu, wie die Öllämpchen in den anderen Zelten flackerten. Die Pistolen des Skippers lagen auf meinen Knien. Ich rechnete nicht mehr mit einem Angriff auf Pelzert, aber ich wollte Vorübergehende abschrecken, bei ihm einzutreten und seine Ruhe zu stören.

Der Domini mochte ein schwacher Mann sein, aber er ließ sich niemals davon abhalten, jemanden zu stören. Ich verhandelte leise und lange mit ihm, bis Pelzert hinter mir müde sagte: »Also lassen Sie ihn rein.«

»Ich bringe eine so gute Nachricht«, sagte der Prediger freudig. »Jeronimus will von mir getauft werden. Er bittet um einen Aufschub seiner Hinrichtung. Ja, glauben Sie es nur: Er will bereuen und von mir getauft werden.«

»Kommt nicht in Frage«, flüsterte Pelzert rauh.

»Hier geht es um die Rettung einer Seele, Herr! Ich muß Sie daran erinnern, daß ich in der Rangordnung der Companie ...«

Pelzert stöhnte. »Wie lange dauert Ihre Taufe?«

»Jeronimus bittet um einen Aufschub von einigen Tagen. Er braucht Zeit, um seine Sünden zu bedenken und zu beweinen, damit er in Frieden und Reue sterben kann.«

»Einige Tage?«

»Der Herr hat mich ausersehen, diese Seele zu retten. Vor aller Augen zu retten. Meine Glaubensbrüder in Amsterdam und die Brüder meiner armen Frau schauen auf mich.«

»Und was werden sie sagen, wenn die zum Tode Verurteilten einen Aufstand anzetteln? Ich will die Sache so schnell wie möglich hinter mich bringen.«

»Die Siebzehn Herren werden es Ihnen nie verzeihen, wenn Sie mich daran hindern, eine Seele zu retten. Jeder Fromme erkennt hier Gottes wundersame Vorsehung, und ich bin das Werkzeug des Herrn.«

Der Kommandeur seufzte tief.

»Wenn Sie nur nicht das Werkzeug des Herrn Cornelisz werden. Ich gebe Ihnen zwei Tage, aber sagen Sie es ihm nicht und auch keinem anderen.«

Der Prediger flatterte hochbegeistert durch die Nacht zu Jeronimus.

»Jeronimus wird am 1. Oktober exekutiert«, sagte Pelzert zu mir. »Übermorgen ist Sonntag, da kann der Prediger ihn taufen, nach der Predigt. Und Montag lasse ich ihn aufhängen.«

Er hielt mir sein leeres Weinglas hin, ich goß ihm nach.

Der Prediger kam zurück.

»Ich habe Jeronimus gesagt, daß Sie ihm ein paar Tage gewährt haben. Jetzt will er wissen, wie viele Tage, damit er sich einrichten kann.«

»Ich weiß es wirklich nicht«, flüsterte Pelzert.

Der Prediger kam ein drittes Mal, noch wichtiger als zuvor, wenn das überhaupt möglich war.

»Ich halte Jeronimus im Ungewissen«, sagte er. »Ich habe ihn getröstet, und er ist jetzt mutiger. Machen Sie sich keine Sorgen, Kommandeur.«

Die zum Tode Verurteilten verbrachten die Nacht auf Batavias Friedhof, denn als das Gericht auseinanderging, war es schon zu dunkel, um sie und die übrigen Gefangenen zur Seehundinsel hinüberzubringen. Wiebe Hayes ließ die Wachen alle zwei Stunden ablösen.

Ich lag am Eingang des Gerichtszelts, in dem Pelzert schlief. Wenn Wiebe von einem Kontrollgang wiederkam, weckte er mich, und ich kontrollierte die Wachposten, während er ruhte.

Gegen Ende der Nacht rief ich Marie aus ihrem Zelt, und wir gingen auf die kleine Erhebung in der Mitte der Insel und sahen zu, wie der Himmel hell wurde.

Am Sonnabend morgen segelten Soldaten und Schiffszimmerleute zur Seehundinsel, und wir konnten von Batavias Friedhof aus über das Wasser erkennen, wie sie dort die Galgen errichteten. Die Verurteilten schrien und tobten in dem Zelt, in dem sie angekettet lagen.

Die Handwerker und Seeleute von der Westinsel hielten sich eingeschüchtert beieinander, und die Frauen zeigten sich nicht. Nur der Prediger suchte Zuhörer.

»Wenn es jemals einen gottlosen Mann in seiner äußersten Not gab, dann ist es Jeronimus«, sagte er. »Jeronimus glaubt doch tatsächlich, daß er nichts Falsches getan hat.«

»Ja«, sagte ich schwach.

»Ich habe viel gelitten, aber die Wege des Herrn sind wunderbar«, sagte der Domini. »Nun taufe ich einen Sünder und Anhänger Torrents.«

Torrentius van der Beecke, Maler in Amsterdam, hatte sich mit exquisiten Stilleben einen Namen gemacht und ein Vermögen verdient. Plötzlich begann er obszöne Themen zu malen, verhöhnte die Religion und leitete Versammlungen von Adamiten. Die Adamiten waren eine sehr alte Sekte, deren Mitglieder sich im Gottesdienst nackt auszogen, weil sie meinten, mit der Nacktheit Adams die ursprüngliche Unschuld des Paradieses wiedererlangen zu können. Sie hatten sich mit den Wiedertäufern in den nördlichen Niederlanden und in Westfalen zusammengetan und verkündeten deren Ideen: Erwachsenentaufe und Gemeinschaftsbesitz von Gütern und Frauen. Torrentius wurde verhaftet, ein Jahr ehe die *Batavia* die Niederlande verließ, und angeklagt, ein skandalöses Leben voller Gotteslästerei und Ketzerei zu führen. Unter der Folter schwieg er, aber die Orgien auf seinen Bildern brachten ihm eine Gefängnisstrafe von zwanzig Jahren ein.

Jeronimus hatte Torrentius van der Beecke zur Zeit der Erwählten ein paarmal erwähnt, doch daß er sein Anhänger war, glaubte ich nicht. Der Domini suchte, genau wie der Kommandeur, eine Erklärung für das Verhalten von Jeronimus, denn es fiel ihnen schwer zu glauben, daß manche Menschen böse sind.

»Jeronimus hat sich bloß an der Macht berauscht«, sagte ich. »Leute, die nichts zu tun hatten mit diesen Plänen, die *Batavia* zu erobern, wurden auf der Insel seine eifrigsten Anhänger – Männer, die beim Schiffbruch dachten, nun ist ihr Leben vorbei, und Offizierswein tranken und Kisten der Companie aufbrachen und sich mit Silbergeld und Schmuck bewarfen – Bohne zum Beispiel, der Lange, der früher die Messer im Hut hatte. Der hat keinen getötet. Aber nach einer Rettung durch ein Schiff der Companie mußte er mit der Todesstrafe rechnen. Kaufleute kennen keinen Spaß, wenn es um ihr Eigentum geht. Das hat überhaupt nichts damit zu tun, ob es einen Teufel gibt, ob der Mensch böse ist oder Willensfreiheit hat.«

»Das sind ketzerische Reden.« Der Domini drohte mir mit dem Zeigefinger. »Aber ich werde für Ihren jungen Mann, wie heißt er gleich, beten. Eins nach dem anderen.«

Kurz vor Mittag kam Hollert, früher Untersteuermann auf der *Batavia*, jetzt auf der *Sardam*, zu Pelzert ins Gerichtszelt und gab ihm zwei Briefe.

Diese Briefe hatte Jeronimus geschrieben. Hollert sollte sie heimlich zu Freunden von Jeronimus nach Holland bringen.

Der Kommandeur berief den Schiffsrat, und als die Räte im Zelt versammelt waren, öffnete er die Briefe. Jeronimus schrieb, er sei von allen Menschen mit Lügen beschuldigt worden, und daher müsse er sterben, unschuldig. Das Todesurteil gegen ihn sei ungerecht.

Der Kommandeur ließ alle Leute auf der Insel rufen.

Wieder standen wir auf dem alten Versammlungsplatz der Erwählten, auf dem wir so oft Jeronimus gehört hatten, und lauschten wieder seinen Worten, die nun der Kommandeur vorlas. Pelzerts Spitzenkragen war schweißdurchtränkt.

Pelzert fragte die Gefangenen noch einmal, ob sie Jeronimus Cornelisz in irgendeiner Sache falsch und ungerecht angeklagt hätten. Pelzert befragte jeden einzeln. Jeder antwortete, daß Jeronimus die Morde befohlen habe und daß dies, auf die Rettung seiner Seele, wahr sei.

Der Kommandeur ließ Jeronimus vortreten.

»Ich forderte Sie zum letzten Mal auf, die Wahrheit zu gestehen, sonst lasse ich Sie foltern.« Pelzert war am Ende seiner Geduld. »Warum verhöhnen Sie den Rat, warum klagen Sie uns an, Sie ungerechterweise töten zu wollen?«

Jeronimus war grauweiß im Gesicht, seine Pupillen waren klein, und er atmete schwer.

»Ich kämpfe um mein Leben«, sagte er.

Und dann bekannte er auf seine ewige Seligkeit, daß alle Anklagen gegen ihn zutrafen. Pelzert schrieb dieses Bekenntnis selbst in das Protokoll, und die Schiffsräte unterschrieben es.

Am späten Nachmittag ließ Jeronimus durch den Prediger wieder fragen, wie viele Tage Aufschub ihm gegeben seien.

»Das braucht er nicht zu wissen«, sagte Pelzert.

Nach einer Weile kam der Prediger wieder: »Jeronimus läßt sagen: Er protestiert. Wenn man es ihm nicht erzählt, kann er nicht zum Frieden kommen.« Der Prediger hatte vor Aufregung rote Flecken im Gesicht.

So erlaubte Pelzert dem Prediger, es Jeronimus zu erzählen, woraufhin Jeronimus sagte:

»Tütütü – mehr nicht? Kann man Reue für ein ganzes Leben in so wenigen Tagen zeigen? Ich dachte, man hätte mir ein oder zwei Wochen gegeben.«

Er begann zu rasen: »Ich sehe genau, sie wollen mein Blut und mein Leben, aber Gott wird es nicht zulassen, daß ich einen schamvollen Tod sterbe. Ich weiß ganz sicher, und ihr alle werdet es sehen, daß Gott an mir heute Nacht ein Wunder vollbringen wird, damit ich nicht gehängt werde.«

So ging das bis zum Abend.

Daher befahl Pelzert der Wache, daß niemand Jeronimus ein Messer oder irgendeinen Gegenstand geben solle, mit dem er sich etwas antun könne.

Aber nachts aß Jeronimus heimlich ein Gift. Das Gift begann um ein Uhr morgens zu wirken. Er hatte starke Schmerzen und schien zu sterben, und die Wachen erschraken und riefen mich. Ich weckte den Kommandeur.

Jeronimus litt unter großer Beklemmung und Angst. Er bat um etwas Venetianischen Theriak – ein Gegengift bei Bissen giftiger Tiere, wie der Barbier Aris Jans uns erklärte, eine Mischung aus vielen Drogen.

Jeronimus übergab sich mehrfach, was ihm vor Pelzert und mir peinlich war. Schließlich klangen die Angstzustände ab.

Das Gift war nicht stark genug gewesen, um ihn zu töten. Aber die Wachen mußten ihn während der Nacht sicherlich zwanzigmal aus seinem Gefängnis hinausbringen, weil sein sogenanntes Wunder nicht nur nach oben, sondern auch nach unten wirkte. Pelzert lachte laut, als er das erfuhr. Ich hatte ihn zum letzten Mal am Kap der Guten Hoffnung lachen sehen, ehe er das Fieber bekam.

Am Sonntagmorgen, kurz ehe die Predigt begann, bat der Kommandeur mich, Jeronimus zu holen, damit er gemeinsam mit den anderen Verurteilten das Wort Gottes hören konnte.

Jeronimus saß mit gekreuzten Beinen auf seinen Decken.

»Ich komme nicht«, sagte er. »Ich will nichts mit den Predigten dieses Menschen zu tun haben.«

Am nächsten Morgen – Montag, 1. Oktober – stürmte es, heftige Regenschauer fegten über die Insel, und es war nicht möglich, zur Seehundinsel zu segeln und die Todesurteile zu vollstrecken.

Am Dienstag flaute der Wind etwas ab, und wir brachten die acht Verurteilten zur Seehundinsel. Als wir dort ankamen, baten sie, daß Jeronimus als erster gehenkt wurde, damit ihre Augen sehen konnten, wie der Verführer der Menschen starb.

Die Hinrichtungen sollten mittags beginnen, und die Boote hatten noch nicht alle Leute herübergebracht.

Drei Soldaten von der Westinsel ketteten Jeronimus von denen los, die ihn beschimpften, und führten ihn ein wenig abseits unter einen der Galgen – Allert Jans aus Elsen, nun Unteroffizier, Claas Jansz, Obertrompeter aus Dithmarschen, und Jan Karstens, Kanonier aus Tönning. Wiebe Hayes bat mich, ein paar Schritte mit ihm zu gehen.

» Lucretia Jansz möchte mit Jeronimus sprechen«, sagte er.

»Hat sie den Kommandeur um Erlaubnis gefragt?«

»Es ist sehr wichtig für sie und auch für Claas Jansz und Jan Karstens und ihre Frauen.«

Wiebe ging zu Jeronimus, und ich ging zur Landungsstelle der Boote, wo Lucretia Jansz alleine stand, denn Marie Fluchar wollte die Hinrichtungen nicht sehen und hatte sich geweigert, mit auf die Seehundinsel zu kommen. Ich bot Lucretia meinen Arm an. Ihre blonden Haare umrahmten wie eine Sonne ihr Äffchengesicht, das runder wurde, seit sie etwas mehr trinken durfte, und durch ihre verzagte Verzweiflung schimmerte eine neue seltsame Schönheit.

Jeronimus stand unter dem Galgen mit den Augen eines gefangenen Panthers. Er sah Lucretia entgegen, und je näher sie kam, umso mehr lächelte er. Sie hatte Tränen in den Augen und ließ meinen Arm nicht los.

»Ich beklage die großen Sünden, die du mit mir gegen meinen Willen begangen hast«, sagte sie.

Jeronimus zog die Augenbrauen hoch.

»Du wirst sterben«, sagte sie, »und wie soll ich weiterleben mit der Schande? Man wird mich in Batavia bestrafen, mir eine Halskrause umlegen und mich an den Pranger stellen oder mich töten, denn auf Ehebruch zwischen Verheirateten steht die Todesstrafe. Hast du gehört, daß mein Mann gestorben ist? Seine Verwandten können ihn beerben, wenn sie mich …«

»Du bist so wunderschön, Lucretia«, sagte Jeronimus. »Niemand wird dir etwas antun. Es ist wahr, du trägst keine Schuld, denn du warst zwölf Tage in meinem Zelt, ehe ich Erfolg bei dir hatte. So hört denn alle zu!«

Allert Jans holte ein Papier aus seiner Weste, und ich merkte, daß die Sache verabredet war, vor allem, weil sich auch andere Wachsoldaten zu uns stellten und Wiebe keinen wegschickte.

Und Jeronimus erzählte, wie er sich bei David Zevanck beklagt hatte, daß er sein Ziel bei Lucretia weder mit Freundlichkeit noch mit Zorn erreichte, und wie Zevanck sagte: Weißt du nicht, wie man das macht? Ich werde dafür sorgen, daß sie es tut. Und wie Zevanck zu Lucretia ging und sagte: Entweder die Erwählten vergewaltigen dich, oder du tust mit dem Hauptmann, wozu wir die Frauen am Leben ließen.

»Das wußtest du, daß er das zu mir gesagt hat?«

»Ja«, sagte Jeronimus. »Ich habe dich gezwungen. Schreib es auf, Allert Jans.«

Die Männer von der Westinsel bezeugten, daß sie jedes Wort von Jeronimus' Lippen gehört hatten, und sie unterschrieben das Papier in Gegenwart von mehreren Zeugen. Dann gaben sie es mir, damit ich es dem Kommandeur brachte.

»Auf Wiedersehen, Jeronimus«, sagte Lucretia leise.

»Du bist unschuldig«, rief Jeronimus ihr nach. »Jede Schuld liegt bei mir.«

Lucretia drehte sich noch einmal halb nach ihm um und hob eine Hand. Ihr Gesicht war tränenüberströmt. Dann gingen wir zur Landestelle zurück, und ihr Schritt wurde immer schneller.

Trommelschläge rollten dumpf und drohend über die Seehundinsel, und graue Wolken wälzten sich tief über dem schäumenden Meer. Die Kanoniere hatten die Musketen in die Gabeln gelegt, die Flammen der Lunten züngelten im Wind. Bei plötzlichen Böen zischten sie hoch auf.

Wir hatten uns für die Hinrichtungen herausgeputzt, so gut wir konnten, aber wir waren eine zerlumpte, ungewaschene, halbverhungerte Gesellschaft, selbst die französischen Pikeniere in ihren angerosteten Sturmhauben und Harnischen sahen kläglich aus. Der Seidenanzug des Kommandeurs hatte seinen Glanz in den salzigen Gischtvorhängen eingebüßt, Spitzenkragen und Manschetten waren voller Löcher. Der neue Mantel des Predigers war schon sandig und am Saum ausgefranst.

Kommandeur und Prediger warteten am Fuß des ersten Galgens unter der Schlinge, um Jeronimus aus dieser Welt zu geleiten.

Aber Jeronimus konnte sich nicht mit dem Tod abfinden, weder zu Gott beten noch irgendeine Art Reue wegen seiner Sünden zeigen. Die anderen Übeltäter brüllten einander »Rache! Rache!« zu, sie brüllten »Rache!« zu Jeronimus herüber, und Jeronimus brüllte »Rache!« zurück.

Am Schluß forderte er sie und die Schiffsräte vor Gottes Richterstuhl. Er wollte dort Gerechtigkeit mit ihnen suchen, weil er sie auf Erden nicht bekommen könne. Noch als er mit blutenden Armstümpfen den Galgen bestieg, sagte er: »Rache!« Und so starb er widerspenstig.

»Ich wußte nicht, daß er so böse und gottlos war.« Der Prediger wischte sich mit zitternder Hand den Schweiß von der Stirn. »Die Gerechtigkeit und Rache Gottes ist an ihm offenbar geworden.«

Wieder dröhnte die Trommel der *Sardam*, und die Flammen der Lunten zischten im Wind.

Mattis Bär, Soldat und Katholik aus Schlesien, stand mit der Schlinge um seinen Nacken bereit zum Tod und beichtete dem Prediger, daß er in einer Nacht im Juli, Jeronimus war dabei, vier Männern und einem Jungen die Kehlen durchgeschnitten hatte. Ihre Namen kannte er nicht. Er hatte niemandem davon erzählt und er forderte nun, daß man für ihn beten solle wegen seiner vielen Sünden.

Auch Andries Jonas, der Soldat, dessen Gesicht die Frauen fürchteten, wollte unter dem Galgen sein Gewissen erleichtern – wegen der ewigen Seligkeit. Er bekannte mit der Schlinge um den Hals, daß er noch einen Jungen mehr ermordet hatte, als er vor Gericht zugab.

Allert Janszen, Kanonier aus Assendelft, und die anderen Übeltäter starben wie Jeronimus sehr gottlos und ohne Reue. Aber Allert warnte den Kommandeur, daß wir gut wachen und aufpassen müßten, weil noch viele Verräter am Leben blieben, die jede Gelegenheit ergreifen würden, das auszuführen, was die Erwählten immer vorhatten: das Rettungsschiff und die Geldkisten erobern und uns alle töten.

Namen nannte er nicht, denn, so sagte er, er wolle nach seinem Tod nicht als Verräter gelten.

Jan van Bemmel konnte sich nicht zum Sterben zusammennehmen. Er weinte und heulte und bat um Gnade: Man solle ihn auf einer der Inseln aussetzen und ein bißchen länger leben lassen. In Anbetracht seiner Jugend bat der Kommandeur für ihn, und die Schiffsräte schenkten ihm das Leben. Sie kamen überein, ihn auf einer Insel oder auf dem Unbekannten Land auszusetzen, je nach Gelegenheit.

DAS UNBEKANNTE LAND

Das Meer war in Aufruhr. Die Strandwälle waren überflutet, die öde Insel unter dem wilden Himmel versank im Wasser. Wenn wir unsere flatternden Zelte verließen und die Augen vor den treibenden Sandkörnern und der fliegenden Gischt schützten, glaubten wir zu sehen, wie drüben auf der Seehundinsel die Leichen an den Galgen sich drehten und tanzten.

Nach drei Tagen sprang der Wind um, das Wetter wurde klar und still. Wir versuchten, uns mit Tätigkeit von unseren Gedanken abzulenken. Nur der Prediger sprach viel und sagte, Gottes gerechte Rache habe die Flecken von seiner Schöpfung genommen. Aber Pelzert und alle übrigen gingen verdüstert umher.

Nun spiegelte die glatte See das Himmelslicht, und dort, wo Himmel und Erde sich im weißen Frühlingsblau trafen, waren die schwarzen Körper der Gehenkten. Möwenschwärme umflatterten sie, und die scharfen Schreie der Seeschwalben trafen uns bis ins Herz.

Gottes Rache und die Rache der Menschen zeigten uns neue Schrecken. Wir fühlten uns von den Toten verlassen und zugleich beschuldigt und bedroht, besonders in der Abenddämmerung. Manche von uns glaubten zu spüren, wie die Kraft dieser Männer uns von der Seehundinsel her noch zu erreichen suchte. Jeder Windhauch, jeder Grashalm, der zitterte, jeder Möwenschrei schien eine Bedeutung zu haben. Vielleicht waren die da drüben fort und wir fürchteten nur noch ihre leeren Gestalten.

Der Kommandeur ließ einige der freigelassenen Erwählten wieder aneinanderketten und von Soldaten bewachen.

Niemand wußte, wann wir diese unheilvollen Inseln verlassen konnten.

Mit zwölf Geldkisten an Bord war die *Batavia* gesunken. Zehn davon hatten wir gehoben, darunter die Kiste Nr. 33 mit neun Säckchen Golddukaten, die elfte hatte ein Soldat beim Schiffbruch aufgebrochen und geplündert. Die zwölfte Kiste lag noch irgendwo in der Tiefe auf dem Riff.

Berger und Taucher suchten mit Eifer und Wut nach der letzten Geldkiste. Während sie tauchten, trieb der Kommandeur die Männer der *Sardam* und der *Batavia* an, andere Güter der Companie zu retten. Aber immer wieder unterbrachen schwere Stürme die Arbeit am Wrack.

Wir gingen zum Vorschiff, das abgerissen auf einer Untiefe lag, um eine Kanone aus Bronze und eine aus Eisen zu bergen, die in den Kanonenpforten hingen, und arbeiteten einen ganzen Tag lang von der Schaluppe und dem Kapitänsboot aus mit Tauen und Blöcken und Taljen. Pelzert und ich packten mit an, und auch Rainder, mein alter Bergungspartner, half. Als es fast Nacht war, bekamen wir die Bronzekanone los und brachten sie auf die Insel, von deren höchstem Punkt aus Männer mit Lampen uns Wegzeichen durch die Dunkelheit gaben.

Schon am nächsten Morgen gingen wieder gewaltige Brecher über das Riff, so daß wir nicht an das Wrack herankamen.

Dieser Sturm hielt drei Tage an, dann erst konnte die Schaluppe die Eisenkanone holen.

Danach verhinderte schlechtes Wetter die Suche nach der letzten Geldkiste für eine Woche.

Die Männer saßen in ihren Zelten, würfelten und erzählten sich Witze, in denen sie Frauen herabsetzten. Die Frauen in ihrem Zelt setzten Mühlesteine auf Striche im Sand oder zählten bis tausend und fingen bei tausend wieder von vorne an. Wir waren alle gereizt, schliefen schlecht und konnten die Stürme nicht mehr ertragen, das ewige Zerren an den Zeltplanen.

Marie und ich begannen uns zu streiten – über Kleinigkeiten, Bemerkungen, nichts. Ein Wort blähte sich auf, verdrehte sich, wurde bedrohlich, ebenso ein Gegenstand – das Leinenhemd beispielsweise, das der Skipper Marie geschenkt hatte, wurde zur Ursache für rasende Eifersucht, mit der ich sie angeblich verfolgte. Einmal sprachen wir zwei Tage nicht miteinander. Dann standen wir uns im Freien gegenüber, sturmgeschüttelt und atemlos vor Sehnsucht. Wir bedrängten den Domini, uns zu verheiraten, wir bedrängten Pelzert um die Erlaubnis dazu, aber beide lehnten ab und sagten, erst müsse Maries Verlobung formell und mit dem Einverständnis des unbekannten Bräutigams gelöst werden.

Mit jedem Sturm geriet die Rettungsjacht in Gefahr. Alles in uns schrie: weg, weg, weg von diesen Inseln. Doch Pelzert wollte seine Ehre wiederherstellen. »An der Rettung des Geldes hängt Ihre Ehre«, hatte der Generalgouverneur ihm in die Befehle geschrieben. Einmal hatte Pelzert die Güter der Companie in Stich gelassen und war davongesegelt. Nun hielt er aus.

Aber uns Schiffbrüchige ging das Eigentum von ein paar reichen Kaufleuten nichts an, die jetzt in Häusern aus roten Ziegelsteinen das Herbstlaub vor ihren Fenstern bewunderten und bei Gänsebraten die Vergänglichkeit des Lebens beklagten. Wir vegetierten seit fünf Monaten am Rande der Welt. Wir waren fertig.

Berger und Taucher segelten zum Wrack und kehrten um, Tag für Tag, weil die Brecher am Riff zu hoch, die Strömungen zu reißend waren.

Auf der winzigen Insel lebten wieder hundert Menschen, und sie hatten nichts zu tun.

Der Kommandeur schickte Männer von der Westinsel in einem Ruderboot zum Fischen.

Er schickte den Skipper mit Seeleuten und Soldaten auf die Hohe

Ostinsel: Sie sollten dort die Büsche abbrennen, in einer großen Treibjagd alle Hasen fangen und nach Wasserlöchern suchen, da die Wasserlöcher auf der Westinsel brackig geworden waren. Es waren keine echten Wasserlöcher, sondern Gänge im Korallenstein, die mit dem Meer verbunden waren. Regenwasser schwamm auf Salzwasser, und wir hatten zuviel Wasser entnommen, und nun war das süße Wasser verbraucht.

Die Männer fanden auf der Ostinsel eine Grube mit Wasser, aber es roch schlecht. Als sie am nächsten Tag trotz der schweren See wieder zur Ostinsel segelten, entdeckten sie unter einigen verbrannten Büschen ein kleines Loch, in das ein Arm paßte. Sie warfen einen Stein hinein und hörten, wie er in Wasser fiel. Der Skipper befahl, Spitzhacken und Brecheisen von Bord der *Sardam* zu holen, und die Männer erweiterten das Loch. Das Wasser war sehr gut. Sie füllten die leeren Wasserfässer der *Sardam* und brachten einige auf die Insel Batavias Friedhof. Sie sagten, sie wollten zur Ostinsel zurück und Turteltauben fangen.

Auch Obersteuermann Gerrits ertrug Batavias Friedhof nicht mehr. Er wollte auf die *Sardam* und Sturmschäden reparieren, das Schiff für die Abreise vorbereiten. Die Jacht sollte immer auslaufbereit sein, damit wir sofort segeln konnten, sobald die Taucher die letzte Geldkiste gefunden hatten. Pelzert ließ Gerrits ziehen.

Dann fanden die Männer, die im Ruderboot zum Fischen fuhren, auf einem entfernten Riff ein Essigfaß. Pelzert befahl dem Skipper, mit der Schaluppe dorthin zu segeln und das Faß zu bergen. Danach sollte er zu anderen entlegenen Inseln gehen und nachsehen, ob an ihren Stränden Treibgut aus der *Batavia* lag. Er sollte bei diesem harten Wind vorsichtig segeln und zur Not die Nacht über draußen im freien Wasser bleiben.

Der Skipper zog die Augenbrauen zusammen, und seine Augen wurden noch blauer als sonst, aber ausnahmsweise sagte er nichts – er konnte es nicht leiden, wenn der Kommandeur ihm Ratschläge gab, wie er sein Boot führen sollte. Man merkte, daß er froh war, wieder von Batavias Friedhof, unserer Gereiztheit und Pelzerts Unruhe wegzukommen. Mit ihm durften ein Bootsmann und ein

Kanonier von der *Sardam* und zwei Männer von der Wiebe Hayes Insel segeln – der Kanonier Theuwissen und Cornelis Pieters, der fette Untertrompeter, der schon so lange nicht mehr fett war. Sie drückten ihre Angeln und Proviantpäckchen an sich und versuchten, ernste Gesichter zu machen, während sie Pelzerts Ermahnungen zuhörten. Sie brachten die Erinnerung an eine leichtere Welt zu uns zurück – fünf Holländer beim Aufbruch zu einer Segelpartie. Beim Segelsetzen klang die Stimme des Skippers wie eine fröhlich schmetternde Trompete. Dies war am 12. Oktober.

Kaum war die Schaluppe fort, beruhigte das Wetter sich, die See ging nicht mehr so hoch, und Pelzert und ich segelten sofort mit den Tauchern im kleinen Kapitänsboot der *Sardam* zum Wrack. Die Taucher holten fünfundsiebzig große Silbermünzen hoch, Acht-Real-Stücke aus Mexico, die aus der zerbrochenen Kiste gefallen sein mußten. Dann entdeckten sie unter einer Kanone die letzte Geldkiste. Doch plötzlich sprang wieder harter Wind auf, und weil unser Boot zu klein und zu leicht war, um die Geldkiste zu heben, kehrten wir ohne sie um.

Am nächsten Morgen stürmte es wieder aus Südwest.

Dieser Sturm dauerte drei Tage, und ein Tag war so gleichförmig und so schwer zu ertragen wie der andere.

Pelzert machte sich Sorgen um die Schaluppe. Als der Sturm etwas abflaute, schickte er das Kapitänsboot mit einem schriftlichen Befehl zur *Sardam*: Obersteuermann Gerrits sollte das dritte Boot der Jacht mit Untersteuermann Hollert zu den Inseln schicken und nach der Schaluppe oder ihrer Mannschaft suchen.

Das dritte Boot der *Sardam,* kleiner als die Schaluppe und größer als das Kapitänsboot, hatte für den Notfall bislang unbenutzt auf dem Deck gelegen. Der Notfall war da: Der Kapitän war verschwunden.

Wir warteten zwei Tage, dann kam dieses mittlere Boot mit Obersteuermann Gerrits zu uns nach Batavias Friedhof: Hollert und seine Leute hatten weder die Schaluppe noch ihre Mannschaft gefunden. Hollert hatte im Nordwesten noch eine sehr große Insel gesehen, aber der Sturm war zu stark, um dort hinzusegeln. Vielleicht war der Skipper zu dieser großen Insel gelaufen, vielleicht hatte der Sturm die Schaluppe dort in Stücke geschlagen.

Der Kommandeur befahl, das Mittlere Boot mit Planken zu verstärken, Untersteuermann Hollert und seine Leute wieder mit Wasser und Brot zu versehen, mit Enterhaken, Anker, Leinen, und die Suche nach dem Skipper fortzusetzen.

Gegen Mittag des nächsten Tages sahen wir, wie das Mittlere Boot von der *Sardam* wegsegelte. Der Wind nahm wieder zu.

Am nächsten Morgen schickte Pelzert das Kapitänsboot zur *Sardam*, um Essen und Trinkwasser für uns zu holen.

Aber der Wind sprang auf Süd-Süd-West und nahm weiter zu. Das Kapitänsboot kam nicht zurück. Dies war am 20. Oktober.

Das Meer war leer wie vor der Ankunft unserer Retter. Wir hatten keine Lebensmittel mehr und kein Trinkwasser. Wir litten Hunger und Durst, wie damals nach dem Schiffbruch, und wieder wuchs die Angst auf der Insel.

Wir wußten nicht, ob der Skipper noch lebte, ob wir den Untersteuermann mit dem Reserveboot wiedersehen würden, ob der Obersteuermann uns mit der *Sardam* nach Batavia bringen konnte, ob er es überhaupt wollte. Wir beruhigten uns etwas bei dem Gedanken, daß die Juwelen, die goldenen und silbernen Teller und die Geldkisten noch in Pelzerts Zelt auf Batavias Friedhof standen – ohne sie würden Gerrits und Hollert nicht davonsegeln. Aber sicher waren wir nicht, denn sie hatten es schon einmal getan.

Unser Durst wurde groß, und wir sprachen von den ersten Tagen nach dem Schiffbruch. Wir wehrten uns gegen die Verzweiflung. Nachts lag Marie in meinem Arm und weinte. So hatte ich sie noch nie erlebt.

Am Abend des vierten Tages, kurz vor Sonnenuntergang, kam das Kapitänsboot mit Schiffsbrot und Pökelfleisch aus den großen Fässern der *Sardam*.

»Gott sei gelobt«, sagte Pelzert.

Das Kapitänsboot hatte keine Trinkwasserfässer an Bord.

Das Wetter wurde während der Nacht sehr schön, aber in den

Zelten war schon viel gesagt worden. Früh am Morgen schickte Pelzert das Boot zur *Sardam* zurück, um Trinkwasser zu holen.

Um Mittag konnten wir sehen, daß das Mittlere Boot zur *Sardam* zurückkam, und am Nachmittag kam es mit Obersteuermann Gerrits und den Trinkwasserfässern zu unserer Insel, und erst da ließ unsere Angst nach. Dies war am 25. Oktober.

Gerrits berichtete, daß Hollert und seine Leute auf einer großen Insel mit hohen Dünen gewesen waren, hinter dem Horizont, nordwestlich von der *Sardam*. Ein Riff schützte die Insel ringsum, aber sie fanden eine kleine Öffnung im Riff. Sie fanden kein Trinkwasser. Es gab unzählige Möwen, Seeschwalben und Eier in den Nestern und in der Mitte der Insel ein Tal mit viel Sand. Aber die Schaluppe mit fünf Männern mußte im Sturm gekentert oder fortgetrieben sein.

Judith Geisberts, die Tochter des Predigers, verlangte, Kommandeur Pelzert zu sprechen.

Judith hielt ihre aufsässigen blauen Augen seit der Ankunft unserer Retter gesenkt und ihre Hände ineinandergelegt. Sie büßte mit Leidenschaft für ihre große Liebe zu einem führenden Erwählten. Heute hob sie die Lider, und wir sahen in die Augen eines verzweifelten Kindes.

Judith berichtete, Wouter Loos habe in den Tagen des Durstes vor den übrigen Gefangenen und den Wachsoldaten laut geprahlt, daß er ihren ältesten Bruder Bastian Geisbertszon, Kaufmannsassistent, mit einem Beil erschlug, als ihre Stiefmutter Maria Schepens und ihre kleinen Schwestern und Brüder ermordet wurden.

Mit Judiths Anklage begann eine zweite Serie von Verhören vor dem Schiffsrat.

Der Kommandeur rief Obersteuermann Claas Gerrits, Oberbootsmann Simon Jopson und Schiffszimmermann Jan Willem Visch von der *Sardam* auf die Insel Batavias Friedhof zurück. Untersteuermann Hollert blieb mit einer Ankerwache und bewaffneten Soldaten auf der Rettungsjacht, weshalb auch Salomon Deschamps zu den Richtern gehörte. Das brachte Salomon später in eine furchtbare Lage.

Wouter Loos machte vor Gericht keinen ganz so biederen Eindruck mehr wie bei seinen ersten Verhören.

»So waren Sie also doch mit einem Beil in dem Zelt«, sagte Pelzert, »gemeinsam mit den anderen Mördern, und haben anscheinend Ihren Teil beigetragen zum Morden, anders als Sie uns erzählt haben, als wir Sie am 24. September verhörten. Da wollten Sie nur den Kochkessel mit dem Seehundfleisch gestohlen haben.«

Wouter Loos leugnete hartnäckig.

So ließ der Kommandeur ihn foltern, obgleich Pelzert nun Zweifel hatte, ob das, was ein Angeklagter unter der Folter zugab, überhaupt die Wahrheit sein konnte.

Schließlich bekannte Wouter Loos, daß er mit dem Beil auf Judiths Bruder, der schon auf der Erde lag, einschlug, bis er tot war, und erst danach den Kessel mit Seehundfleisch, der über dem Feuer hing, in sein eigenes Zelt brachte. Er gestand auch, daß er Mayken Cardoes auf den Kopf schlug. Dann verteidigte er sich, indem er ausführlich erzählte, wie er sich weigerte, den Küper Seleins zu töten:

Jeronimus habe ihm befohlen, den Küper zu töten, und er war auch zu dem Küper gegangen, um den Befehl auszuführen, aber als er vor dem Mann stand, war er in einem solchen inneren Aufruhr, daß er es nicht tun konnte. Er warnte den Küper und versprach ihm, daß er bei Jeronimus für sein Leben bitten wollte. Und das tat er, und Seleins bestätigte es vor dem Schiffsräten.

»Seltsam«, sagte der Kommandeur. »Bis jetzt haben viele sich vor uns darauf berufen, daß sie selbst getötet worden wären, wenn sie nicht gemordet hätten. Und nun erzählen Sie uns diese Geschichte. Wurde denn jemals einer, der sich weigerte zu morden, deswegen umgebracht?«

»Nein«, sagte Wouter Loos. »Nicht einer.«

Während dieses Verhörs drehte der Wind auf Nordwest, und gegen Mittag fiel das Wasser plötzlich und wurde so niedrig, daß man es kaum glauben konnte. Pelzert unterbrach die Gerichtsverhandlung, und alle waren sehr froh darüber. Er ließ dem Mittleren Boot, dessen Männer Eisenschrott und Holz auf Riffen und Inselchen einsammelten, mit Rauch signalisieren, sofort zur Insel Batavias Friedhof zu kommen, und ging mit mir, den Bergern und den Tauchern im kleinen Kapitänsboot zum Wrack, um die letzte Geldkiste zum Heben vorzubereiten.

Als wir dort ankamen, goß es in Strömen, und zwischen den starken Regenschauern erkannten wir, daß am Wrack noch ein großer Schwell war. Das Achterschiff war verschwunden, und wir hatten auf dem blankgewaschenen Riff kaum Anhaltspunkte, die uns zeigten, wo wir die letzte Geldkiste finden könnten, die wir zwei Wochen zuvor gesehen hatten.

Wir blieben außerhalb des Riffs, bis das Unwetter sich verzog, dann segelte wir zur Wrackstelle.

Wir suchten die Kiste lange, und schließlich, als wir schon nicht mehr damit rechneten, fanden die indischen Taucher sie wieder. Sie befestigten Seile an der Kanone, die auf ihr lag, aber die Kanone war zu schwer für das leichte Kapitänsboot. Wir steckten eine Boje an die Kiste und segelten zurück zur Insel, um zu sehen, warum das Mittlere Boot uns nicht half.

Das Boot war nicht nach Batavias Friedhof gekommen.

Pelzert wurde so wütend, wie ich ihn noch nie gesehen hatte. Sein Gesicht schien rot zu glühen, und seine grauen Augen funkelten grasgrün. Er befahl Obersteuermann Gerrits, mit dem Kapitänsboot zur Seehundinsel zu gehen, weil man von dort die *Sardam* besser sehen und ihr deutlicher Signale geben konnte.

Seit den Hinrichtungen war niemand mehr auf der Seehundinsel gewesen. Ein Galgen war in den Stürmen umgestürzt, am anderen hingen nur noch zwei oder drei Leichen, genau konnten wir das wegen der vielen Möwen und anderen Vögel nicht erkennen.

Gerrits stammte aus Friesland und war sehr abergläubisch. Einen Augenblick sah es so aus, als würde er sich weigern.

Der Domini tippte ihm mit dem Zeigefinger auf den stämmigen Oberarm: »Hören Sie, was in der Bibel steht, Obersteuermann:

›Der Mensch lebt kurze Zeit und ist voll Unruhe, geht auf wie eine Blume und fällt ab, flieht wie ein Schatten und bleibet nicht.‹ Segeln Sie hinüber. Der Anblick der Körper mag schrecklich sein, aber dort ist niemand mehr.«

»Wenn ich Wiebe Hayes und Otto Schmidt mitkriege«, sagte Gerrits verwirrt.

Wir beobachteten, wie das kleine Boot sich der Seehundinsel näherte. Wiebe und Otto sprangen ins flache Wasser und zogen das Boot auf den Strand. Dann gingen sie mit Gerrits auf die Insel, und wir konnten sie nicht mehr sehen. Nach einer Weile stiegen Rauchsignale auf. Später hörten wir schwere Hammerschläge und sahen, wie der letzte Galgen fiel.

»Wir haben sie begraben«, sagte Gerrits, als er wieder auf unserem Strand stand.

»Das hat Ihnen niemand befohlen«, sagte Pelzert mit seiner neuen scharfen Stimme.

»Da brauch ich keinen Befehl zu, Herr«, sagte Gerrits.

Kommandeur und Obersteuermann musterten sich finster.

»Es ist gut«, sagte Pelzert schließlich herablassend.

Gerrits drehte sich um und entfernte sich in seinem unverkennbaren schaukelnden Gang.

Das mittlere Boot kam eine halbe Stunde vor Sonnenuntergang: Der Bootsmann hatte entgegen seinen Befehlen bei der Westinsel gelegen und sich mit den wenigen Männern, die noch dort waren, einen schönen Tag gemacht, gefischt und gejagt. Nun war es zu spät, um die Geldkiste noch zu holen.

Wieder stürmte es, diesmal vier Tage lang, und schwere Brecher gingen über die Stelle hinweg, an der die *Batavia* immer mehr verschwand. Wegen des schlechten Wetters verhörte Pelzert Wouter Loos weiter vor dem Schiffsrat, außerdem die drei überlebenden Schiffsjungen der *Batavia*. Am fünften Tag flaute der Sturm ab.

Pelzert ließ wieder das Mittlere Boot durch Feuersignale von der *Sardam* rufen, um die letzte Geldkiste zu heben. Aber wieder kam das Boot nicht. Die Männer der *Sardam* gehorchten nicht mehr.

Am nächsten Morgen ließ Pelzert abermals Feuersignale geben, und kurz vor Mittag kam das Mittlere Boot mit Obersteuermann Gerrits. Aber weil der Wind schon wieder zunahm, konnten wir nichts am Wrack tun. Darum schickte Pelzert den Obersteuermann gegen Abend an Bord zurück und befahl ihm, die restlichen Trinkwasserfässer von der Hohen Ostinsel zu holen.

Als wir endlich mit den Bergern und den Tauchern zum Wrack hinauskonnten, fanden wir die Boje nicht und auch nicht die Geldkiste.

Dann kam ein schöner klarer Tag, der Korallenstrand und der Brandungsstreifen leuchteten weiß vor dem Grün des Meeres und dem Himmelsblau. Der Wind blies aus Nordwest, und wir gingen abwechselnd mit beiden Booten zum Wrack. Pelzert schärfte den Niederländern und den Indern ein, mit großem Eifer und mit Sorgfalt zu tauchen, um diese letzte Geldkiste endlich wiederzufinden. Sie brachten eine Kiste mit goldenen Litzen und Bändern aus Frankreich aus der Tiefe und vier silberne arabische Fruchtteller und eine große silberne Schale zum Händewaschen. Mittags kehrten wir auf die Insel zurück, weil das Wasser stieg, doch dann fiel es wieder, und da die Sonne so hell schien, fuhren wir abends noch einmal mit beiden Booten hinaus. Aber weder die indischen Taucher noch die Berger fanden die Geldkiste.

Am nächsten Tag gab es wieder Sturm mit dunklem Wetter. Wind und Strom liefen am Wrack gegeneinander, und die See stieg mit hohen Brechern. Als die See sich beruhigte, suchten die Taucher weiter, aber sie fanden nichts. Wieder sprang der Wind auf Süd und nahm zu, die Brandung ging hoch, und niemand konnte am Wrack arbeiten.

Dann kam der Tag, an dem Pelzert vier Geldkisten an Bord der *Sardam* schickte, darunter die Kiste Nr. 33 mit den neun Säckchen Golddukaten, außerdem die Kisten mit den goldenen und silbernen Tafelgeschirren.

An diesem Abend sangen die Männer am Feuer, zum ersten Mal seit dem Schiffbruch, und sie tanzten, wie sie es auf dem Vordeck der *Batavia* getan hatten. Pelzert ließ ihnen das halbe Faß Wein bringen, das er bislang unbeugsam gehütet hatte.

Am Morgen darauf – es war Sonnabend, der 10. November – ging der Kommandeur an Bord der *Sardam* und nahm die übrigen Geldkisten mit. Ich folgte ihm wie immer mit dem Juwelenkoffer, und Marie ging mit mir.

Und so begannen wir, die Insel zu verlassen und die Güter an Bord zu bringen.

Am Sonntag nach der Predigt leitete der Kommandeur die Verhöre in der Großen Kabine der *Sardam*. Die Seeleute luden Trinkwasser von der Ostinsel, das nun auch brackig und schlecht geworden war. Es blies zu hart, um Leute von Batavias Friedhof zu holen.

Der Kommandeur war dünn und krank, und sein lockiges dunkles Haar war matt und strähnig, der Schnurrbart ungestutzt. Ich dachte, daß er nun nicht mehr lange durchhielte. Er suchte nach Worten, kam nicht auf Namen. Nur sein Wille war klar und hart.

Die Schiffsräte verhörten Salomon Deschamps und befragten ihn über das Kind von Mayken Cardoes, das er erdrosselt hatte, und über sein Verhalten unter der Herrschaft der Erwählten, denn er war in der Rangordnung der Companie Zweiter nach Jeronimus. Und so wurde Salomon sein eigener Richter.

Aber ich ging an Deck und saß im Wind und angelte.

In der Nacht ließ der Wind nach, und morgens schickte der Kommandeur das Kapitänsboot mit den Bergern und den Tauchern zum Wrack. Die Männer kamen mit vier zerbeulten silbernen Tellern zurück und der Truhe eines Zimmermanns.

»Und wenn wir ewig hier liegen bleiben, wir finden die letzte Geldkiste nicht mehr«, sagte der ältere der Berger.

Unter Wasser lag jetzt nur noch der Kiel der *Batavia* mit einem Teil des hinteren Laderaums, in den beim Untergang Ersatzanker, Trossen, Ballaststeine, Schiffshölzer und andere schwere Güter gerutscht waren und sich in den Stürmen umhergewälzt und unlösbar ineinander verhakt hatten. Vielleicht waren die Kanone und die letzte Geldkiste in dieses Gewirr geraten, oder der Schwell hatte sie über das Riff getragen.

An diesem Abend kam vor dem Schiffsrat zur Sprache, daß Rainder Hendricks, mein Partner, das Boot ruderte, als der fünfzehnjährige Schiffsjunge Claas Harmans auf Befehl von Lanzenkorporal Jacob Pieters einen anderen Jungen über Bord warf, der sich mit ihm nach dem großen Morden auf der Seehundinsel versteckt gehalten hatte, bis sie fast verdurstet waren.

Das hatte Rainder mir nie erzählt. Ich ging an Deck und hörte nicht auf Pelzert, der mich zurückrief. Ich sah das Ruderboot vor mir, sah, wie Claas Harmans den anderen Jungen über Bord stieß, aber von Rainder sah ich immer nur die Hände.

In dieser Nacht teilten Marie und ich eine Koje in einer noch leerstehenden Kabine. Ohne Begehren lagen wir nebeneinander.

Der 13. November war ein schöner ruhiger Frühlingstag mit guter Sicht. Der Kommandeur ließ alle, die schon auf der Rettungsjacht waren, auf das Hauptdeck rufen und sagte: »Ich habe heute beschlossen, so Gott will und Wind und Wetter es erlauben, daß wir übermorgen unter Segel gehen.«

Seeleute und Soldaten der *Sardam* lachten und schrien auf ihrem Teil des Decks. Die Schiffbrüchigen blieben still. Marie schob ihre Hand langsam in meine Hand.

Der Kommandeur sagte: »Wir wollen heute Gerechtigkeit üben über Personen, die sich auf den Inseln nicht ganz schuldlos benommen haben und die aus Angst vor dem eigenen Tod ihre Hände mit menschlichem Blut beschmierten.«

Ich mußte mich mit meinem Schwert wieder hinter Pelzert aufbauen.

Der Kommandeur begann mit dem Fall des Soldaten Wouter Loos aus Maastricht, vierundzwanzig Jahre alt, der sich mit großer Willigkeit zu mehreren Morden benutzen ließ und mehrere verheiratete Frauen zum Beischlaf zwang: »Zu diesem Wissen sind wir sehr langsam gekommen, aber wir sind vollkommen sicher.«

Judith stand mit gesenkten Augen und ineinandergelegten Händen ganz allein für sich am Großmast.

»Der Kommandeur hat den Schiffsräten zwei Möglichkeiten vorgeschlagen: Wir bestrafen ihn mit dem Strang als abschreckendes Beispiel für andere, oder wir setzen ihn auf dem Unbekannten Land aus, damit er mit den Bewohnern dieses Landes lebt, falls es Gott gefällt, daß sie ihn leben lassen, und damit er die Möglichkeiten dieses Landes für den Handel erkundet, bis vielleicht Schiffe kommen und ihn retten. Wir haben lange darüber gesprochen. Wir ziehen der Strenge der Gerechtigkeit die Gnade und den Dienst an der Ostindiencompanie vor. Wouter Loos wird mit Jan van Bemmel auf dem Unbekannten Land ausgesetzt.«

Judith hob die Augenlider und sah Wouter Loos an, und wer ihren Blick sah, vergaß, daß Pelzert von Gnade sprach.

Die Schiffsräte unterschrieben das Urteil. Dann mußte Salomon vortreten, und wieder ertönte Pelzerts Stimme: »Die meisten Leute, die hier auf der Insel waren, haben sich nicht schuldlos verhalten, sondern sind zu weit gegangen in vielen Irrtümern. Als erster ist zu nennen: Salomon Deschamps aus Amsterdam, Unterkaufmann, neunundzwanzig Jahre alt. Er hat, besonders wenn man seine Stellung betrachtet, die Interessen der Companie sehr schwach vertreten, und er hat wenig versucht, um die armen Leute zu retten, die so schrecklich ermordet wurden. Er hat dem Bösen erlaubt, seinen Lauf zu nehmen, ohne irgend etwas dagegen zu sagen. Er hat seine Augen zugemacht und so getan, als ob nichts geschah, weil er sein eigenes Leben retten wollte.«

Salomon stand vor dem Kommandeur und sah an ihm vorbei aufs Meer hinaus. Er hielt die Brille in den Händen und fingerte an ihr herum, und manchmal strich er sich die langen Haare aus der Stirn, doch sie fielen immer wieder nach vorn.

Zum ersten Mal fragte ich mich, ob Pelzert wohl auch mich vor den Schiffsrat bringen und untersuchen würde, wie ich die Herrschaft der Erwählten überlebt hatte.

»Wir wollen Gnade statt Härte der Gerechtigkeit«, sagte Pelzert. »Morgen soll Salomon Deschamps dreimal unter dem Kiel durchgezogen werden und danach hundert Peitschenhiebe vor dem Mast erhalten, als abschreckende Warnung für andere.«

Pelzert legte das Urteil auf ein Tischchen und unterschrieb, Obersteuermann Gerrits unterschrieb, und dann unterschrieb Salomon sein eigenes Urteil.

Dies war ein furchtbarer Augenblick, obwohl wir schon so viel erlebt hatten.

Danach las Pelzert die Urteile über die drei Schiffsjungen vor.

Rogier Decker aus Harlem, etwa siebzehn Jahre alt, Kabinendiener, hat Jeronimus gehorcht und den Zimmermann Hendrick Jans erstochen. Abraham Gerrits aus Amsterdam, fünfzehn Jahre alt – der Junge, der nachts in mein Zelt gekrochen war und Hilfe suchte –, hat auf David Zevancks Befehl mit einem Messer die Kehle eines Jungen durchgeschnitten. Claas Harmans, 15 Jahre alt, hat auf Befehl von Lanzenkorporal Jacop Pieters geholfen, einen Jungen, der sich mit ihm auf der Seehundinsel versteckt hatte, über Bord zu werfen.

Bei jedem lautete das Urteil der Schiffsräte: »Doch in Anbetracht seiner Jugend und seiner Furcht, daß sie ihn töten würden, wenn er sich weigerte, verurteilen wir ihn dazu, daß er morgen dreimal unter dem Kiel durchgezogen wird, und danach zu hundert Peitschenhieben.«

Pelzert ließ keine der Strafen vollstrecken. Der Domini sagte später, der eine oder andere Verurteilte wäre auf der *Sardam* bestraft worden. Aber ich kann mich nicht daran erinnern.

Am nächsten Tag, am 14. November, holten wir die letzten Schiffbrüchigen von den Inseln, und weiter ist an diesem Tag nichts besonderes passiert.

Am 15. November, einem Donnerstag, wehte ein leichter Wind aus Südsüdwest, und das Wetter war schön. Daher haben wir mit dem ersten Morgenlicht im Namen Gottes unseren Anker gehoben und sind unter Segel gegangen, fort von den rauchenden Inseln am Rande der Welt.

Marie und ich lehnten auf dem Hauptdeck an der Reling und sahen zum Unbekannten Land, das vor uns am Horizont auftauchte und von dem man nur wußte, daß dort schwarze Menschen lebten, mit denen noch nie jemand gesprochen hatte. Die Segel der *Sardam* blähten sich im achterlichen Wind, die Wimpel flatterten, die Sonne stand hoch und brannte heiß. Mit jeder Meile, die wir zurücklegten, wurde es unglaublicher, daß das, was hinter uns lag, geschehen war.

Kommandeur Francisco Pelzert schrieb in der Großen Kabine Berichte für die Siebzehn Herren. Der Juwelenkoffer stand unter seiner Koje, und die Geldkisten waren wie früher auf die Kabinen der Offiziere verteilt.

Mittags kamen wir zum Unbekannten Land. Weiße Steilklippen lagen vor uns und sanfte grüne Hügel, die mit einem lockeren niedrigen Wald oder Busch bedeckt zu sein schienen. Obersteuermann Gerrits segelte eine halbe Meile vom Ufer entfernt, die *Sardam* trug kleine Besegelung. Er hatte die Ausgucke auf allen Masten doppelt besetzt, denn wir hielten Ausschau nach dem Skipper und der Schaluppe und nach Zeichen, die die Anwesenheit von Menschen verrieten. Er ließ unablässig loten.

Nachmittags schrien die Männer und Jungen im Ausguck, und auch wir an Deck sahen auf den Höhen etwas weißen Rauch in den klaren blauen Himmel steigen. Der Wind blies ihn schnell davon. Gerrits ließ den Anker auf einem sauberen Sandgrund fallen, bei einundzwanzig Faden, das sind etwa achtunddreißig Meter Wassertiefe.

Schwärme großer Vögel stiegen wie rosa Wolken aus dem Busch auf, und manchmal kam munteres Kreischen und Gezänk zu uns über das Wasser. Aber der schwache Rauch blieb fern auf den Hügeln, und niemand erschien am Strand. Wir kamen zu der Überzeugung, daß der Rauch von den Bewohnern dieses Landes gemacht worden war, die es nicht wagten, sich zu zeigen.

Der Wind nahm im Lauf des Nachmittags zu, und wir lagen bis zum nächsten Morgen vor Anker. Mit dem ersten Licht segelten wir einen Kanonenschuß von der Brandung entfernt weiter an der Küste entlang nach Norden.

Gegen Mittag bemerkten Gerrits, Untersteuermann Hollert und der Kommandeur die kleine Bucht oder Mündung eines kleinen Flusses, in der sie vor über fünf Monaten auf ihrem Weg nach Batavia Wasser gesucht hatten, in die sie wegen eines Sturms aber nicht hineingefahren waren.

Hier stiegen mehrere Rauchsäulen auf, und wir glaubten, daß die fünf Vermißten hier wären. Der Kommandeur ließ ein Boot aussetzen und schickte Bootsmann Jopson und Unteroffizier Otto Schmidt mit ein paar Männern an Land.

Sie ruderten durch die Brandung, was gefährlich war, denn die Brandung war steil. Sie ruderten um einen Bergabhang in die Bucht oder Einfahrt. Hier war das Wasser brackig – also Salzwasser gemischt mit Süßwasser –, und so ruderten sie weiter und fanden weiter oben nur Süßwasser: Es war also die Mündung eines Flusses.

Sie gingen an Land und sahen viele Fußspuren von Menschen und kleine Pfade, die zu den fernen Bergen liefen, und sie sahen an vielen Stellen Rauch, aber die Schwarzen hielten sich versteckt und zeigten sich niemandem.

Das berichteten sie dem Kommandeur.

Otto Schmidt gab Marie seltsame Blumen und schmale, harte Baumblätter, die einen starken angenehmen Duft ausströmten. Er erzählte von niedrigen Bäumen, deren Blüten wie rote Flaschenbürsten aussahen, von Bäumen, deren Kronen wie Binsenbüschel auf dicken kurzen Stämmen saßen, und von hohen weißen Bäumen, deren Zweige anmutig waren wie Birkenzweige im Frühlingswind. Der kleine Otto sprach sonst nie so, und deshalb merkte ich, daß das Unbekannte Land bei ihm Heimweh auslöste. Er erzählte von kniehohen Vögeln mit kurzem Schwanz und Federhaube, die geschäftig einhergingen und sich unterhielten wie die Marktfrauen und auch so kreischten. Manche waren weiß und hatten große gelbe Schnäbel, manche hatten rosafarbene Schnäbel, und einige waren ganz schwarz, und ihre Schnäbel waren rot. Er hatte Tiere gesehen, die aussahen wie die Hasen auf der Westinsel, aber übermannsgroß waren und zehn Meter weit sprangen, und Vögel auf meterlangen nackten Beinen, die schneller rannten als

Jopson, und der war unser schnellster Mann. Es gab auch offenes Grasland mit Bäumen, die von ferne wie alte Obstbäume aussahen, über und über mit gelben Blüten bedeckt. Aber von Nahem, sagte Otto, ist nichts wie zuhause.

»Ich muß wiederkommen und alles zeichnen«, sagte Marie.

Otto blinzelte ihr freundschaftlich zu: »Seine Gnaden tun doch alles für Sie, Mademoiselle. Er wird ein großer Kaufmann, nich, und die Ehrenwerte Companie gibt ihm ein Schiff, und Sie segeln beide mit Ihren Kinderchen hierher.«

»Wollen Sie denn dieses wunderbare Land nicht wiedersehen?«

»Mit Ihnen gehe ich überall hin«, sagte Otto ernsthaft. »Stellen Sie sich vor: Ich, bewaffnet bis an die Zahnlücken, halte Ihren Sonnenschirm und spiele mit den Kindern.«

»Genauso soll es sein«, sagte Marie, »das ist jetzt abgemacht.«

Sie lachten noch, als Pelzert sich neben uns stellte und zu mir sagte: »Bei dieser günstigen Gelegenheit will ich die beiden verurteilten Verbrecher an Land setzen.«

Und so holten die Schrecken der letzten Monate uns wieder ein.

Obersteuermann Gerrits ließ ein Flachbodenschiff, das Zimmerleute der *Sardam* auf der Ostinsel gebaut hatten, mit einem Zelt und Werkzeug ausrüsten, mit Lebensmitteln und einem Kochtopf und allem, was zwei Männer brauchen mochten, die auf sich gestellt waren. Die Seeleute der *Sardam* nannten das Schiff Sampan und sagten, dies sei ein chinesisches Wort. Sie waren schon lange in Asien und versuchten, uns zu beeindrucken, wo sie nur konnten.

Wiebe Hayes ließ die Soldaten antreten. Obertrompeter Claas Jansz blies die Signale, und unter langsamem Trommelschlag brachten Thomas de Villiers und die Pikeniere Wouter Loos und Jan van Bemmel nach oben. Beide waren gefesselt und hatten an einem Fuß eine eiserne Kanonenkugel.

Pelzert las seine Befehle für Wouter Loos und Jan van Bemmel laut vor, die beide den Tod verdienten und nun auf dem Unbekannten Land ausgesetzt wurden.

Sie sollten diesen Sampan behalten. Wenn sie hier keine Eingeborenen fänden, sollten sie an der Küste entlang nach Norden segeln. Sie sollten sich mit dem Volk dieses Landes durch Geschenke bekanntmachen.

Der Kommandeur gab ihnen für die Eingeborenen Nürnberger Lebkuchen mit, Holzspielzeug aus Nürnberg, Messer, Perlen, Glocken und kleine Spiegel, außerdem Warenproben von Eisen und Kupfer.

»Falls sie Sie mitnehmen in ihre Dörfer zu ihren Häuptlingen, dann haben Sie den Mut, willig mit ihnen zu gehen. Der Mensch findet sein Glück an seltsamen Orten.«

Wouter Loos hob den Kopf und sah den Kommandeur an, der dem Blick nicht auswich, und nach einer Weile senkte Wouter Loos den Kopf wieder.

»Wenn Gott Sie behütet, werden Sie keinen Schaden von ihnen erleiden, im Gegenteil. Weil sie noch niemals einen weißen Menschen gesehen haben, werden sie Ihnen ihre Freundschaft anbieten«, sagte der Kommandeur tröstend. »Sie sollen herausfinden, ob es hier Gold oder Silber gibt, und feststellen, was die Eingeborenen für wertvoll halten. Lernen Sie Sprache. Und wenn Sie gute Freunde mit ihnen geworden sind, können Sie sie bitten, einen Ausguck einzurichten und nach Schiffen Ausschau zu halten oder nach Männern, die vom Meer kommen und ihnen mehr Güter wie Eisen und Kupfer und Nürnberger Spielzeug bringen. Schiffe kommen hierher im April, Mai, Juni, Juli, und wenn Sie eins sehen, müssen Sie Rauchsignale geben oder andere Zeichen, denen man ansieht, daß sie mit Absicht gemacht werden. Haben Sie das verstanden?«

Weder Wouter Loos noch Jan van Bemmel rührten sich. Thomas de Villiers streckte eine Hand aus und gab jedem einen leichten Stoß auf die Schulter. Sie ließen die Köpfe noch tiefer sinken.

Der Kommandeur sagte leise: »Gott wird Sie nahe in Seinem Schatten halten und wird Ihnen schließlich einen guten Ausgang gewähren.«

Er trat zurück. Auf sein Zeichen gab Wiebe Hayes einen Befehl, und Thomas de Villiers und die französischen Pikeniere lösten die Ketten und Kugeln von den Füßen der Gefangenen.

Die beiden Verurteilten kletterten die Leiter hinunter in den

Sampan. Wouter Loos band langsam das Segel los. Der Domini betete laut.

Bootsmann Jopson unten auf der Leiter löste die Leine vom Schiff und hielt sie in der Hand. Der Wind fuhr in das Segel, und der Bootsmann warf die Leine in das Boot.

Wir standen alle an der Reling und sahen zu, wie sie davonsegelten, ohne sich einmal nach uns umzublicken.

Der Kommandeur sagte in die Stille: »Gott gebe, daß dieses der Companie dient. Und möge Gott ihnen ein gutes Auskommen geben, damit wir einmal erfahren, was in diesem Land geschieht.«

Wir sahen noch lange das goldene Haar von Jan van Bemmel.

Am Nachmittag setzten wir Segel, unser Kurs war Nordwest, denn es begann steif zu blasen. Es gab keine Hoffnung mehr, irgendwelche Zeichen von Skipper Jacobs zu finden. Gegen Abend änderten wir den Kurs nach West-Nord-West.

Wir lebten an Bord der *Sardam* wieder streng nach Rang getrennt und durften uns nicht frei bewegen und unsere Freunde sehen, wann wir wollten. Auch deshalb verging einige Zeit, bis Kommandeur und Schiffsrat von der schweren Kränkung der Soldatenfrauen erfuhren. Die meiste Zeit jedoch verstrich aus anderen Gründen: Wir waren erschöpft, und die Schiffsreise war stürmisch.

Eine Mattigkeit hatte alle an Bord ergriffen, die so tief war, daß Schlaf sie lange nicht heilen würde. Und an langen, tiefen Schlaf war nicht zu denken. Wir mußten uns Kojen und Schlafplätze teilen, und viele litten unter Seekrankheit.

Ein stürmischer Südwind trug uns schnell voran. Der Himmel war bedeckt, und die Luft wurde täglich wärmer. Am vierten Tag blies es hart aus Südost, dunkel drohende Wolken zogen auf, doch es regnete nicht. Am sechsten Tag änderten wir den Kurs auf Nord zu Ost, um die Kokosinseln sehen zu können, und der Wind erreichte Sturmstärke. Mittags konnte Gerrits keine Breite nehmen und unseren Ort bestimmen, weil der Himmel so dunkel war. Am siebten Tag standen wir auf 15 Grad und 30 Minuten Breite, und unsere Sturmfahrt hielt an. Am zehnten Tag schoß der Wind auf Nord-Nord-Ost, und der Sturm wurde so hart, daß die *Sardam* kein einziges Segel tragen konnte. Gerrits ließ das Schiff mit vernagelten Luken treiben.

Es goß die ganze Nacht und den nächsten Tag bis Mittag. Nachmittags nahm der Wind etwas ab. Gerrits ließ die Topsegel setzen, und die *Sardam* lief nach Osten, bis wir gegen Abend treibenden Seetang sahen, der von den Kokosinseln kommen mußte, und der Sturm wieder zunahm. Am nächsten Morgen stürmte es aus Nordost, und wir liefen nach Nordwest. Mittags bekam Gerrits eine Breite von 12 Grad und 3 Minuten. Wir waren nun jenseits der Kokosinseln, an denen wir nahe vorbeigetrieben waren, ohne sie zu sehen.

Am 28. November drehte der Wind, die Luft war weich und die See sanft. Eine kleine Brise brachte die Jacht ebenso schnell voran wie die dunklen Stürme der vergangenen Tage. Die See blieb ruhig und blau, die *Sardam* hielt Kurs Nordost auf Sumatra, und wir kamen wundgescheuert aus unseren Kojen und Ecken hervor, in denen wir die Stürme ertragen hatten.

Während der Sturmtage hatte es viel Gerede auf dem Schiff gegeben. Nun trug Lucretia Jansz es in die Große Kabine. Lucretias Stimme war sanft und rührend wie früher, aber sie verbarg ihren Willen nicht mehr.

Sie verlangte von Pelzert, daß er Sussi Fredricks anhörte: Oliver van Welderen rühmte sich, Sussi habe sich ihm auf der Insel Batavias Friedhof selbst angeboten, und danach hätte sie ihn immer wieder angebettelt, noch einmal mit ihr zu schlafen, weil er so herrliche Leistungen vollbringe.

Sussi hatte versucht, zum Kommandeur auf das Hauptdeck vorzudringen, aber Oberbootsmann Jopson hatte sie abgewimmelt, ebenso der Obersteuermann, und erst als Lucretia sie nach den Stürmen aus alter Freundschaft auf dem Zwischendeck besuchte, konnte sie ihre Geschichte erzählen.

Der Kommandeur ließ den Obersteuermann rufen. Der ließ

Sussi in die Große Kabine holen. Sie war in Tränen aufgelöst, weil sie vorgelassen wurde, und empört, daß dies erst jetzt geschah.

Der Kommandeur bot ihr höflich einen Platz auf der Bank an.

»Van Welderen lügt«, stieß Sussi hervor. »Er hat mich vergewaltigt. Und nicht nur einmal.«

»Du hast ihn nicht herausgefordert? Auch nicht mit Blicken? Du hast dich gewehrt?«

»Was denken Sie denn von mir!« schrie sie.

»Benimm dich, sonst fliegst du raus«, sagte Gerrits.

Sussi fing an zu weinen: »Er hat mir ein Messer an die Kehle gesetzt. Einmal stand sein Bruder Gisbert dabei, dem hat keiner widersprochen. Ich habe geschrien, aber niemand hat mir geholfen.«

»Wenn Oliver van Welderen wirklich gelogen hat, so ist das eine Verleumdung, die in einem ordentlichen Schiff nicht geduldet werden darf, sondern als Beispiel für andere bestraft werden muß«, sagte der Kommandeur. »Willst du das?«

Gerrits fand die Geschichte nicht so schlimm – »Nur ein junger Mann, der angibt«, sagte er –, aber Sussi sagte, andere Männer würden dasselbe von ihrer Schwester Trinchen und von Anneken Kanonier behaupten, so daß deren Ehemänner nichts mehr von ihnen wissen wollten: »Wie sollen wir denn leben von nun an?«

Pelzerts Diener holte die beiden Soldatenfrauen, und auch Anneken weinte: »Was soll ich anfangen, wenn mein Mann mich verstößt? Jeronimus hat uns gezwungen.«

»Wir verlangen Schadensersatz von der Companie«, sagte Trinchen. »Wo hat sie uns beschützt?«

»Na na«, sagte der Obersteuermann ärgerlich.

»Mademoiselle Fluchar ist nichts geschehen«, sagte der Kommandeur.

»Da fragen Sie mal den Herrn von Eck, wie viele er für sie umgebracht hat«, sagte Anneken wütend, und Trinchen fauchte: »Wenn Sie uns damals zugehört hätten, als Sie die Galgenvögel aufgeknüpft haben, wäre mir das mit Oliver jetzt nicht passiert.«

»Damals?« sagte der Kommandeur.

Und so hörten wir von den Soldatenfrauen noch eine Geschichte:

Trinchen Fredricks und Anneken Kanonier segelten am 20. September mit dem Skipper zur Westinsel, weil sie nach ihren Ehemännern sehen und weil sie die Insel kennenlernen wollten. Sturm kam auf, und sie mußten dort zwei Tage bleiben. In dieser Zeit kam der Pikenier Jean Renou in ein Zelt, in dem zehn, zwölf Männer saßen und lagen, und sagte: »Hier ist eine Neuigkeit. Wiebe Hayes hat heute mit Trinchen geschlafen.« Und er erwähnte die Stelle auf der Insel, an der es geschehen sein sollte. »Danach ist Cornelis, der fette Trompeter, auch dahin gekommen und hat es mit ihr gemacht. Danach bin ich selbst hingegangen und habe es zweimal gemacht.«

Dies hatte Trinchen erst erfahren, als sie längst wieder auf Batavias Friedhof war. Sie glaubte, Aris Jans, der Barbier, habe die Geschichte auf die Insel gebracht, als er von der Westinsel geholt wurde, um vor dem Schiffsrat als Zeuge gegen einen der Mörder auszusagen.

»Außerdem hat Jean Renou überall herumerzählt, ich hätte ihm eine Geschlechtskrankheit angehängt.« Sie hatte Tränen in den ratlosen Augen. »Jeder macht mich an und sagt: Tu's doch mit mir, wenn du's mit dem tust, warum nicht mit mir. Mein Mann sagt, ich bin eine Verlorene. Und der Prediger redet mir dauernd ins Gewissen.«

»Der hat's gerade nötig mit seiner Judith.« Sussi legte einen Arm um ihre Schwester. »Die hat sich doch an den schönen Conrad gehängt. Nachgestellt hat die ihm. Wenn eine, dann doch die. Das ist die Wahrheit.«

»Ist das jetzt alles?« fragte der Kommandeur streng.

»Fragen Sie doch Anneken Kanonier, die war dabei.« Trinchen heulte es jetzt laut heraus: »Die sagt Ihnen, wie die Männer jeden Tag vor unserem Zelt standen. Wir mußten schwören, daß wir alles tun, was sie wollen, sonst müßten wir sterben. Das mußten wir unterschreiben. Warum glauben Sie, daß wir uns allen angeboten haben? Warum sollen wir immer selbst schuld sein? Glauben Sie, wir sind Abfall?«

»Es ist gut. Sie können alle gehen«, sagte Pelzert. »Ich dulde keine Verleumdung. Ich werde Jean Renou verhören.«

Der Kommandeur berief den Schiffsrat ein, und während oben die Sonne schien und ein herrlicher Wind die Segel blähte, saßen wir unten in der engen muffigen Kabine beim Verhör.

Jean Renou bestritt alles: Er habe nie mit Trinchen Fredricks geschlafen und er habe auch nie behauptet, daß er mit ihr geschlafen hätte. Darauf lege er Eide ab.

Wir waren die Folter leid.

Pelzert ließ alle Männer rufen, die damals auf der Westinsel im Zelt gewesen waren. Jeder einzelne bestätigte Trinchens Aussage.

Pelzert sagte: »Sie lügen, Pikenier, und deshalb werden wir Sie verurteilen. Es kann böse Folgen haben, jemanden zu verleumden, und besonders abstoßend ist es, daß Sie nicht nur behaupten, andere hätten mit der Frau geschlafen, sondern daß Sie behaupten, Sie selbst hätten es getan.«

Pelzert ließ ihn abführen.

Aber noch immer konnten wir nicht an Deck in den Sonnenschein. Visch, der Schiffszimmermann, der nicht schreiben konnte, wollte eine Bitte vortragen. Er war ein ernsthafter Mann, und der Kommandeur hörte oft auf ihn: »Die Gefangenen, die noch in Ketten gehalten werden, bitten darum, vom Schiffsrat verurteilt zu werden. Sie haben hier an Bord gehört, daß die Strafen in der Festung Batavia sehr hart sind. Sie bitten den Schiffsrat um milde Strafen und darum, ihr Leben zu verschonen, und auch die Gemeinschaft bittet für sie um Gnade.«

»Nur Gottes Gerechtigkeit und Rache kann alles gut machen«, sagte der Prediger leise.

»Die Leute wollen keine Rache mehr und keine Gewalt«, sagte Visch. »Sie wissen, daß Strafe sein muß, aber sie wollen Gnade statt Gewalt.«

Pelzert bat Gerrits, die Gefangenen an Deck bringen zu lassen.

Es waren noch sechs Soldaten und Offiziersanwärter: Daniel Cornelissen, Hans Jacob Heilweg, Cornelis Hansen – die Bohne –, Jean Thiriou, Andries Liebent und Hans Fredricks. Sie waren elend und ausgemergelt, und das Sonnenlicht blendete sie. Wiebe Hayes ließ ein paar Eimer Seewasser über sie schütten, denn sie stanken nach ihrem eigenen Kot und Urin.

Und so begann die dritte Serie der Verhöre, und sie war die kürzeste. Am übernächsten Tag schon hörten wir die Urteile, zu denen der Schiffsrat gekommen war.

Daniel Cornelissen, sagte der Kommandeur, ließ sich beim ersten Ertränken willig benutzen und brachte als Komplize von Jeronimus einen Brief zur Wiebe Hayes Insel: »Er hat den Tod verdient, aber der Kommandeur und der Schiffsrat ziehen Gnade vor.« Die Strafe: dreimal Kielholen und zweihundert Peitschenhiebe.

Hans Jacob Heilweg aus Basel hat dem Oberchirurgen mit dem Morgenstern auf den Schädel geschlagen: »Er hat den Tod verdient, aber Kommandeur und Rat wollen nicht zum Äußersten gehen, sondern Gnade statt Härte ausüben.« Die Strafe: dreimal Kielholen und hundert Peitschenschläge.

Für den langen Soldaten mit den Messern, Cornelis Hansen, auch die Bohne genannt, gab es keine Gnade. Er hatte niemanden getötet und nicht beim Morden geholfen. Trotzdem sollte er bei erster Gelegenheit dreimal kielgeholt und hundertfünfzig mal vor dem Mast ausgepeitscht werden: Er war am Überfall auf Lucretia Jansz beteiligt, er hatte sich beim Schiffbruch Wein servieren lassen, und er hatte ein Goldmedaillon aus Pelzerts Besitz über Bord geworfen. Er zweifelte am Privateigentum, und das war für die Angestellten der Companie genauso schlimm wie Mord.

Auch für den Soldaten Jean Thiriou, der eine Geldkiste aufgebrochen hatte, gab es keine Gnade: dreimal Kielholen und hundert Peitschenhiebe.

Andries Liebent und Hans Fredricks wurden wegen ihrer »willigen Bereitschaft, Jeronimus zu dienen« bestraft, und bei ihnen zogen Kommandeur und Schiffsrat Gnade vor: dreimal von der großen Rahe fallengelassen und ins Meer getaucht werden und hundert Peitschenschläge.

Dieselbe Strafe bekamen Oliver van Welderen, der Sussi vergewaltigte und böse Gerüchte über sie verbreitete, und Jean Renou, der behauptet hatte, Trinchen hätte mit Wiebe Hayes, dem fetten Cornelis und ihm geschlafen.

»Das macht Jean nichts aus«, sagte Thomas de Villiers. »Wir haben im Krieg Schlimmeres gesehen.«

Die Urteile sollten bei nächster Gelegenheit vollstreckt werden oder bei passendem Wetter.

Die Sonne schien weiter von einem strahlend blauen Himmel, das Meer glitzerte und die Brise blieb sanft und stetig. Pelzert schrieb in der Großen Kabine an einem Bericht für den Generalgouverneur oder für die Siebzehn Herren. Ich fühlte mich verpflichtet, ab und zu nach den beiden Schildwachen vor der Tür und nach ihm selbst zu sehen, außerdem gefiel mir der Blick durch das Fenster auf das Kielwasser der *Sardam*.

»Sie werden vor allem bestraft, weil sie so willig waren«, sagte Pelzert plötzlich. »Sie hätten Jeronimus Cornelisz nicht so unbedingt gehorchen dürfen. Sie haben den Eid vergessen, den sie der Companie abgelegt haben, und es als ihre Pflicht angesehen, einem Mann gehorsam zu sein, mit Unterschriften und Schwören von Eiden, bei dem klar war, daß seine Handlungsweisen vor Gott oder vor einer weltlichen Macht nicht gebilligt werden konnten. Sie haben auch einen Eid unterschrieben, Herr von Eck.«

»Ja«, sagte ich. »Ich habe mich in den letzten Wochen oft gefragt, ob Sie mich auch verhören und verurteilen werden.«

»Andererseits haben Sie die besondere Verantwortung eines leitenden Angestellten der Gesellschaft nicht«, sagte Pelzert.

»Ich habe aus taktischen Gründen unterschrieben. Ich wollte fliehen und die Männer auf der anderen Insel warnen.«

»Taktische Gründe haben auch andere zu ihrer Verteidigung angeführt. Für den Generalgouverneur zählt nur eins: Sie sind kein Angestellter der Companie. Sie haben einen Privatvertrag mit mir, und Ihre Aufgaben haben Sie erfüllt: Sie haben die Juwelen gerettet.«

»Ich habe Menschen getötet, und ich habe Menschen gerettet«, sagte ich. »Wie überlebt man, ohne Opfer oder Täter zu werden?«

»Ich weiß es auch nicht.« Pelzert beugte den Kopf wieder über die Papiere.

Am 3. Dezember, beim ersten Tageslicht, sahen wir die Prinzeninsel und im Osten das Kap von Java und vor uns die hohe Insel Krakatau.

»Riechst du es, Christoph?« rief Marie. »Riechst du das Land?«

Holz und abgerissene Äste trieben vorbei, Apfelsinen und Zitronen, Zuckerrohr, Bambus, den die meisten von uns nicht kannten.

An diesem Tag erhielten wir soviel Brot und Wasser, wie wir wollten.

Ein heißer Wind kam aus Südost, so daß wir nicht höher segeln konnten als Ost-Nord-Ost. Im Lauf des Tages wurde er ruhiger, und gegen Mittag wehte er aus Süden, und wir gingen über Stag und kamen nachts an die Küste von Java.

Es war zu spät für die Verurteilten. Hier endeten die Vollmachten aller Kommandeure: Die Zuständigkeit der Festung Batavia für Schiffe reichte bis in die Sundastraße. Pelzert konnte die Strafen nicht mehr vollstrecken lassen.

Am Morgen darauf fanden wir uns nahe der kleinen Insel Anjer, die zwischen Java und Sumatra liegt, es war sehr ruhig bis zum Nachmittag, als der Wind auf Südwest drehte mit einer schönen Brise. Doch der Strom lief hart nach Westen, so daß wir den ganzen Tag über nur drei Meilen vorankamen bis zur Nacht, als die Flut einsetzte und uns über Bantan hinaustrieb.

Am Morgen des 5. Dezember fanden wir uns nahe der Menschenfresserinsel, und ein herrlicher Wind trug den schönen lieblichen Geruch von Land zu uns. Boote und Kanus näherten sich, und Händler aus den Dörfern brachten uns Bananen, Ananas, Hühner, Eier und Ziegenböcke.

Und so sind wir vierundsiebzig Überlebenden endlich, Gott sei Dank und Lob für unsere sichere Reise, am Nachmittag in der Straße von Batavia angekommen.

Das Ende der Geschichte

Wir ankerten auf der Reede von Batavia neben vier Ostindienfahrern der Companie. Der Himmel war bedeckt, und ein warmer feuchter Wind brachte seltsame Gerüche vom Land. Stadtmauer und Kastell waren aus weißgrauem Korallenstein.

Nach einer Weile kam ein großes Ruderboot mit schwerbewaffneten Soldaten zur *Sardam* heraus. Die Soldaten holten die Geldkisten der *Batavia*, die Kisten mit den silbernen und goldenen Tellern und den Juwelenkoffer. Der Kommandeur ließ sich die Übergabe der Kisten quittieren und von Obersteuermann Gerrits bezeugen.

Danach segelten Pelzert und Gerrits im Kapitänsboot zum Kastell. Ein Boot aus der Stadt brachte die Berger und die indischen Taucher an Land. Wir übrigen mußten warten, bis die Behörden kamen und uns abfertigten.

Nach einiger Zeit kletterte der Fiskal-Hafenmeister an Bord und wollte die *Sardam* mit seinen schwarzen Gehilfen nach Schmuggelware durchsuchen. Untersteuermann Hollert und Wiebe Hayes sprachen lange mit ihm. Er sah mit großen Augen zu uns herüber und kehrte an Land zurück.

Zahlreiche kleine Boote umringten die *Sardam*. Chinesische und javanische Händler boten Früchte, Bier und Palmwein an, und

Europäer aus der Stadt wollten Neuigkeiten hören. Untersteuermann Hollert erlaubte niemandem, an Bord zu kommen.

Am nächsten Tag durfte Obersteuermann Gerrits die Kranken ins Hospital schicken. Pelzert war nicht auf die *Sardam* zurückgekehrt. Mehrere Boote mit Bewaffneten holten die Verurteilten.

Der Abschied von Wiebe Hayes, Otto Schmidt und den Soldaten von der Westinsel und ihren Frauen kam plötzlich. Später hörten wir über das Wasser Trommelschlag: Unterfeldwebel verteilten die Männer zum Dienst und Wohnen auf die Tore und Bastionen des Kastells. Die meisten Männer habe ich nie wieder gesehen.

Gegen Mittag, als die trübe Sonne senkrecht stand, holte ein Boot die Handwerker der *Batavia* und ein anderes den Prediger und seine Tochter. Der Domini weinte. Judith trug das Kinn hoch, und ihre runden blauen Augen glitten geringschätzig über uns hinweg.

Marie und ich wußten nicht, wohin in Batavia. Mein Vertrag mit Pelzert war mit der Ablieferung der Juwelen beendet. Ich wollte die Formalitäten für meine Heirat mit Marie regeln, sobald die Aufregung über die Ankunft der Schiffbrüchigen sich etwas legte. Obersteuermann Gerrits erlaubte uns, an Bord zu wohnen, bis neue Order für ihn und die *Sardam* kam. Gerrits wurde später Kapitän, und ich hatte noch oft mit ihm zu tun.

Am dritten Tag holte ein Boot des Generalgouverneurs mich und Aris, den Barbier. Generalgouverneur war jetzt Jacques Specx, denn Jan Pieterszoon Coen war kurz nach Pelzerts Abreise mit der *Sardam* an Dysenterie gestorben, am blutigen Durchfall.

Ein Fähnrich und vier Mann erwarteten uns am Wassertor des Kastells. Zwischen den Gebäuden der Regierung war es windstill und heiß. Vor dem Haus des Generalgouverneurs mußten Aris und ich uns verabschieden. Ein Soldat brachte ihn zum Obermedikus in die Apotheke der Festung. Auch Aris sah ich nicht wieder.

Generalgouverneur Specx empfing mich im Obergeschoß in einem großen Eckzimmer, durch dessen kleine offene Fenster das Meer schaukelndes Licht an Wände und Decke spiegelte. »Ich brauche Luft«, sagte Specx und patschte sich mit beiden Händen auf seine schwarzseidene Brust, »Luft, Luft.« Er war General und fragte mich nach berühmten Offizieren, unter denen ich gekämpft hatte, und nach meinem Bruder.

»Schön, schön, daß Sie mitten in dieser Mörderbande die Juwelen gerettet haben und die Flüchtlinge auf dieser Westinsel«, sagte Specx. »Aber in Asien müssen Sie Kaufmann werden, als Soldat werden Sie hier unterbezahlt. Widersprechen Sie mir nicht. Ich habe vielleicht etwas für Sie. Sie hören von mir.«

Der Fähnrich, der mit seinen Männern vor der Tür zum Vorzimmer gewartet hatte, begleitete mich nach unten. Am Fuß einer Treppe sprach ein breitschultriger Herr mich an: »Christoph von Eck? Ich bin Antonio van Diemen.«

Später, als er Generalgouverneur war, wurde ich gut mit ihm bekannt, aber bei diesem ersten Treffen stieß seine Direktheit mich ab. Er sagte, die Kaufleute in der Stadt verachteten Oberkaufmann Pelzert, weil er auf der *Batavia* keine Ordnung hielt und weil er die Schiffbrüchigen verließ, um sich selbst zu retten. Specx habe Pelzert eine Wohnung in der Festung angewiesen, wo er an seinen Berichten und Briefen arbeite, denn in einigen Tagen werde die Herbstflotte nach Amsterdam gehen. Van Diemen wollte Pelzert und Kapitän Arian Jacobs, der noch im Gefängnis saß, einander gegenüberstellen.

Als ich wieder auf die *Sardam* kam, war Marie fort. Die Frau eines Freundes von Lucretias verstorbenem Mann, eine Frau van Damme, war zur *Sardam* gekommen und hatte Lucretia und Marie eingeladen, bei sich zu wohnen, weil sie nicht allein auf der Jacht bleiben könnten, ohne sich übelstem Klatsch auszusetzen.

Eine unerklärliche Angst befiel mich. Ich rief mir eins der kleinen javanischen Boote und ließ mich zurück in die Stadt bringen.

Damals schon durchzog ein Netz von Kanälen Batavia, und jede Straße war, wie in Amsterdam, auch mit dem Boot erreichbar. An der Löwinnengracht standen die ersten Häuser aus rotem Ziegelstein, schmal und mit holländischen Fenstern. Überall wurde noch gebaut, und viele Menschen waren auf dem Rathausplatz unterwegs, wo ich ausstieg: Europäer, Chinesen, Javaner, riesige Afrikaner. Vor der Kirche dampften chinesische Garküchen, und der

Geruch von Holzkohlenfeuer und Knoblauch schwebte durch Straßen und Grachten. Der schönste Kanal der Stadt war die Tigergracht, mit hohen Palmen und rotblühenden Flammenbäumen. Neben den Häusern gab es Ställe für feine persische Pferde und Remisen für die vergoldeten Kutschen. Europäische Soldaten streiften in abgerissenen Kleidern umher, und zwei von ihnen brachten mich gegen ein kleines Trinkgeld zum Haus der Frau van Damme.

Eine niedliche kleine Sklavin führte mich in das Besuchszimmer. Nach einer Weile rauschte Lucretias Freundin herein und stellte Fragen ohne Ende, was ich kaum ertrug. Endlich kam Marie. Ich weiß nicht mehr, wie sie ihre Gastgeberin loswurde.

Ich war erleichtert, Marie zu sehen, und doch stritten wir uns. Ich wollte so schnell wie möglich heiraten, aber Marie bestand weiter darauf, erst selbst mit ihrem unbekannten Verlobten zu sprechen. Der aber war am Arakan, in Burma.

»Und wenn dieser Verlobte nicht einverstanden ist?«

»Ich heirate dich auf jeden Fall«, sagte sie und stopfte ihr widerspenstiges Haar unter eine seidene Haube der Frau van Damme.

Der Generalgouverneur rief mich schon am nächsten Tag wieder zu sich: Er wollte mich sofort in die Companie-Festung Zeelandia schicken, auf die Insel Formosa in die Nähe der Stadt Tainan, offiziell als Kaufmannsassistent, inoffiziell als sein militärischer Spion.

Ich erzählte ihm, daß ich eine Frau heiraten wollte, die mit einem anderen verlobt war. Specx sagte, wenn der Mann einverstanden wäre, den Ehevertrag in Freundschaft zu lösen, hätte er, Specx, nach allem, was wir beim Schiffbruch und auf den Inseln erlebt hatten, nichts gegen die Heirat. Er sagte noch, Marie sei eine kluge Frau.

Also schloß ich einen Vertrag mit der Companie und wurde Kaufmann. Meine Reise nach Formosa sollte nur ein paar Monate dauern, doch die Vorbereitungen waren aufwendig. Die Festung Zeelandia war noch im Bau, und vieles fehlte, um sie zu einem Verwaltungs- und Handelszentrum zu machen. Ich stellte lange Listen auf, ließ mir Vollmachten von Specx' Kanzlisten schreiben und lief von einem Magazinverwalter zum anderen.

Ich sah Marie täglich, aber ich sah sie nie mehr allein.

Am Tag vor meiner Abreise besuchte ich noch einmal Francisco Pelzert in seiner Wohnung in der Festung, einem engen muffigen Zimmer. Er hatte seinen Schwung und seinen Glanz verloren. Er wirkte planlos. Er sagte, nun könne er zum ersten Mal klar sehen und verstehen, wie tüchtige Menschen in ihrem beruflichen Fortkommen scheitern, wenn sie in die Hände von perfiden Männern fallen.

Auf meiner ersten Reise nach Formosa schlief ich die meiste Zeit.

Ich kehrte fast ein Jahr später mit einem Schiff zurück, das unter einer Ladung aus Zucker und chinesischem Porzellan tief im Wasser lag. Ich hatte gute Geschäfte gemacht, den Ausbau der Festung vorangetrieben und wollte endlich heiraten.

Generalgouverneur Specx gratulierte mir zu meinen Erfolgen. Ich bekam ein Zimmer in der Festung und erfuhr noch am Abend meiner Ankunft von Antonio van Diemen, was aus den Schiffbrüchigen geworden war.

Generalgouverneur und Rat von Indien hatten die Urteile kassiert, die Pelzert und der Schiffsrat gefällt hatten. Lanzenkorporal Jacop Pieters war auf dem Richtplatz vor dem Kastell von unten nach oben durchgerissen und sein Körper auf ein Rad geflochten worden. Salomon Deschamps, Daniel Cornelissen und Hans Jacop Heilweg kamen auf den Galgen, ihre Körper hingen als Warnung für andere noch an der Seemauer. Die Schiffsjungen Rogier Decker und Abraham Gerrits mußten auslosen, wer von ihnen erhängt und wer ausgepeitscht wurde. Beide starben. Cornelis Jansz, die Bohne, wurde ausgepeitscht und wie ein Stück Vieh mit einem Brandmal gezeichnet. Alle übrigen wurden ausgepeitscht und in eine Strafkolonie gebracht.

Wer auf den Inseln der Companie treu blieb und dem Übel fromm widerstand, jeder nach seiner Möglichkeit, bekam zwei Monatslöhne, und die Soldaten wurden zu Offiziersanwärtern mit zehn Gulden im Monat. Wiebe Hayes bekam vierzig Gulden im Monat, den Rang eines Fähnrichs und das Versprechen auf weitere Beförderung gemäß Gelegenheit und Verdienst. Er tat jetzt Dienst auf der Gewürzinsel Ambon. Alle meine Freunde von den Inseln waren auf ferne Außenposten der Companie geschickt worden.

Francisco Pelzert war gestorben. Nach den Urteilsvollstreckungen im Januar erkrankte er, erholte sich nie mehr richtig und ging im April auf eine Expedition nach Jambi in Sumatra, wo er sich um den Pfefferhandel kümmerte. Im Juni kam er zur Gegenüberstellung mit Kapitän Arian Jacobs nach Batavia zurück: Pelzert behauptete, der Kapitän habe an dem großen Unglück der Schiffbrüchigen Schuld, weil er mit der *Batavia* auf Seeraub gehen wollte und Männer zur Meuterei angestiftet hatte, und Jacobs bestritt das. Antonio van Diemen meinte, beide hätten die Schiffbrüchigen nicht verlassen dürfen, denn nur dadurch sei das große Unglück entstanden: »Möge der Allmächtige ihre Sünden vergeben und den Schaden der Companie wieder gutmachen.«

Wenige Tage vor Pelzerts Tod hatte ein Schiff aus Europa die Nachricht gebracht, daß er, während er mit der Rettungsjacht nach der Insel mit den Schiffbrüchigen suchte, in Amsterdam zum Rat von Indien ernannt worden war.

Am Morgen nach meiner Ankunft ging ich zu Marie in die Tigergracht. Frau van Damme war verlegen und sagte, Marie Fluchar sei schon vor Monaten ausgezogen, nach den Gründen müsse ich Lucretia Jansz fragen, die auch nicht mehr bei ihr, sondern in der Festung wohne.

Ich kehrte in einem Tragstuhl zur Festung zurück, wo ich nach der Wohnung des verstorbenen Boudewijn van der Meilen fragte. Ein Mann öffnete mir. Er kannte Lucretia Jansz nicht. Er sagte, er sei Kaufmannsassistent und gerade aus Middelburgh angekommen.

Ich suchte den Beamten, der für die Wohnungen der Companie zuständig war. Er erzählte, Lucretia Jansz habe den Unteroffizier Jacob Cuick geheiratet: »Unter Stand, aber sie brauchte dringend einen Ehemann zu ihrem Schutz. Inzwischen wird sie in der Stadt allerdings als eine betrachtet, gegen die mehr gesündigt worden ist, als daß sie selbst gesündigt hat.«

Auch er wich aus, als ich nach Marie Fluchar fragte. Er gab mir aber seinen javanischen Büroangestellten mit, weil ich das Haus von Lucretia Jansz allein nicht finden würde.

Ein Mietboot brachte uns durch die Außenbezirke der Stadt, wo Javaner in Pfahlhäusern aus Bambus wohnten, ins Viertel um das Rotterdamer Tor. Hier hatten die verheirateten europäischen Handwerker der Companie ihre kleinen Häuser, und hier wohnte Lucretia Jansz aus der vornehmen Heerenstraat in Amsterdam.

Sie umarmte mich mit Wärme. Äußerlich war sie wieder die elegante Frau, die ich vor langer Zeit kennengelernt hatte, aber ihr Wesen war nicht mehr sanft: Sie wirkte hart, gelassen, sehr frei. Sie führte mich ins Wohnzimmer und bestellte Tee bei einer anmutigen Balinesin. Dann sagte sie es mir: Marie war tot.

Nach den Urteilsvollstreckungen auf dem Richtplatz vor dem Kastell war die Stimmung in der Stadt gegenüber den überlebenden Schiffbrüchigen umgeschlagen und feindselig geworden. Die Ansicht verbreitete sich, die Frauen hätten nur darauf gewartet, daß sie vergewaltigt wurden, und danach mit Freuden gesündigt. Der unbekannte Verlobte weigerte sich, mit Marie zu sprechen. Sie mußte aus dem Haus der ehrbaren Frau van Damme ausziehen. Sie kroch bei Lucretia unter. Die hatte gerade die Companie-Wohnung ihres verstorbenen Mannes räumen müssen und lebte in einem schlechten Viertel vor der südlichen Stadtmauer, denn die Kanzleibeamten weigerten sich, ihr das Erbe ihres Mannes auszuzahlen oder ihr eigenes Geld. Niemand wollte die beiden Frauen empfangen.

»Sie haben die Täter bestraft und wollen mit den Opfern nichts zu tun haben«, sagte Lucretia.

Marie war bis zum Schluß die einzige von allen überlebenden Schiffbrüchigen, die niemandem Böses zugefügt und der niemand Böses angetan hatte.

Sie starb an Cholera, sagte Lucretia, aber Lucretia log, um mich zu schonen: Die beiden Frauen mußten so armselig leben, daß sie die krankmachenden Dünste und Nebel, die nachts aus den Kanälen stiegen, aus ihrem Zimmer nicht ausschließen konnten. Lucretias chinesischer Arzt hatte festgestellt, daß Marie schwanger gewesen war.

Ich verlängerte meinen Vertrag mit der Companie um drei Jahre. Der Generalgouverneur schickte mich als Unterkaufmann nach Formosa. Mein Leben in der Festung Zeelandia war seltsam, voll träumerischer Ruhe und ohne Erinnerungen.

Ich verlängerte wieder, wurde Oberkaufmann und regierte den Westen der Insel. Die chinesischen Kaufleute schenkten mir eine Frau, und ich wurde sehr reich. Als ich in der Companie anfing, verschifften wir in der Hauptsache Gewürze und Seidenbrokate nach Europa, aber dann begannen wir, unsere Schiffe mit leichtem Tee und schwerem Porzellan zu beladen. Ich verdiente wirklich gut mit Porzellan, das die Verwandten meiner chinesischen Frau für mich in China bestellten, aber reich wurde ich mit dem Privathandel von Edelsteinen, den die Companie verboten hatte. Einmal reiste ich selbst nach China und ins portugiesische Macao, als Spion, doch dies ist eine andere Geschichte.

In Batavia ließ ich mich nur selten blicken, und wenn ich dorthin beordert wurde, blieb ich nicht lange. Ich behielt einen Widerwillen gegen diejenigen, die den Schiffsjungen Abraham bestraft hatten, der nachts in mein Zelt gekrochen war. Wenn ich mit Antonio van Diemen zusammensaß und er sein Glas mit rotem Wein hob und auf mein Wohl trank, sah ich Salomon Deschamps – die Brille in der Hand, als wollte er mich noch etwas fragen. Er war kein Kämpfer, Salomon, mein sanftmütiger Freund.

Lucretia Jansz besuchte ich jedesmal. Ihr Ansehen unter den Europäern stieg. Sie war reich und sie blieb kinderlos, und man bat sie oft als Patin.

Judith Geisberts ließ sich in Batavias Gesellschaftszimmern mit der Geschichte ihrer großen Liebe zu einem führenden Erwählten feiern. Sie hatte gleich nach unserer Ankunft mit der *Sardam* geheiratet und war schon ein paar Wochen später Witwe. Ich sah sie beim sonntäglichen Kirchgang, zu dem ich Lucretia manchmal begleitete, unter den Damen der Stadt. Hier trug niemand schwarz. Die Frauen der Kaufleute zeigten sich in golddurchwirkten Stoffen, mit doppelten Perlenschnüren und Diamantbändern am Hals und Ringen an den Fingern. Sklaven hielten Sonnenschirme mit Fransen über sie, und Sklavinnen trugen ihnen die Gesangbücher nach. Judith war herausgeputzt wie eine spanische Prinzessin. Sie heiratete noch einmal, aber auch dieser Mann, ein Hilfsprediger, starb. Die Companie gab ihr dreihundert Gulden als Witwe und dreihundert Gulden in Anerkennung ihrer Erlebnisse auf der *Batavia*.

Der Domini heiratete die Witwe des Gerichtsvollziehers von Batavia und wurde Prediger auf der Insel Banda. Ich sah ihn kurz, ehe er dorthin abreiste, weil ich wissen wollte, wie die Geschichte von Hiob ausging. Er schlug die Bibel auf und las: »Hiob starb alt und lebenssatt.«

Dem Domini war das nicht beschieden, er starb zwei Jahre später auf Banda.

Die Companie vergaß die letzte Geldkiste am Riff nicht und auch nicht die beiden Männer, die wir auf dem Unbekannten Land ausgesetzt hatten. Zwei Jachten, die 1636 nach ihnen Ausschau halten sollten, fanden sie nicht. Generalgouverneur van Diemen schickte Abel Janszoon Tasman auf seine berühmte Reise, auf der er eine Insel entdeckte, die er Vandiemensland nannte, sowie die Inseln von Neu Zeeland, Tonga und Fidschi. 1644 schickte van Diemen Tasman wieder auf eine Entdeckungsreise – er sollte die letzte Geldkiste mit achttausend Reichstalern vom Riff holen und Wouter Loos und Jan van Bemmel suchen und sie, wenn sie es wünschten, mitnehmen. Aber Tasman kam nicht so weit südlich.

Die Companie bot das große Juwel des Goldschmieds Boudaen mit dem Kaiser Konstantin im Triumphwagen und die Gold- und Silberservices in Indien zum Kauf an. Unser Niederlassungsleiter in Surat konnte die Teller nach vielen Mühen knapp loswerden. Das Juwel kehrte unverkauft nach Batavia zurück. Die Companie schickte es später noch zweimal nach Surat, schickte es nach Sumatra, Persien, Siam. Ich glaube, es soll jetzt wieder in die Niederlande zurückkehren.

Der Achatkrug mit den Dämonen, den der Maler Rubens in Paris gekauft hat, ist verschwunden. Meiner Ansicht nach war der Krug ein Grund dafür, daß man Francisco Pelzert nach seinem Tod als Hauptschuldigen an den Morden auf Batavias Friedhof hinstellte: Man wollte seinen Besitz beschlagnahmen und einziehen können, wie es ja auch geschehen ist. Wer dahinterstand, kann ich nicht sagen.

Zwanzig Jahre blieb ich im Osten, dann war der große Krieg in Europa vorbei. Ich versorgte meine chinesische Familie und meine Konkubinen und kehrte als Kommandeur einer Retourflotte aus Asien zurück. Nach einer Reise von nur sechs Monaten und drei Tagen ließ der Kapitän meines Flaggschiffs den Anker vor der Insel Walcheren fallen.

Der Buchhändler und Verleger hier in Nürnberg, der mich gebeten hat, meine Erlebnisse aufzuschreiben, hat gefragt, wie es dazu kam, daß ein Teil der Schiffbrüchigen den anderen ermordete auf den Inseln am Rande der Welt. Ich habe es beschrieben, so gut ich konnte, aber die Frage kann ich nicht beantworten. Wir Menschen wissen, was gut und böse ist, seit Eva und Adam von den Früchten des Baumes der Erkenntnis aßen. Aber wir wissen nicht, warum der eine böse ist und der andere gut. Vom Guten zum Bösen ist kein Sprung, der Übergang ist fließend, und man erkennt ihn oft erst, wenn es zu spät ist, und dieselbe Tat, die für manche Menschen gut ist, kann für andere böse sein.

Wie habe ich das Böse überlebt – diese Frage hat mich Jahre beschäftigt. Ich lag nachts wach in der Hitze Formosas und grübelte: Was wäre gewesen, wenn ich Jeronimus da erstochen hätte oder da oder da. Vielleicht hätte ich ihn töten und viele Leben retten können – und Zevanck früher töten und Conrad van Heussen und diesen und jenen. Und in anderen Nächten dachte ich: Wenn ich das getan hätte, dann hätten sie mich getötet, dann hätten sie Marie getötet. Ich weiß es nicht. Vielleicht hätte ich es darauf ankommen lassen sollen. Besonders viel nachgedacht habe ich über Pelzerts Urteilsspruch für Salomon Deschamps – in Anbetracht seiner Verantwortung habe er zu wenig gegen das Böse getan. Dieser Satz ist das Brandmal in meinem Hirn.

Ich bin am Ende meiner Aufzeichnung. Der lange Winter ist vergangen. Morgen werde ich heiraten. Maria ist fünfzehn Jahre alt, Tochter eines Kaufmanns und niemals aus Nürnberg herausgekommen.

Ihr Vater kam als Mitglied des Rats zu mir und bat mich, in meinem Haus Gesandte aufzunehmen, die zum Exekutionstag nach Nürnberg gekommen sind. So heißt die Konferenz, auf der Karl Gustav, der schwedische Oberkommandierende und Bruder der Königin Christine, ihr Feldmarschall Wrangel und der kaiserliche Feldmarschall Piccolomini die Abrüstung der Truppen nach den Friedensschlüssen von Westfalen regeln. Die Gesandten und ihre Damen gaben prachtvolle Bankette in der Stadt, und die Herren in meinem Haus luden mich dazu ein. Eine Einladung nahm ich an, und auf diesem Fest lernte ich Maria kennen.

Sie ist fasziniert von meinem chinesischen Diener, der Gästen die Tür öffnet, den Seidenmänteln, die ich im Haus trage, meinen chinesischen Möbeln, dem Porzellan und den Speisen, die mein chinesischer Koch servieren läßt. Zum Glück versteht sie nicht, was er sagt.

Ich werde Kinder haben, und ich werde meine Frau lehren, wie sie ein großes Vermögen vermehrt. Sie wird mich überleben, so Gott will, und wird sehr gut gestellt sein.

Ich will nicht, daß der Buchhändler meinen Bericht jetzt druckt.

Aber ich werde den Bericht aufheben – für meine Söhne und Töchter und die Enkelkinder.

Mein Diener soll die Papiere in Eselshaut einnähen und das Paket in die Seekiste legen, die unter der Treppe zum zweiten Stock steht.

Einige Bemerkungen zum Schluß

Die Journale von Francisco Pelsaert liegen heute im Reichsarchiv in Den Haag. Die Australierin Henriette Drake-Brockmann hat sie 1963 in einer englischen Übersetzung herausgegeben. Im selben Jahr fanden australische Sporttaucher die Wrackstelle der Batavia *auf den Riffen der Wallabi Gruppe in den Houtman Rocks, westlich von Geraldton. Unterwasserarchäologen hoben das Heck, ich habe es im Museum in Fremantle gesehen.*

Die Insel Batavias Friedhof heißt heute Beacon Island und ist immer noch ein unbehaglicher Ort, besonders in der Dämmerung. Mein Freund Dr. Ian MacLeod, der nach den Kanonen der Batavia *tauchte, sie später konservierte und mir von dieser Insel erzählte, schrieb mir kürzlich: »Wir hatten eine große Zeremonie auf Beacon Island, in der wir die Namen der Toten laut lasen und ein katholischer Priester die Insel weihte, damit ihre Geister Ruhe finden.«*

In Lelystad in den Niederlanden gibt es einen Nachbau des Ostindienfahrers Batavia, *in dem man herumspazieren kann. Der kostbare Achatkrug, den der Kommandeur für den Maler Rubens in Indien verkaufen sollte, tauchte zu Beginn des 19. Jahrhunderts in England wieder auf. Er ist jetzt in der Walters Art Gallery in Baltimore, USA. Die Kamee, die vielleicht Kaiser Konstantin in Byzanz gehörte, ist im Königlichen Münzkabinett in Den Haag.*